더 뉴 게이트

16. 생명의 화원

THE NEW GATE
더 뉴 게이트
GATE

16. 생명의 화원

카자나미 시노기 지음
Illustration 반파이 아키라
김진환 옮김

라루나

목차

「THE NEW GATE」 세계의 용어에 관해

● 능력치

LV: 레벨

HP: 히트 포인트

MP: 매직 포인트

STR: 힘

VIT: 체력

DEX: 기술

AGI: 민첩성

INT: 지력

LUC: 운

● 거리·무게

1세메르 = 1cm

1메르 = 1m

1케메르 = 1km

1구므 = 1g

1케구므 = 1kg

● 화폐

쥬르(J): 500년 뒤의 게임 세계에서 널리 통용되는 화폐.

제일(G): 게임 시대의 화폐. 쥬르보다 10억 배 이상의 가치가 있다.

쥬르 동화(銅貨) = 100J

쥬르 은화(銀貨) = 쥬르 동화 100닢 = 10,000J

쥬르 금화(金貨) = 쥬르 은화 100닢 = 1,000,000J

쥬르 백금화(白金貨) = 쥬르 금화 100닢 = 100,000,000J

● 육천의 길드하우스

1식 괴공방 데미에덴(통칭: 스튜디오) 『검은 대장장이』 신 담당

2식 강습함 세르슈토스(통칭: 쉽) 『하얀 요리사』 쿳쿠 담당

3식 구동 기지 미랄트레어(통칭: 베이스) 『금색 상인』 레드 담당

4식 수림전 팔미락(통칭: 슈라인) 『푸른 기술사(奇術士)』 카인 담당

5식 혼란 정원 로메눈(통칭: 가든) 『붉은 연금술사』 헤카테 담당

6식 천공성 라슈감(통칭: 캐슬) 『은색 소환사』 캐시미어 담당

옥시젠

하이 픽시. 『육천』의 연금술사 헤카테의 서포트 캐릭터. 자기 페이스를 유지하며 항상 웃고 있다.

하이드로

하이 로드. 『육천』의 연금술사 헤카테의 서포트 캐릭터. '남장 미인'이라는 말이 안성맞춤.

슈니 라이자

521세. 하이 엘프. 신의 서포트 캐릭터. 500년 동안 신을 기다려왔다.

신

본작의 주인공. 21세. 하이 휴먼. 온라인 게임에서 이름을 떨친 최강 플레이어. 데스 게임 클리어 후 500년 뒤의 게임 세계로 차원 이동되었다.

유즈하

엘레멘트 테일. 신이 구해 준 몬스터. 평소엔 아기 여우의 모습이지만 사람으로도 변신이 가능하다.

티에라 루센트

157세. 엘프. 강력한 저주에 걸린 흔적으로 머리카락 대부분이 까맣다. 고향에서 추방되어 슈니의 보호를 받았다.

필마 토르메이아

521세. 하이 로드. 신의 서포트 캐릭터. 맏언니 같은 성격으로 파티의 무드 메이커.

세티 루미엘

515세. 하이 픽시. 신의 서포트 캐릭터. 요정향에서 정령과 함께 지냈다.

엘트니아 대륙

THE NEW GATE

바다

파츠나   지그루스

크웨인 해역

엘쿤트   로메눈

바르바토스

용황국
킬몬트

렌츠

파르닛드
수연합

성지 카르키아

라나파시아

히노모토

라르아 대삼림   베이룬

바르멜

망령평원

베일리히트
왕국

아버지의 일기　｜　Chapter 1

THE NEW GATE

티에라의 고향인 엘프의 정원 라나파시아를 방문한 신.

그곳은 세계의 안정을 짊어진 세계수가 병들면서 위기에 처해 있었다.

신이 동료들과 협력하여 세계수의 부활을 꾀하는 가운데, 티에라의 죽은 아버지 크루시오가 데몬에게 조종당해 암약한 것이 드러난다. 그리고 세계를 멸망시키는 신수(神獸) 리포르지라까지 출현한다.

격전 끝에 리포르지라를 토벌한 신.

데몬의 지배에서 벗어난 크루시오의 영혼은 티에라에게 작별을 고하고 하늘로 사라져갔다─.

"이제 많은 일이 정리됐으니까 남은 문제들도 해치워버리자!"

크루시오와 에이렌의 영혼을 떠나보내며 눈물을 흘리던 티에라가 개운한 얼굴로 말했다.

말투가 과장되어 보이는 것은 남들 앞에서 큰 소리로 울었다는 게 부끄러웠기 때문이리라. 우느라 귀가 빨개진 것은 아닐 거라고 신은 생각했다.

라나파시아에 숨어들었던 데몬은 크루시오를 이용한 탓에 자멸한 것이나 다름없었다.

데몬에게 조종당하던 엘프들도 이제는 멀쩡했다.

리포르지라도 크루시오의 몸이 사라지는 것과 동시에 소멸했다.

확언할 수는 없지만 나라가 소멸할 만한 물리적인 위기는 벗어났다고 봐도 될 것이다.

만약 남은 데몬이 있다 해도 현재로서는 발견할 방법이 없었다.

"세계수는 이제 괜찮은 거야?"

신은 티에라의 목소리를 들으며 세계수를 올려다보았다.

에이렌과 크루시오의 영혼이었을 빛의 구슬을 흡수한 세계수는 지금 장엄한 빛을 발하고 있었다.

오염되어 병들었던 모습은 더 이상 찾아볼 수 없었다. 신이 질문한 것은 어디까지나 확인을 위해서였다.

"당장은 말이지. 신과 싸우면서 엄청난 양의 부정한 기운이 소비된 것 같아. 내가 느끼기엔 리포르지라는 단지 존재하는 것만으로도 상당량을 소비하는 것 같았어. 그렇지 않다면 그 정도로 엄청난 부정한 기운이 금세 눈에 띄게 줄어들 리가 없거든."

"그 말이 맞을 것 같은데. 엄청난 양의 에너지가 뒷받침되어서 그렇게 강했다면 납득이 가니까."

부정한 기운을 에너지원으로 삼는다는 건 이미 알고 있었다. 신을 비롯한 플레이어들은 육체와 공격 능력을 강화하는 데 그것을 사용할 것이라 추측했다.

신도 티에라의 말을 듣고 나서 그 추측이 맞을 거라고 생각했다.

리포르지라가 부정한 기운을 소비해서 세계의 균형을 유지하는 존재라고 한다면, 충분히 가능한 이야기였다.

"뭐, 무엇 때문에 강했든 간에 두 번 다시 싸우고 싶지 않은 상대였어……."

신은 리포르지라와 싸우면서 망가져버린 고대급 무기 카드를 바라보며 중얼거렸다.

이번에 신이 맞서 싸울 수 있었던 것은 리포르지라가 완전한 상태가 아니었고 신 자신이 예전과 비교도 안 될 만큼 강화되었던 덕분이었다.

특히 칭호에 의한 능력치 2배 효과가 없었다면 목을 베어내지 못했을 것이다.

손해가 무기 몇 자루에 그치지 않았던가.

슈니를 비롯한 동료들이 다치는 것에 비한다면 큰 문제는 아니다. —하지만.

"만약 다음에 또 싸우게 된다면 위험하겠지……."

무녀의 혈통인 크루시오를 이용했다지만, 데몬은 리포르지라를 출현시켰다.

그런 일을 가능케 하는 수단을 이미 알고 있는 것이다. 신일행이 손쓸 수 없는 곳에서 일을 꾸민다면 막을 도리가 없었다.

유즈하가 예전에 말했던, 세계의 위기가 발생한 곳으로 신을 인도해준다는 힘만 믿을 수 없지 않은가.

똑같은 일이 벌어지지 않으리라 장담할 수 없는 상황이었다. 게다가 다음번에는 리포르지라의 완전체와 싸우게 될지도 모른다.

불완전한 상태에서 고대급 무기 네 자루를 소비해야 했으니, 완전체라면 대체 얼마나 소요될지 예측하기도 힘들었다.

신이 아무리 고대급 무기를 제작할 수 있다 해도 재료에는 한계가 있다. 대장 스킬을 아무리 높인들 재료가 없으면 아무것도 만들지 못하는 법이다.

"『진월(眞月)』은 분명―."

"아직 부러진 상태야. 세티가 힘을 불어넣어 주면 아마 다음 단계로 나아갈 수 있을 테지만 말이지."

슈니의 기억상실을 먼저 해결해야 했기에 아직 『진월』에 세티의 힘을 받아내지 못하고 있었다.

힘을 받으면 어떻게 될지는 아직 알 수 없지만, 신이 아는 기존 무기와는 다른 것이 만들어질 거란 확신이 있었다.

"어쨌든 지금은 이번 소동의 뒤처리를 해야 할 텐데. 이번만큼은 정부에서도 움직이겠지? 그런데, 여기에 온 뒤로 제대로 활동하는 걸 본 적이 없는 것 같은데…….”

“아마 데몬이 정부에 대한 연락을 차단했거나 사자를 조종했던 거겠죠. 그게 아니라면 이런 상황에서 군대가 출동하지 않는 게 이상하니까요.”

일부 엘프들이 난동을 부리기 시작한 뒤로 상당한 시간이 지난 뒤였다.

정부도 리포르지라의 출현 정도는 파악했을 것이다.

세계수의 관리자 일족이 거느린 전사단과는 별도로 군대가 존재한다고 했으니, 급작스러운 사태임을 감안하더라도 지금쯤은 출동해야 했다.

“리포르지라와 신이 싸우는 모습을 들키지 않았으려나?”

티에라가 불안한 얼굴로 말했다.

리포르지라에 대해 잘 모르더라도 그 덩치와 열선의 위력은 멀리서도 충분히 잘 보였으리라. 그런 존재와 정면으로 싸운 신을 위험인물로 여길까 봐 걱정하는 듯했다.

“요란하게 한판 벌였으니까 말이지…….”

고대급 무기와 상급 클래스의 스킬 등을 아낌없이 사용하지 않았던가. 선정자라도 감히 끼어들지 못할 규모의 싸움이었다.

“이쪽 정부 사람들이 어떤 사람인지 모르잖아. 안 되겠다 싶으면 슈니의 명성을 활용해야겠지.”

슬프게도 현재 가장 의지할 수 있는 것은 슈니였다. 물리적인 전투력으로 복종시킬 수는 있겠지만 그것은 최후의 수단이었다.

"슈니와 함께 행동하는 사람이라면 갑자기 난폭해질 리 없다고 생각할 것이오. 상급 선정자 중에서도 손에 꼽히는 강자라고 설명한다면 경의는 품을지언정 의심하진 않을 테지."

일반인이나 능력치가 다소 높은 정도의 선정자라면 상급 선정자, 특히 슈니 일행과 근접한 자들의 강함은 그야말로 다른 차원의 영역이었다.

강함의 수준이 지나치게 다르므로 겨룰 생각조차 못 할 거라는 게 슈바이드의 설명이었다.

"다만 그 정도로 엄청난 싸움을 벌였으니, 강자를 자기 나라에 붙잡아 두려는 자들은 나올 것이오."

슈바이드는 그렇게 덧붙이며 오르도스 일행 쪽으로 눈을 돌렸다.

모든 것을 지켜본 것은 아니지만 신의 엄청난 능력을 직접 목격한 것은 사실이었다.

특히 수호대장인 오르도스를 통해 이야기가 새어 나간다면 국왕 같은 사람들이 신을 붙잡아 두려 할지도 모른다.

그리고 그것은 리무리스 같은 무녀들 역시 마찬가지였다.

데몬이 또 침략해오지 않는다는 보장이 없으므로 전속 수호자, 나아가서는 남편으로 삼으려 해도 이상할 것은 없었다.

"그렇군요. 저희는 신 공과 슈니 님의 강함을 피부로 느꼈습니다. 만약 남아주신다면 그보다 든든한 일은 없겠지요. 그리고 그 몬스터와 싸워보지 못한 정부의 중진들 중에는 슈바이드 공께서 염려하시는 수단을 사용하려는 자들도 있을지 모릅니다."

오랜 세월을 살아온 자답게 슈바이드가 굳이 언급하지 않은 것까지도 정확히 이해한 듯했다.

세계수를 지키는 엘프 나라의 국민이라 해도 모두가 청렴결백하지 않다는 건 이번 소동으로 명백해졌다.

"하지만 슈니 님은 한 곳에 오래 머물지 않으시는 분입니다. 신 공을 비롯한 모험자분들 역시 다양한 지역에서 의뢰를 수행하시는 분들이시니 붙잡아 두긴 어렵겠지요. 게다가 군대의 출동이 늦어졌으니 병사들도 싸움 전체를 목격하진 못했을 겁니다. 몬스터의 위쪽에서 싸웠던 건 슈니 님이셨으니, 그건 신 공이 아닌 슈니 님의 활약이라고 말해두면 윗분들도 아무 말씀 못 하실 겁니다. 게다가 감히 누가 여러분을 붙잡아 둘 수 있겠습니까?"

오르도스는 단순히 부정하는 대신 다른 전사들도 들으라는 식으로 말하고 있었다.

전사들은 정도의 차이는 있을지언정 고개를 끄덕거리고 있었다.

결국 오르도스의 말대로 신 일행이 나가겠다고 하면 막을 수 있는 자는 없었다. 전사들은 이미 그것을 직접적인 체험을 통해 알고 있었다.

"어찌 됐든 우선은 국민들의 혼란을 진정시키는 게 우선이 겠지요."

"그렇다면 저택까지 저희와 함께 가시죠. 데몬이 사라졌다 해도 그 영향이 바로 사라진다는 보장은 없으니까요."

"그렇게까지 해주실 필요는……. 아니, 맞는 말이군요. 만약 아직도 그 상태라면 무녀님들도 위험하실 수 있습니다. 송구스럽지만 조금만 더 힘을 빌려주십시오."

고개를 숙이는 오르도스를 따라서 다른 전사들도 무릎을 꿇으며 머리를 숙였다. 전사들과 무녀가 나란히 시가지를 돌아다닌다면 모두가 싸움이 끝났음을 인식할 것이다.

"그럼 갑시다."

신 일행을 중심으로 전사들이 주위를 둘러싸는 진형으로 걸어가기 시작했다. 리무리스와 리나는 대화는 가능했지만 육체적으로 상당히 지쳐 있었기에 카게로우의 등에 태우기로 했다.

신은 만약의 사태에 대비해 미니맵과 탐지 계열 스킬로 거리에 위협적인 반응이 없는지 확인했다.

현장을 직접 볼 수는 없어서 확실하진 않지만, 현재로서는 그게 최선이었다. 결과적으로 수상한 반응은 발견되지 않았다.

시가지와 가까워질수록 전사 계급이 아닌 엘프들이 많이

보이기 시작했다.

모두들 불안한 표정이었다. 패닉 상태에 빠지지 않은 것은 리포르지라가 쓰러지는 광경을 목격해서인지도 모른다.

리포르지라의 거대한 몸체라면 시가지에서도 충분히 보였을 테니 말이다.

"전사장님, 지금 대체 무슨 일이 벌어지고 있는 겁니까?"

신 일행을 멀찍이서 지켜보기만 하던 엘프들 중에서 한 명이 결심한 듯 말을 꺼냈다.

"자네는 우리가 온 방향에서 뭐를 봤는가?"

"네. 산처럼 거대한 몬스터…… 같았습니다만 맞습니까?"

"그렇네. 데몬에 의해 몬스터가 소환되었지. 하지만 그것을 다름 아닌 슈니 라이자 공과 우리 무녀님들의 힘으로 이미 토벌했네. 이제 안심해도 되네."

전사장이 힘있게 고개를 끄덕이자 질문했던 엘프는 안도하는 표정을 지었다.

"모두 들도록! 숲속에서 나타난 몬스터를 목격한 자가 많을 것이다. 하지만 걱정할 것 없다. 명성 높은 하이 엘프 슈니 라이자 공의 도움과 우리 무녀님들의 힘에 의해 그 몬스터는 이미 토벌되었다! 이 자리에 없는 자들에게도 사태가 수습되었음을 전하도록!"

신의 정체가 드러날까 봐 염려하던 것을 배려했는지, 오르도스는 신에 대해서는 언급하지 않고 슈니와 무녀의 힘으로

만 토벌했다고 소리 높여 외치고 있었다.

전사장 중 한 명의 발언이었던 만큼 엘프들은 다들 안도하는 눈치였다.

만약 신이 이야기했다면 정체 모를 휴먼이 뭐라고 떠든다는 정도로만 생각했을 것이다.

실제로 신과 슈바이드에게 상당한 시선이 집중되고 있었다.

엘프 집단 안에 휴먼과 드래그닐이 있으니 당연한 일이었다. 다만 전사들이 가만히 있는 걸 보고 위험하진 않다고 판단한 것 같았다.

신은 적어도 자신을 향하는 시선에서 악의나 적의를 느끼지는 못했다.

"겨우 도착했군."

사태가 수습되었음을 알리기 위해 오르도스가 소리치고 신과 슈바이드가 주목받기를 일곱 번 반복했을 때였다. 그제야 루델리아의 저택이 보이기 시작했다.

신의 입에서 한숨 섞인 목소리가 새어 나온 것은 엘프들의 시선을 계속 받아내는 것이 그리 좋은 기분은 아니었기 때문이다. 악의와 적의는 없더라도 정신적으로 지칠 수밖에 없었다.

전사들의 모습을 목격한 문지기 엘프 한 명이 저택 안으로 뛰어 들어가는 것이 보였다.

"티에라!"

"리나!"

신이 안도의 한숨을 내쉬자 엘프 두 명이 티에라와 리나의 이름을 외치며 저택에서 뛰어나왔다.

오를레아와 헤라드였다. 두 사람도 저택에 와 있었던 모양이다. 신발도 신지 않고 뛰어나온 것을 보면 상당히 다급했음을 알 수 있었다.

이름을 불렀던 두 사람이 무사하다는 것을 확인해서인지, 아니면 신 일행과 눈이 마주쳐서인지는 모르겠지만, 두 사람은 당장 달려가고 싶은 것을 꾹 참고 슈니에게 고개를 숙였다.

"이야기는 들었습니다. 저희의 실수로 인한 재앙을 막아주셔서 감사드립니다."

오르도스가 부하 중 한 명을 미리 저택으로 보냈는지, 리포르지라 토벌과 세계수 부활에 대해 이미 파악한 것 같았다.

오를레아 뒤에 있던 헤라드는 신에게도 고개를 숙였다.

"피곤하실 테지만 자세한 이야기를 들려주실 수 있겠습니까?"

"네, 그러려고 왔습니다. 당신이 대표라고 생각해도 되겠지요?"

"네. 당주께서 저렇게 되셨으니, 제가 임시로 맡겠습니다."

책임감을 느껴서인지, 슈니의 질문에 대답하는 오를레아의 표정은 어두웠다.

 문 앞에 계속 서 있으면 괜한 주목만 받을 것이기에 일단 저택 안으로 들어가기로 했다.

 당주가 사용하던 방에는 이미 조사원들이 파견되었다고 한다. 물론 데몬의 영향을 받지 않은, 신뢰할 만한 자들이었다.

 "우리들도 한번 볼 수 있을까? 브루크 때는 함정이 설치되어 있었으니까 위험할지도 몰라."

 "그렇겠네요. —우리 쪽에서 사람을 보내도 될까요? 데몬이 당주를 조종하고 있었다고 하니 다른 흉계가 없으리란 법도 없으니까요."

 신이 작은 목소리로 말한 내용에 슈니가 고개를 끄덕이며 오를레아에게 제안했다. 예전에 교회에서 암약하던 신부의 방에 함정이 존재했다는 보고를 받은 적이 있었다.

 슈니가 앞에 나서서 이야기한 것은 파티 리더가 신이라는 것을 오를레아가 모르기 때문이다. 신을 모르는 사람들은 대개 슈니를 리더로 보기 마련이었다.

 "맞는 말이군요. 알겠습니다. 저희가 보지 못하는 걸 찾아내실지도 모르니까 꼭 협력해주십시오."

 "그러면 내가 갈게. 마기에도 대비해야 하니까 티에라도 같이 가주겠어?"

 "응, 알았어."

 신은 나머지 설명을 슈니에게 맡기고 티에라와 함께 당주의 방으로 향했다. 오를레아는 조금 곤혹스러워하는 눈치였지만, 슈니가 맡겨두면 된다고 하자 반대하진 않았다.

먼저 조사하러 와 있던 엘프들에게는 방까지 안내해준 엘프가 사정을 설명했다.

"아직까지 특별한 건 발견하지 못했습니다."

슈니 라이자의 동료라는 말에, 조사원들은 지금까지 판명된 사실을 신에게도 숨김없이 말해주었다.

티에라가 누구인지는 바로 알아보았는지, 그녀에게는 곤혹스러움과 두려움, 경외심이 뒤섞인 태도를 보였다.

엘프의 긴 수명을 생각하면 아마 티에라가 추방당할 때의 상황을 기억하거나 누군가에게서 전해 들은 것이리라. 당시에 어떤 입장을 취했는지에 따라 티에라에 대한 감정이 크게 달라지는 듯했다.

"확실히, 특별한 건 안 보이는군."

팔미락 때는 바로 찾아낼 정도로 쉬웠지만, 이곳은 전혀 달랐다.

함정이 설치된 상자도 있을 수 있었기에 신은 함정을 감지하는 스킬을 발동했다. 그러자 책장 뒤쪽에서 반응이 있었다.

"정말 고전적인데."

비밀 장소로는 흔하디흔한 위치였다. 다만 책장을 치워도 평범한 벽으로만 보였기에 제법 신경 써서 만든 티가 났다.

신이 조사해보니 아무 대비 없이 열 경우 레벨X 수준의 다양한 상태 이상에 걸리게 하는 함정이 설치되어 있었다.

정신 계열의 공격이 많은 것을 보면 비밀 장소를 발견한 자를 조종하기 위한 것이리라.

하지만 함정이 발동하더라도 신은 멀쩡할 것이다. 하이 휴먼의 저항력을 뚫어낼 정도는 아니었다.

신이 함정을 해제하자 벽의 일부가 열렸다. 안에는 책 한 권과 금색 수정이 들어 있었다.

"그건 아빠의 일기……."

신이 꺼낸 책의 표지를 보고 티에라가 무심코 입을 열었다.

중요한 사항이 적혀 있을 가능성도 있었기에 나머지 일행과 합류하고 나서 내용을 확인하기로 하고 수정 쪽을 살펴보았다.

수정은 성인 주먹 정도의 크기로, 중심에서 멀어질수록 색이 옅어졌다. 중심부는 황금색이고 표면은 흰색에 가까웠다.

광물이라면 신의 【애널라이즈】로 정체를 알아냈을 테지만, 의미 불명의 표시만 나열될 뿐이었다. 소위 말하는 버그 상태였다.

"분석은 나중으로 미뤄야겠군."

다른 곳엔 함정의 반응이 없었다. 숨겨진 금고나 창고도 없는 듯했다.

티에라에게도 확인했지만 마기는 느껴지지 않는다고 했다.

"찾아낸 물건을 갖고 일단 돌아가자."

신은 아이템 카드로 만들기 위해 수정을 건드렸다. 그리고 그것이 찾아왔다.

"으윽?!"

시야가 흔들리며 지지직거렸다.

흔들린 시야 안에 비친 것은 마천루 같은 빌딩 숲, 자동차와 사람들이 오가는 교차로, 강의를 듣는 학생과 교실, 그리고— 눈을 감고 있는 자신의 모습.

—보인다.

친구의 얼굴. 은사님의 얼굴. 자신이 없는 집 안. 조금 야윈 부모님. 조금 성장한 동생들.

자신이 없는 동안의 시간 변화.

—들려온다.

거리의 소음. 자동차가 달리는 소리. 자신을 부르는 아버지의 목소리. 어머니의 목소리. 남동생의 목소리. 여동생의 목소리. 친구들의 목소리.

지금은 들리지 않는 그리운 소리들.

—느껴진다.

현실 세계와 이 세계의 경계. 보이지 않는 벽.

세계를 나누는 절벽.

"—신……! 신! 신!!"

"……?!"

의식이 되돌아왔다. 어깨로 느껴지는 온기에 고개를 돌리자 바로 앞에 티에라의 얼굴이 보였다.

"대체, 어떻게 된 거야? 갑자기 멈춰버리고……."

"아아, 아니…… 수정의 반응이 이상해서 잠시 생각에 잠겼나 봐."

걱정 끼치기 싫었던 신은 애매하게 미소 지었다.

방금 전에 보였던 것, 들렸던 것, 느꼈던 것은 잠에서 깨면 사라져버리는 꿈처럼 떠오르지 않았다.

단지 신의 가슴에 약간의 아픔이 남았을 뿐이다.

'이걸 만졌을 때 뭔가가 있었어……. 분명 있었는데…….'

떠올릴 수 있는 건 무언가가 있었다는 확신뿐이었다.

답답한 마음은 있었지만 지금은 드러낼 때가 아니라 생각하며, 수정과 일기를 카드로 바꿔 아이템 박스에 집어넣었다.

두 사람은 엘프들에게 인사하고 슈니가 있는 곳으로 돌아왔다. 정보 교환은 이미 끝난 뒤였다. 지금은 향후 문제에 대해 논의하는 듯했다.

"뭔가가 있었나요?"

"응, 아직 분석은 못 했지만 숨겨진 물건을 회수해 왔어."

"그 이야기를 저에게도 들려주시겠습니까?"

그때 오를레아가 끼어들었다. 워낙 중요한 사안이다 보니 가만히 있을 수 없었으리라.

"알아낸 건 말씀드리죠. 다만 어디까지 해석할 수 있을지는 전혀 장담할 수 없습니다."

이것만큼은 사실이었다. 이번에 입수한 수정은 신이 아는 것과는 무언가가 달랐기에 평범한 작업은 아닐 거란 예감이 들었다.

"이건 함께 보는 편이 좋을 것 같으니까 이야기가 끝나면 보도록 하죠."

신이 일기를 꺼내 보이자 모두의 시선이 집중되었다.

"그건……?"

"크루시오 씨의 일기입니다. 티에라가 확인했는데 확실하다고 하네요."

신의 말에 티에라가 고개를 끄덕여 보였다.

"그렇다면 논의가 끝난 뒤에 다 함께 읽어보죠. 무슨 일이 있었던 건지 알 수 있을지도 모릅니다."

"알겠습니다."

신이 일단 일기를 집어넣자 대화가 재개되었다.

"리포르지라와의 전투 결과와 세계수의 상태에 관한 내용은 이미 전달했습니다. 피해 상황에 대해서도 이야기했는데 시가지의 건물 파괴나 인적 피해는 거의 없다고 합니다."

"무엇보다 다행이군."

싸운 장소도 좋았다. 전투 중에 도시 쪽으로 가지 않도록 유도했던 신은 결과를 듣고 안도의 한숨을 내쉬었다.

"남은 문제는 임왕(林王)이 어떻게 움직이느냐 하는 거군요."

"네. 저희가 사태를 수습하지 못했다는 건 조금만 조사해봐도 금방 알아낼 테죠. 하이 엘프인 슈니 님의 활약이 있었다지만 틀림없이 간섭해올 겁니다."

무녀라는 특별한 존재와 그를 지키는 전속 전사단. 라나파시아의 건국은 세계수의 수호를 기원으로 하기 때문에 관리자와 국가 상층부는 대등한 위치에 서 있었다.

그러나 이번 소동으로 힘의 균형이 무너졌다. 그 정도로 큰 실패인 것이다.

정부가 어떻게 나올지는 오를레아와 헤라드 같은 인사들도 예상할 수 없다고 한다.

"아마 며칠 내로 사자가 올 겁니다. 슈니 님께도 다시 한번 이야기를 들으려 하겠죠."

"그건 괜찮습니다. 하지만 할 수 있는 일과 할 수 없는 일이 있다는 건 아시겠지요?"

"잘 알고 있습니다."

오를레아는 정중하게 머리를 숙였다.

슈니가 리더인 줄 아는 오를레아 뒤에서 헤라드는 복잡한 표정을 짓고 있었다.

리나를 데려왔을 때나 방금 전의 대화 등을 통해 신과 슈니가 단순한 협력 관계는 아니라는 것을 알아챘는지도 몰랐다.

"이제 남은 건 신과 티에라가 발견했다는 일기네요."

정보 교환이 대충 마무리되자 남은 문제는 신이 가져온 일기뿐이었다. 신은 다시금 일기를 꺼내 티에라에게 건넸다.

"어……?"

"보기 힘든 내용이 적혀 있을지도 모르지만, 일단은 티에라가 읽는 게 맞는 것 같거든."

티에라는 잠시 주저했지만 신의 말을 듣고 일기를 받아 들며 표지를 펼쳤다.

잠시 동안 방 안에서는 페이지를 넘기는 소리만이 들려왔다.

혹시라도 방해가 될까 봐 다들 꿈쩍도 하지 않고 있었다.

"……!"

한 페이지를 펼쳤을 때 티에라의 표정이 일그러졌다. 참지 못한 눈물 한 줄기가 뺨을 타고 흘러내렸다.

"……고마워."

일기를 다 읽은 티에라는 신에게 말했다.

신은 다시 건네받은 일기를 펼쳐 보았다.

그러나 공교롭게도 신이 읽을 수 없는 엘프 문자였기에 슈니에게 대신 읽어달라고 했다.

모두가 동시에 읽어볼 수는 없으므로 슈니가 소리 내서 읽기 시작했다.

일기의 날짜가 불규칙한 걸 보니 내키는 날마다 적은 것 같앞다.

다른 일기도 있었는지, 첫 장에 적힌 것은 티에라에 관한 내용이었다.

무녀의 힘이 점점 강해지고 있다는 이야기와 아버지로서의 자랑스러운 마음, 지켜줘야겠다는 결의. 그런 내용이 짧지만 분명한 문장으로 적혀 있었다.

그 뒤로는 아내가 만든 음식이 맛있었다는 이야기. 병사들의 실력이 향상된 이야기. 티에라의 약혼을 받아들이기 힘들어 마음이 복잡했다는 이야기.

지금도 누군가는 일상으로 겪고 있을 만한 이야기가 계속되었다.

아버지로서도, 그리고 수호자로서도 좋은 사람이었으리라. 읽는 사람에게 그런 느낌을 주는 내용이었다.

그러나 그런 평온한 내용은 갑자기 뚝 끊기고 말았다.

다음 일기가 적힌 것은 한 달이 지나서였다.

─우리가 대체 뭘 잘못했기에 이러는 걸까.

그 공백 기간 동안에 무슨 일이 있었는지는 그곳에 있던 모두가 짐작했다.

티에라가 【저주의 칭호】를 얻었던 것이다.

그 뒤로부터는 처참하기 그지없었다. 일기를 쓰는 간격도 점점 길어지고 깨끗하던 글자도 마구 휘갈겨 쓰고 있었다.

이때부터 이미 일기로서의 기능은 반쯤 상실한 상태였다.

무녀였던 딸이 저주를 받은 것에 대한 의문.

딸이 저주받은 자로서 모멸과 비난, 부당한 대접을 받는 것에 대한 두려움과 분노.

고향에서 딸을 추방하자는 목소리가 커지는 것에 대한 초조함.

자신의 입장과 역할 때문에 딸을 지켜줄 수 없는 한탄과 슬픔.

그것이야말로 크루시오가 한 번도 입 밖에 내지 못한 절규나 다름없었다.

곳곳에 글자가 흐릿하거나 종이가 구겨진 것 역시 크루시오의 감정을 대변하고 있었다.

그리고 아내가 죽었다는 한 문장으로 일기는 끝났다.

그 뒤로는 아무것도 적혀 있지 않았다.

"……."

모든 내용을 듣고 난 신 일행은 잠시 말이 없었다.

일기장의 두께는 얇고 글자는 적었다. 그러나 무거운 내용이었다.

특히 후반부는 글자 자체가 저주에 걸린 듯했다.

"엄마는 나와 헤어진 뒤에 바로 돌아가신 게 아니었어. 추방에 찬성하지 않은 사람들이 보호해줬거든. 하지만 그 전부터 정신적으로 약해진 상태에서 부상을 입다 보니까 오래 버티진 못하신 것 같아."

어머니에 대한 이야기는 예전에 루센트 가문에 속했던 자에게서 들었다고 한다. 이 일기가 아니었으면 굳이 언급하지 않았을 거라고 신은 생각했다.

"글자의 변화를 보면 티에라 공이 【저주의 칭호】를 얻게 된게 전환점이었던 것 같소. 하지만 시점이 너무 절묘하군. 아마 그 전부터 기회를 노리고 있었을 테지."

슈바이드가 냉정하게 분석했다.

신도 같은 의견이었다.

"의도적인 일이었다고 생각하나요?"

"나도 부정하고 싶지만, 리포르지라가 출현했던 걸 생각해 보면 아마 맞겠지. 가능성을 따진다면 일단 주술사, 그리고 부여술사와 사령술사 정도일 거야."

주술사는 저주와 능력치 저하를 비롯한 디버프 능력을 주특기로 하는 직업이었다. 부여술사, 사령술사도 주특기는 아니지만 그와 근접한 능력을 낼 수 있었다.

문제는 신이 그런 직업에 대해 자세히 알지 못한다는 점이었다.

주술과 사령술의 표적이 되었을 때 조심해야 하는 것만 알지, 직업 자체에 대해서는 깊은 이해가 없었다.

비슷한 계통의 직업으로서 부여술사는 연금술사인 헤카테가, 사령술사는 소환사인 캐시미어가 잘 알고 있을지도 모르지만 지금으로선 연락할 방법이 없었다.

"남은 건 이거로군."

결국 일기를 통해 알아낸 사실은 많지 않았다. 몇 가지 추측이 끝났을 때 신은 품속에서 금색 수정을 꺼냈다.

"이건 수정……인 건가요?"

"그렇게 보이지만 아마 다른 물건이겠죠. 이건 아까 말했던 대로 크루시오 씨의 방에서 회수한 아이템입니다. 저도 고급 재료 아이템을 잘 알지만 이건 처음 보거든요."

오를레아의 질문에 신이 대답했다.

신은 이 수정이 리포르지라를 불러낸 키 아이템일 거라 예상하고 있었다.

"이상해. 데몬이 숨겨둔 물건인데 마기가 느껴지지 않거든."

티에라가 수정을 바라보며 말했다. 일기도 그랬지만 수정에서는 마기가 전혀 느껴지지 않았다.

"그 방에도 함정은 있었지만 마기는 거의 없었습니다."

"당주는 평소에 그 방에서 업무를 보셨죠?"

"네, 그렇습니다. 하지만 저택이 워낙 넓은 데다 당주가 들어가지 못하는 방은 없습니다. 방이 아니더라도 마음만 먹으면 숨길 장소야 얼마든지 있었겠지요."

신의 말에 이어 슈니가 질문하자 오를레아는 어두운 표정으로 대답했다.

행동 범위를 통해 수상한 장소를 추측하는 방법은 당주가 어디에나 갈 수 있다면 사실상 불가능했다.

오를레아는 저택 안에서 일하는 자들의 증언을 통해 자주 목격되었던 장소 등을 조사해볼 예정이라고 말을 이었다.

"수정의 분석 작업은 저희에게 맡겨주시겠어요? 제가 아는 한 신보다 재료 아이템에 정통한 사람은 없을 거예요. 필요하다면 대륙 전체를 돌며 기술자를 찾아갈 수도 있고요."

"……슈니 님이 그렇게까지 말씀하신다면 왕도 거절하진 못하겠죠. 뭔가 알아내시면 기별해주십시오."

오를레아는 잠시 망설인 뒤에 고개를 끄덕였다.

슈니는 압도적인 능력 때문에 대륙 전체에서 의뢰가 들어온다. 의뢰인 중에는 왕족과 도시의 영주들도 많으니까 슈니가 부탁한다면 필요한 지원을 이끌어낼 수도 있으리라.

그런 부분도 고려해서 승낙했을 거라고 신은 생각했다. 만약 신이 제안했다면 이렇게 쉽게 받아들이진 않았을 것이다.

"그러면 저희는 일단 저택으로 돌아가겠습니다. 너무 오래 머물다가 정부군의 관계자와 마주치기라도 하면 곤란하니까요."

서로 간의 연락 방법을 확인하고 나서 슈니가 그렇게 말을 꺼냈다.

미니맵에서 특별한 움직임이 감지되진 않았지만 그것도 완벽하진 않다. 신 일행끼리라도 차후의 행동 방침을 논의할 시간이 필요했다.

"알겠습니다. 무슨 일이 생기면 다시 연락드리죠."

만나는 내내 슈니에게 고개를 꾸벅거리던 오를레아의 배웅을 받으며, 신 일행은 루델리아의 저택을 뒤로했다.

오를레아는 티에라와 이야기하고 싶어 하는 눈치였지만, 그 자리에서 그런 마음을 드러낼 만큼 분별이 없지는 않았다.

"언제 떠날 수 있을까……."

왕과의 알현은 피할 수 없었다.

리포르지라는 쓰러뜨렸지만 아직 혼란이 수습된 건 아니었다.

관리자 일족인 루델리아 전사단의 절반이 일시적이지만 적으로 돌변했던 사실도 잊어선 안 된다. 데몬이 사라졌다고 해서 가만히 놔둘 수는 없는 일이었다.

오를레아가 대표를 맡은 루델리아뿐만 아니라 루라크도 책임을 져야 할 가능성이 높았다.

슈니의 눈치를 봐서 무리한 요구를 해오지는 않을 테지만, 그렇다고 해서 모른 척하고 떠나버릴 수는 없었다.

"상대가 어떻게 움직이느냐에 따라 달라지겠죠."

"토벌 퀘스트처럼 몬스터를 쓰러뜨린 시점에서 끝나면 좋을 텐데 말이지."

투덜거려봐야 소용없다는 것을 알면서도, 신은 무심코 중얼거리고 있었다.

✝

"왕이 오셨다고요? 부르지 않고 여기에 직접……?"

다음날 아침. 식사를 마쳤을 때 예상치 못한 연락이 들어왔다.

신 일행이 루센트의 저택에 머문다는 사실은 오를레아에게 물어보면 금방 알아낼 수 있었다.

오를레아도 조만간 사자가 올 거라 이야기했었고, 마주치지 않고 넘어가기는 힘들다는 것도 알고 있었다.

하지만 왕이 직접 저택에 방문한다는 것은 누구도 예상치 못한 일이었다.

"저택 밖에서 기다리고 계십니다. 안으로 모셔도 괜찮겠습니까?"

알리러 온 엘프도 동요하는 눈치였다.

관리자 일족이라도 국왕 앞에서는 긴장할 수밖에 없는 듯했다.

"중요한 자리에 사용되는 방은 있는 거야?"

"일단 특별한 손님을 위한 방은 있는데……. 일행은 몇 명이나 되었어?"

"호위 인원을 포함하면 스무 명은 됐습니다."

"많은데……."

밀담을 나누려는 건 아니지만, 그 정도로 많은 인원을 들일

만한 방은 없다고 한다.

방이 없으니 인원수를 제한한다고 말할 수도 없는 노릇이었다. 따라서 어느 정도 넓은 홀에서 회담을 갖기로 했다.

저택의 하인에게 손님들의 안내를 부탁한 뒤, 신 일행은 먼저 홀에 가서 기다렸다. 잠시 뒤에 하인의 안내를 받은 엘프 일행이 들어왔다.

선두에는 로브와 비슷한 형태의 화려한 옷을 입은 엘프가 서 있었다. 오른손에는 금색 지팡이를 들고, 머리에는 은 티아라를 쓰고 있었다. 전부 신화급 장비였다.

—【엘딘 루 레벨 255 교황】

'최고 레벨에 직업은 신관 계열 최상위직이군. 선정자 같은데.'

레벨, 장비, 직업까지 평범한 엘프는 아니었다.

신이 엘딘에게서 느낀 존재감은 지금까지 만나본 국왕들과 비슷했다.

역시 통솔자로서의 카리스마를 갖고 있었다.

"처음 뵙겠소. 라나파시아의 국왕 엘딘 루라고……."

엘딘의 말이 중간에 멈췄다.

그의 눈은 대표자로 선두에 서 있던 슈니 대신 신을 바라보고 있었다.

"엘딘 님? 왜 그러십니까?"

뒤에 서 있던 늙은 엘프가 엘딘에게 말했다.

하지만 엘딘은 무언가를 확인하듯 계속 신에게 시선을 향하고 있었다.

그렇게 몇 초가 지났을 때, 엘딘은 뒤에 있던 신하들을 돌아보았다.

"파단만 남고 다들 밖에서 기다리게."

"엘딘 님?!"

갑작스러운 명령에 호위와 문관 엘프들이 동요하며 말했다. 아무래도 엘딘이 평소와 다르게 행동하고 있는 듯했다.

"내 말을 못 들은 건가?"

"하오나……."

나가지 않고 망설이는 건 문관처럼 차려입은 엘프들이었다. 상대가 상대인 만큼 호위가 필요 없다고 생각할 수는 있겠지만, 다른 이들까지 밖으로 내보내는 엘딘의 의도는 대체 무엇일까.

"어서 나가게. 은인분들을 기다리게 해서 되겠나."

파단으로 추측되는 늙은 엘프는 처음엔 당황하다가 침착함을 되찾은 듯했다.

다른 엘프들도 더 이상 미적거렸다간 다양한 의미에서 좋지 않다고 생각했는지, 결국 홀 밖으로 나갔다.

신 일행은 아무 말도 하지 않고 있었다.

"파단, 방음을."

"네."

엘딘의 지시에 따라 파단이 실내에 방음 마법을 걸었다.

그리고 신 일행을 돌아본 엘딘은 천천히 무릎을 꿇었다. 일국의 왕인 엘딘이 무릎을 꿇은 것이다. 그의 뒤에서 파단도 똑같은 행동을 하고 있었다.

"대체 뭐 하시는 겁니까?"

"저희의 불찰로 인해 고귀한 분을 수고스럽게 한 점, 사과 드립니다."

슈니가 묻자 엘딘은 고개를 숙인 채 대답했다.

그의 모습을 지켜보던 신은 문득 어떤 사실을 깨달았다.

엘딘과 파단이 무릎을 꿇은 방향이 슈니에게서 살짝 어긋나 있었다. 그들이 향한 사람은 다름 아닌 신이었다.

"왕이 된 자가 가볍게 무릎을 꿇어서는 안 됩니다."

"『영광의 낙일』을 거친 뒤에도 사람들의 칭송을 받고 신(神)으로까지 불리는 분 앞에서 일국의 왕 따위는 대단한 존재가 아니지요."

"신(神)⋯⋯?"

엘딘의 말을 듣자 슈니의 표정이 바뀌었다. 슈니는 각국에서 의뢰를 받을 정도의 인물이지만 신으로까지 불리진 않는다.

그리고 애초에 두 사람은 좀 전부터 슈니 쪽을 바라보고 있지 않았다.

"다시 존안을 뵙게 되어 무한한 영광입니다. 신 님."

"저기, 전에 어디서 뵌 적이 있던가요……?"

신은 무릎을 꿇은 채 올려다보는 엘딘의 얼굴을 살피며 생각에 잠겼다.

이 세계에 온 뒤로 꽤나 다양한 곳들을 돌아다녔지만, 아무리 기억을 되짚어 봐도 엘딘과 만났던 장소는 떠오르지 않았다.

애초에 왕이 나라 밖으로 돌아다니는 경우가 그리 흔치는 않을 것이다.

"『영광의 낙일』 전의 일이었기에 기억하지 못하실지도 모르겠군요."

"아…… 혹시 제 종족이 뭔지 알아보신 겁니까?"

"하이 휴먼 중에서도 『육천』 분들의 이름과 외모는 널리 알려졌으니까요. 실제로 목격했던 건 이 나라 안에서 저와 파단뿐이지만요."

신이 파단을 돌아보자 말없이 고개를 끄덕이고 있었다. 금세 침착함을 되찾았던 건 그 역시 신을 알아보았기 때문인 것 같았다.

"흠, 그렇게 된 거군요. 어쨌든 일어나세요. 슈니가 앞에 나와 있는 걸 보면 아시겠지만, 제가 하이 휴먼이라는 걸 공공연히 떠들고 다니는 게 아니라서요. 그리고 예전의 저희를 아신다면 그런 걸 신경 쓰지 않는다는 것도 잘 아시겠죠?"

『육천』은 【THE NEW GATE】 내의 톱 플레이어 집단 중 하나였지만 다른 플레이어나 NPC에게 거만한 태도를 취한 적이 없었다.

동료들 사이에서도 상하 관계가 존재하지 않았으므로 대화 상대를 계속 무릎 꿇게 하는 건 기분 좋은 일이 아니었다.

"그렇게 말씀하신다면……."

엘딘과 파단은 슈니와 다른 동료들의 안색을 살피며 일어났다.

본인이 괜찮다고 해서 동료들도 그러리란 보장이 없었기 때문이리라. 직접적으로 말하진 않더라도 위압감을 내뿜는 것만으로 상당한 압력을 받게 된다.

엘딘이 이 세계에서는 상당히 강한 편이고 귀중한 장비를 착용하고 있어도, 슈니와 비교하면 평범한 축에 속했다.

물론 신의 동료들은 위압감을 내뿜는 일 없이 조용히 있었으므로 공연한 걱정이었다.

"일단 이번 회담에서는 슈니가 대표였던 것으로 해주시면 고맙겠습니다."

"알겠습니다. 저희들의 가슴속에만 간직하기로 하죠."

하이 휴먼이 돌아왔다는 정보가 새어 나가면 각국은 정보의 진위를 확인하기 위해 필사적으로 나설 것이다.

그렇게 되면 슈바이드가 고국을 떠난 사실과 슈니와 함께 행동하는 인물들의 정보를 많은 이가 알게 된다.

그리고 그런 정보를 통해, 하이 휴먼과 똑같은 이름의 신이라는 모험가를 찾아내는 경우도 많을 것이다.

게다가 일부 사람들에게 신의 높은 능력치를 들킨 상태이다 보니 혹시나 하고 생각하는 사람들이 나오기 마련이었다.

이미 그런 생각을 가진 사람들도 있을 수 있었지만, 신은 스스로가 하이 휴먼임을 밝힐 생각이 없었다.

되도록 조용히 넘어가고 싶었던 것이다.

"그런데 그걸 굳이 확인했다는 건 우리에게 뭔가 볼일이 있어서겠지요?"

신이 하이 휴먼이라는 걸 알아보았다 해도 왕으로서의 태도를 유지하며 슈니와 대화했다면 아무도 몰랐을 것이다. 신 일행 역시 다른 왕을 만날 때와 똑같이 행동하고 물러갔으리라.

그렇게 하지 않은 것을 보면 무언가가 있다고 봐야 했다.

"네. 하지만 부탁드릴 일이 있는 것은 아닙니다. 신 님에게 돌려드릴 물건이 있습니다."

"돌려줄 물건?"

신은 엘딘이 말하는 물건이 무엇인지 짐작이 가지 않았다.

이 세계에 온 뒤로 일회용으로 사용했던 무기는 있었지만, 그것을 엘딘이 돌려주려고 하는 이유는 떠오르지 않았다.

"신 님은 『영광의 낙일』 이전에 출현했던 리포르지라를 기억하십니까?"

"네, 기억합니다."

방패로 방어한 상태에서 멀리 튕겨 나간 기억은 잊으려야 잊을 수 없었다.

"저도 그 싸움에 참가했습니다. 하지만 플레이어분들이 안 계셨다면 사태를 수습하지 못했겠지요."

리포르지라와의 싸움에는 플레이어 외에도 다수의 NPC가 참전했다. 그중에 엘딘도 끼어 있었던 모양이다.

"돌려드릴 물건은 그때 쿳쿠 님이 사용하시던 무기의 검신 부분입니다. 설마 신 님이 여기 계실 줄은 몰라서 오늘은 가져오지 않았습니다만."

"쿳쿠의……? 그러고 보니 그때 무기가 망가져서 수리했었지."

게임 시절에 리포르지라와 벌였던 전투는 완전한 소모전이었다.

쿳쿠는 세계수를 부활시키는 부대에 속했지만, 그것이 후방 지원 부대를 의미하진 않았다.

리포르지라의 입장에서는 활동 에너지를 차단하려는 방해꾼들이므로 당연히 공격하게 되는 것이다.

그것을 저지하려다 신이 튕겨 나간 거지만 부대에도 타격이 없진 않았다. 쿳쿠의 무기가 망가진 것도 신 일행의 지원이 늦어졌을 때 소수 정예로 맞섰기 때문이었다.

그 결과 무기는 보기 좋게 부러지고 말았다. 건네받은 카드를 실체화했을 때, 특제 식칼의 자루만 남아 있던 것을 신은 지금도 기억하고 있었다.

도검류로 분류되는 무기지만, 식칼은 요리 스킬을 보조하기 위한 요리칼이다. 전투 무기로는 수준이 한 단계 떨어질 수밖에 없었다. 리포르지라라는 괴물을 상대한다면 부러지는 게 당연했다.

"빨리 돌려드리고 싶었지만 저희에겐 마땅한 수단이 없었던지라……."

"아니, 이제 못 찾을 거라고 포기했던 참입니다. 보관해주셔서 감사합니다."

신은 그렇게 말하며 고개를 숙였다. 게임 시절에 무기가 망가지는 건 일상이었기에 부러진 검신 같은 걸 신경 쓰는 사람은 없었다.

그러나 엘딘은 그것을 지금까지 계속 보관해준 것이다.

상황이 달라졌다고 할 수도 있겠지만 대장장이인 신으로서는 감사를 표할 수밖에 없었다.

"감사받을 만한 일은 아닙니다. 저희도 그 물건을 분석하면서 도움을 받았으니까요."

"그래도요."

부러지긴 했어도 틀림없는 고대급 검신이므로 정보 습득을 위해 분석하는 건 이상할 게 없다며 신은 미소 지어 보였다.

"그렇게 말씀해주시니 다행입니다."

검신은 내일 다시 가져오기로 하고 대화는 다음 화제로 넘어갔다.

"티에라 님에 대한 일입니다."

이번 일로 티에라의 결백과 강한 정화 능력을 의심하는 자들은 사라졌다.

현장에 없었던 사람 중에는 의심하는 경우도 있을 수 있으리라.

그러나 왕의 거주구에서도 눈으로 확인할 수 있었던 리포르지라와 완전히 정화된 세계수, 그리고 다른 무녀들의 증언까지 있었다.

그리고 무엇보다, 강한 능력을 가진 엘프라면 티에라 주변에 강한 정령이 많이 머물고 있다는 것을 느낄 거라고 엘딘은 말했다.

이번 일로 티에라의 힘이 일반적인 무녀의 영역을 초월했음이 분명해졌다.

티에라는 능력치 면에서도 일반인의 수준을 뛰어넘을 만큼 성장한 상태였다.

이 세계에서는 그것이 좋은 일인 동시에 나쁜 일이기도 했다.

"지금의 라나파시아에서 티에라 님의 존재는 재앙의 불씨가 될 수 있습니다. 강한 빛은 사람의 시선을 끌어당기죠. 그리고 눈을 멀게 합니다. 빛을 갈구하던 자들에게 그것은 저항할 수 없는 존재로 보이겠지요."

그것이 루센트 일족에 대한 이야기라는 것은 모두가 이해하고 있었다.

티에라가 추방당하고 최후의 당주가 죽은 뒤에도 루델리아와 루라크에 진심으로 소속되지 않은 자들, 이름이 바뀌었음에도 루센트로 남아 있는 자들이 있었다.

그런 이들에게 티에라는 더할 나위 없는 명분이 될 수 있었다.

"물론 모든 자가 그러진 않겠지요. 그래서 묻겠소. 티에라 님은 라나파시아에 남을 생각이 있으시오?"

엘딘은 신과 슈니와 대화할 때와 달리 왕으로서의 위엄을 갖추고 티에라에게 물었다.

"……아니요. 저는 이 나라에 남을 생각이 없습니다. 애초에 부모님 묘소를 참배하러 들른 것뿐이니까요."

티에라는 엘딘의 패기에 짓눌리면서도 분명히 대답했다. 설령 남아달라고 했어도 받아들이지 않았을 표정이었다.

"그런가. —고맙소."

엘딘은 조용하지만 분명한 말투로 대답했다.

고개를 숙이는 엘딘의 한마디에는 다양한 의미가 함축되어 있었다.

"보관 중인 검신은 내일 보내드리겠습니다. 그 이후로는 저희 쪽에서 간섭하지 않겠습니다."

"그러면 우리는 검신을 받는 대로 출발하겠습니다. 오래 머물다간 쓸데없는 소동을 일으킬 테죠."

신의 말은 엘딘뿐만 아니라 티에라를 향한 것이기도 했다. 티에라도 그것을 알아챘는지 말없이 고개를 끄덕여 보였다.

"갑자기 출발하게 돼서 미안하군."

엘딘과의 대화를 마친 신은 주변에 사람이 없는 것을 확인하고 나서 티에라에게 말했다. 언제쯤 떠날 수 있을지 고민하던 것이 거짓말 같았다.

엄청난 소동이 있긴 했어도 라나파시아는 티에라의 고향이었다. 그러다 보니 머물다가 또 성가신 일에 휘말리면 어쩌나 싶은 마음과, 조금 정도는 머물러도 되지 않느냐는 마음이 공존하고 있었다.

"이미 볼일은 마쳤으니까 신경 쓰지 않아도 돼. 그보다도 이곳을 떠나면 어디로 갈 거야?"

"처음엔 내 길드하우스를 찾으러 가는 것도 괜찮을 것 같았거든. 하지만 아직 어디 있는지도 모르면서 무작정 돌아다니는 건 시간 낭비겠지. 그래서 일단 장소를 알고 있는 로메눈으로 가려고 해. 옥시젠과 하이드로도 한 번쯤 만나둬야 할 테니까."

여러 소동이 겹치는 바람에 뒤로 미뤄진 길드하우스 방문.

마침 좋은 기회였기에 로메눈으로 향하기로 했다.

"근처가 아니라 며칠 걸린다는 게 문제겠군."

『금색 상인』 레드의 서포트 캐릭터인 베레트에게서 들었던 정보를 토대로, 대륙의 지형에 정통한 슈니가 계산한 결과 일반적인 마차의 속도로 반년 넘게 걸린다고 한다.

로메눈이 위치한 곳은 대륙 상부와 하부를 잇는 부분에서 남동쪽으로 나아간 삼림 지대 안이었다.

가도에서 벗어난 이후로는 포장된 도로가 없으므로 그 정도는 걸릴 거라는 이야기였다.

"우리 마차와 카게로우의 속도라면 절반 이하로 단축할 수 있어. 뭐, 당장은 급한 일도 없으니까 한동안 느긋하게 움직이자고."

신과 슈니는 전송 마법으로 날아온 뒤로 잠시나마 느긋한 시간을 보낼 수 있었다.

그러나 티에라와 슈바이드는 라나파시아에서, 필마와 세티는 데몬에게 점령당한 도시에서 활동하느라 제대로 된 휴식을 취하지 못했다.

동료들도 신과 슈니만큼 육체적으로나 정신적으로나 강인하지만, 쉬지 않아도 버틸 수 있는 건 아니었다. 여유가 있을 때 체력을 비축해두는 것도 좋을 거라고 신은 생각했다.

"그건 그렇고, 설마 내 종족을 들킬 줄이야."

신은 정말 놀랐다는 듯이 중얼거렸다.

게임 시절의 NPC, 게다가 서포트 캐릭터도 아닌 양산형 NPC에 불과했을 엘딘이 자신을 기억할 줄은 몰랐던 것이다.

태도와 말투가 내내 정중했던 것도 어쩌면 신이 싸우는 모습을 보고 겁을 먹어서일지도 모른다는 걱정이 들었다.

엘딘은 크루시오의 방에서 발견한 수정도 가능하면 정보를 얻고 싶다는 정도로만 이야기할 만큼 조심스러웠다.

"장수 종족 중에는 엘딘 같은 경우가 적지 않을 거예요. 어쩌면 이미 알아본 자들이 더 있을지도 모르겠네요."

"휴먼과 비스트에겐 전설이지만 엘프와 픽시에겐 직접 보고 들은 이야기니까 말이지."

실제로 싸우는 모습을 목격한 적이 있다면 거기서 느끼는 공포감도 상당할 거라고 신은 생각했다. 이 세계에서는 아침 운동 삼아 나라 하나를 멸망시키는 몬스터를 오히려 사냥하던 자들이었다. 대화가 통하긴 해도 싸우게 된다면 몬스터보다도 두려운 존재였다.

지금 다시 생각해보면 엘딘의 안색이 내내 안 좋았던 것 같았다는 생각도 들었다.

"이렇게 이야기하다 보면 무섭지 않다는 것 정도는 알 텐데."

"그분은 아마 선정자로 불리는 자들만큼 강한 엘프일 것이오. 남들보다 강한 힘을 갖고 있기에 신과 자신의 능력 차이를 이해한 게 아니겠소이까. 첫 만남부터 그런 식이면 서로의 거리를 좁히기 힘든 법이오."

슈바이드는 엘딘이 나갔던 문을 바라보며 의아한 표정의 티에라에게 말했다. 아마도 체험담일 것이다.

"한 나라를 짊어지고 있다 보면 생각이 많아지는 걸까요."

"그렇긴 할 거요. 자기가 내리는 결단 하나로 수천수만 백성의 운명이 좌우되지 않소이까. 그 중압감이 어떨지는 본인만 알 것이오. 하지만 신이라면 기분에 따라 나라를 멸망시킬 리는 없는데 말이오."

"그렇긴 한데……."

신은 농담이라도 그런 소리는 말라는 듯이 하얗게 질린 얼굴로 대꾸했다. 실제로 가능한 일이라는 점에서 더욱 난처해질 수밖에 없었다.

사실 따져보면 이곳에 모인 멤버들 모두 그럴 만한 능력이 있었다.

능력치가 가장 낮은 티에라조차도 이 세계의 기준으로는 말도 안 되게 강했다. 이미 상급 선정자와 비슷한 수준이었다.

신이 직접 제작한 장비와 사역마인 카게로우가 더해진다면 실제로 소국 정도는 함락할 수 있었다.

기존의 무기와는 차원이 다른 사정거리를 가진 활을 엘프인 티에라가 사용하는 것이다. 평범한 병사, 혹은 상급에 이르지 못한 선정자 정도는 일개 표적에 지나지 않았다.

"아무튼 그 이야기는 그만하자고, 그만. 필마에게도 이 이야기를 전달해서 합류 지점을 정하자."

신은 더욱 살벌한 대화로 발전하기 전에 억지로 화제를 바꾸었다.

필마 일행 쪽은 리포르지라 출현 같은 비상사태가 발생하지 않았다.

정말로 위험할 때는 연락을 취하기로 되어 있었으니, 아무 소식도 없는 걸 보면 괜찮을 것이다.

"연락해보고 그쪽 일이 아직 해결되지 않았다면 우리가 도와주러 갈 수도 있겠지."

"그러네요. 로메눈과는 방향이 다르지만, 양쪽이 동시에 이동한다면 그리 오래 걸리진 않겠죠."

지금 필마 일행이 머무는 나라는 라나파시아의 북쪽에 위치했다. 로메눈과 정반대는 아니지만 상당히 동떨어진 방향이었다.

다만 신 일행과 필마 일행 모두 일반적인 마차와는 차원이 다른 이동 속도를 낼 수 있었다. 로메눈에 비한다면 확실히 금방 합류할 수 있는 거리였다.

"내일 그 물건을 받는 대로 즉시 출발할 거야. 일단 이곳 사람들에게 들키지 않도록 조심해줘."

들켰다고 해서 출발하지 않으려는 건 아니었다. 다만 가능하면 조용한 가운데 재빨리 출국하고 싶었다.

그리고 다음날, 약속한 대로 엘딘이 저택에 찾아왔다. 이번에는 엄중한 경비와 함께였다.

"이건 또……."

"세상에 둘도 없는 귀중한 물건이다 보니, 아무리 국왕이라도 호위 없이는 꺼내 올 수 없었습니다."

파단이 먼저 신 일행을 만나러 와서 많은 인원이 찾아온 이유를 설명했다.

이 세계에서 고대급 장비는 설령 망가져 있어도 국보로 취급되었다.

만약 시장에 나온다면 수억의 가치가 있는 제일 금화를 뛰어넘는 가격이 붙게 된다. 호위가 붙는 게 당연한 일이었다.

"이것입니다."

엘딘이 천 위에 올려놓은 검신을 내밀었다. 받는 사람은 슈니였다. 엘딘과 파단에게 종족을 들키긴 했어도 주위 시선을 고려한다면 신이 받을 수는 없었다.

슈니는 게임 시절에 신 이외의 『육천』 멤버들과도 면식이 있었다.

엘딘과 회담할 때, 각국의 신뢰가 두텁고 전투력이 뛰어난 슈니라면 검신을 맡겨도 모두가 납득할 거라는 결론이 났다.

"확실히 받았습니다. 주인님이나 쿳쿠 님이 돌아오실 때까지 제가 잘 보관해두겠습니다."

"잘 부탁드립니다."

엘딘은 슈니가 검신을 카드화해서 아이템 박스에 넣는 것을 지켜본 뒤에 돌아갔다. 엘프들 중에는 티에라에게 말을 걸고 싶어 하는 자들도 있었지만, 왕이 돌아가겠다는데 남아 있을 수도 없었기에 접촉해오진 않았다.

"그럼 우리도 가자."

신 일행은 시내를 둘러보겠다고 말하며 저택을 나왔다. 물론 목적지는 시가지가 아니라 정원 밖으로 이어지는 문이었다.

"아무 말 없이 떠나도 정말 괜찮은 거야?"

친했던 사람도 있지 않느냐며 신이 물었다. 작별 인사를 하다가 문제가 생겨도 어쩔 수 없다고 생각했던 것이다.

"올 때 불쑥 왔으니까 갈 때도 불쑥 사라지면 돼."

티에라는 별일 아니라는 듯이 말했다.

신 일행은 인적이 드문 길에서 은폐 스킬까지 사용하며 걷고 있었다. 마지막으로 천천히 걸어보고 싶다는 티에라의 바람을 동료들이 돕지 않을 리 없었다.

"당신들은⋯⋯."

문에는 라나파시아에 올 때 문지기를 맡았던 엘프 애너하이트가 있었다. 모습을 감춘 채로 그냥 지나가도 됐을 테지만, 문을 나갈 때 정도는 모습을 드러내고 싶다는 티에라의 바람대로 은폐를 해제한 상태였다.

"⋯⋯가시는 겁니까?"

갑자기 나타난 신 일행 중에서 티에라의 모습을 발견했는지, 애너하이트가 확인하듯 물었다.

"네. 남을 이유가 없으니까요."

티에라가 대답하자 다른 엘프들도 그녀를 바라보았다. 하지만 애너하이트가 한 손을 들자 움직이려던 엘프들이 딱 멈춰 섰다.

"보내도 괜찮겠습니까?"

"우리 임무는 문을 지키는 것이다. 예전에 티에라 님의 추방이 결정됐을 때, 문지기인 우리는 찬성도 반대도 하지 않았지. 하지만 우리가 몬스터를 제대로 막아냈다면 그런 비극은 일어나지 않았을지도 몰라. 떠나기로 결정하셨다면 우리가 그걸 어떻게 막을 수 있겠나."

부하 엘프가 물었지만 애너하이트는 동요 없이 대답했다. 애너하이트는 100년 전에도 문지기를 맡고 있었던 모양이다. 그의 말은 엘프들을 설득하려는 것이라기보다 자신의 한심함과 무력함을 티에라에게 사죄하는 것처럼 들렸다.

"그럼 안녕히 계세요."

"좋은 여행이 되길 바라겠습니다."

애너하이트의 발언이 효과가 있었는지 막으려 드는 자는 없었다. 모두 일제히 고개를 숙이며 전송할 뿐이었다. 그들 역시 애너하이트처럼 100년 전부터 문을 지키고 있는 것이리라. 그래서 애너하이트의 말이 마음을 파고든 것이다.

신은 마차를 실체화해서 카게로우가 끌게 했다. 나무들에 가려져 문이 보이지 않을 때까지, 티에라는 계속 라나파시아 쪽을 바라보았다.

✝

라나파시아를 출발한 신 일행은 대륙을 북상하는 중이었다. 당면한 과제는 필마 일행과 합류하는 것이다.

헤카테의 길드하우스인 『5식 혼란 정원 로메눈』으로 향하는 것은 그다음이었다.

황금상회의 베레트에게 연락해서 갱신된 정보가 없는지 확인했지만, 아직 신의 『1식 괴공방 데미에덴』과 레드의 『3식 구동 기지 미랄트레아』는 발견되지 않았다고 한다.

"필마와 세티는 맡은 일을 다 끝내고 오는 거지?"

"네. 하지만 기뻐할 만한 상황은 아니네요."

신이 베레트에게서 받은 정보를 확인하는 동안, 슈니는 필마와 연락을 취하고 있었다.

슈니의 말에 따르면 데몬은 필마와 세티에 의해 토벌되었지만, 두 사람이 도착했을 때 이미 상당한 피해를 입은 상태여서 복구하려면 상당한 시간이 필요할 것이다.

"남아달라고 애원하고 있다네요."

"그러는 것도 이해는 가는데 말이지."

자세한 이야기를 전해 들은 신은 동정을 금치 못했다.

데몬의 마수는 정부의 상층부, 나아가 왕족에까지 뻗쳤다고 한다. 현재 살아남은 왕족은 미성년자인 왕자뿐이었다. 재상과 문관은 어느 정도 남아 있었으므로 간신히 왕자를 보좌

해나갈 수 있다고 한다.

문제는 무관 쪽이었다. 데몬에게 죽은 자들부터 자진해서 데몬에게 협력해 처벌당한 자를 포함하면 거의 괴멸적인 타격을 입은 상태였다.

성벽이 건재해서 몬스터가 안으로 들어올 염려는 없지만, 국내의 치안 유지조차 쉽지 않은 상황이었다. 데몬은 쓰러뜨렸지만 사후 처리가 더 큰 난관이었다.

이런 가운데 데몬을 쓰러뜨린 장본인들이 이만 가보겠다며 사라지면 어떻게 될까.

주민들이 폭동을 일으키지 않는 건 그 두 사람의 싸움을 목격했기 때문이었다. 그리고 재상들은 그 두 사람이 왕성에 머무는 한 무사할 거라고 생각하는 듯했다.

데몬의 마수로부터 국민들을 지켜내지 못한 왕족의 유일한 생존자는 왕자. 그리고 그를 호위해야 할 군대는 거의 남아 있지 않다. 주민이 폭동을 일으키면 아마 막아내지 못할 것이다.

"하지만 국내 상황이 안정될 때까지 남아달라는 건 너무 일방적이잖아."

그들이 처한 상황을 생각해보면 그런 부탁을 해오는 것도 이해는 갔다. 그러나 군을 재편하고 도시를 재건해 국가로서 재출발하려면 막대한 시간이 걸릴 것이다.

만약 아직 데몬이 날뛰고 있다면 신 일행도 얼마든지 도우러 갔을 것이다. 그러나 복구될 때까지 쭉 있어달라는 건 무리한 부탁이었다. 엘쿤트에서 했던 것처럼 약간의 구조 작업과 임시—그것도 상당히 한정적인—숙박 시설을 세워주는 게 고작이었고, 그것조차 무한히는 불가능했다. 국가의 재건을 돕는다는 건 힘에 부치는 일이었다.

"국민들도 굳이 왕족을 처단하려 들 만한 여유는 없는 거 아냐?"

"아니, 설령 그렇더라도 화풀이 대상을 원하는 자들이 나오기 마련이오. 처음엔 작은 투덜거림으로 시작하지만, 그게 비슷한 처지의 사람들 사이에서 퍼져나가면서 이윽고 커다란 파도를 이루게 되지. 이번처럼 국가의 안위가 위태로운 상황이라면 더 그렇소."

왕족을 처단한다고 현재 상황이 바뀌진 않는다. 오히려 나빠질 수도 있다. 그럼에도 폭주가 시작된 순간부터 파멸을 향해 나아갈 뿐이라고 슈바이드는 말했다. 마치 직접 지켜본 사람처럼 말이다.

"다른 방법이 없을까요?"

"약간의 도움은 줄 수 있겠지. 하지만 그것도 일시적인 것이오. 한 국가를 지원하려면 대형 상회나 하나의 국가 정도는 되어야 하오. 신이라면 가능할지도 모르오만……."

"무리야. 돈도, 사람도, 물자도 부족하다고. 이런 일은 동정심으로 나서선 안 돼."

아는 사람도 없고 가본 적도 없는 나라에 대대적인 지원을 베푼다는 건 상당히 무모한 이야기였다.

신 일행은 황금상회라는, 대륙에서도 손꼽히는 상회와 연줄이 닿아 있지만 그들도 대륙 구석구석까지 판로를 개척한 것은 아니었다. 지원을 부탁하더라도 실현되긴 어려울 것이다.

현실 세계에서도 수많은 재해가 발생하고 있다.

복구에 어느 정도의 시간과 자원과 인력이 소모될지는 실제 사례를 통해 짐작할 수 있다.

몬스터 토벌을 제외하면 지원은 어디까지나 눈에 띄는 좁은 부분, 개인이 할 수 있는 작은 일에 국한되어야 한다고 신은 생각했다.

실제로 어떤 일에 얼마나 개입할지는 상황에 따라 매우 애매해진다. 그러나 이번 일은 신이 감당하기 어려운 조건임이 분명했다.

"필마와 세티가 합류하면 그대로 로메눈으로 향하자."

"알겠습니다."

"알겠소."

"……알았어."

슈니는 담담하게, 슈바이드는 안도한 듯이, 티에라는 조금 불만스럽게.

세 사람의 각자 다른 대답을 들으며 신은 앞길 쪽으로 의식을 집중했다.

해가 진 뒤에는 달의 사당을 꺼내어 휴식을 취했다.

주위에 보이지 않도록 마법으로 은폐하고, 신 일행 외에는 들어올 수 없도록 설정해두었다.

만약 자신도 모르게 접근하는 사람이 있더라도 달의 사당 안으로 들어올 수는 없었다.

"자, 해볼까."

신은 달의 사당 안의 대장간에서 황금 수정과 마주 보고 있었다.

주먹만 한 수정은 육각기둥의 위아래로 육각뿔을 이어 붙인 듯한 외형이었다.

자연적으로 생성되었다고 하기엔 모양이 너무 예뻤다.

해석 계열 스킬은 여전히 의미 불명의 문자열을 표시할 뿐이었다.

"마력을 주입하면 어떻게 될까?"

아이템 중에는 마력을 주입함으로써 특유의 반응을 보이는 종류가 있었다. 뭔가가 변화하기를 기대하며 신이 마력을 흘려 보내자 예상한 것 이상의 변화가 발생했다.

황금색으로 빛나던 수정이 연보라색으로 물든 것이다. 마력 주입을 중단해도 색은 바뀌지 않았다.

"……실수한 건가?"

수정은 단 한 개뿐이다. 아이템을 분석할 때 늘 하던 일이었지만, 혹시라도 돌이킬 수 없는 짓을 저질렀을까 봐 신은 불안해졌다.

한참을 고민한 끝에, 마력을 주입해서 색이 바뀌었으니 반대로 흡수한다면 복원될지도 모른다는 아이디어를 떠올리고 실행에 옮겼다.

"돌아……왔는데, 뭐지? 이 느낌은……."

MP 흡수 스킬을 사용하자 수정은 원래의 금색 빛을 되찾았다. 그런데 수정에서 흡수한 MP가 몸속으로 흘러 들어올 때 뭔지 모를 위화감이 느껴졌다.

스킬 효과로 인해 신의 MP는 미미하게 회복되었다. 다만 그 위화감은 흡수한 MP와는 상관이 없었다.

무언가가 흘러 들어오면서도 빠져나가는 듯한 모순된 느낌이었다. 명확한 말로 표현하기 힘들어서 답답했다.

자신만 느끼는 건지, 아니면 다른 사람들도 똑같이 느낄 것인지 확인해보고 싶었지만, 위험하지 않다는 보장이 없었다.

리포르지라의 출현에 관여했을지도 모르는 아이템이었다. 무슨 일이 벌어질지는 아무도 몰랐다.

신이 혼자서 분석하고 있는 것은 대장간이 특별히 튼튼하므로 만약 무슨 일이 생겨도 다른 멤버들이 안전하기 때문이었다.

"역시 혼자서 분석하고 계셨네요."

대장간 입구에서 슈니의 목소리가 들렸다. 수정에서 흘러

들어온 묘한 느낌 탓인지, 신은 슈니의 기척을 알아차리지 못했다.

"들켰군."

"그야 당연하죠. 전에도 그랬잖아요."

게임 시절의 이야기였다. 아이템 중에는 분석에 실패하면 폭발하거나 독가스를 발생시키는 경우도 있었다.

신은 그런 아이템을 분석할 때 절대 서포트 캐릭터를 안으로 들이지 않았던 것이다.

"저도 도울게요."

"……위험할지도 몰라."

신은 능력치도 높고 최상급 장비를 갖추고 있다.

어지간한 일로는 죽지 않기 때문에 어떤 효과를 가졌는지 모를 아이템도 분석할 수 있는 것이다. 게임 시절에 보지 못했던 물건이니만큼 더욱 신중해질 수밖에 없었다.

"그 정도는 알고 있어요. 그리고……."

슈니는 계속해서 말을 이었다.

"제가 만약 똑같은 일을 하려 했다면, 신도 저처럼 말하고 행동하지 않았을까요?"

"……내가 졌어. 슈니 말이 맞아."

신은 수정을 모루 위에 내려놓으며 양손을 들어 보였다. 소중한 사람이 위험에 말려들까 봐 멀리 떨어뜨려 놓으려 했지만, 본인은 그것을 원하지 않을 수도 있었다.

똑같은 상황에 처하고 나서야 상대의 마음을 이해하는 법이다.

이해하면서도 그 선택을 해야만 할 때도 있을 테지만, 신은 슈니를 억지로 떼어내려 하지 않았다.

슈니를 멀리 떼어내려 해도 결국 곁에 돌아오리라는 걸 알고 있었기 때문이다.

"시험해보고 싶은 게 있는데 도와주겠어?"

"물론이죠."

신은 일단 시험해봤으니 크게 위험하진 않을 거라 생각하며 슈니에게 수정을 건넸다.

무슨 일이 있었는지 설명을 들은 슈니는 방금 전에 신이 했던 것처럼 수정에 마력을 주입했다. 그러자 이번에도 변화가 발생했다. 수정의 색이 옅은 파란색을 띤 것이다. 신이 시도했을 때와는 다른 색이었다.

"확실하진 않지만 주입된 마력의 파장이 색을 변화시킨 게 아닐까요?"

"파장?"

"네. 지문 같은 거라고 생각하면 될 거예요. 마력이라는 건 개인마다 성질이 다르기 때문에 그것을 파장이라 부르기도 해요. 다른 명칭도 있고요."

신은 슈니의 설명과 비슷한 이야기를 어디선가 들었던 것 같아서 기억을 되짚었다.

"아아, 그러고 보니 나도 베일리히트에서 그런 식의 이야기를 들은 적이 있었어."

한참을 고민하던 신은 몇 분이 지나서야 오랜 기억을 끄집어냈다. 이 세계에서 눈을 뜬 지 얼마 안 되었을 때라 어느새 먼 옛날 일처럼 느껴졌다.

신은 처음으로 방문한 나라 베일리히트 부근의 한 숲에서 스컬페이스로 불리는 몬스터를 쓰러뜨릴 때 상대의 대검을 튕겨서 날려 보냈다.

그런데 거기에 남아 있던 마력의 반응을 통해 자신이 대검의 소유자인 스컬페이스를 쓰러뜨렸다는 사실을 들켜서 둘째 공주에게 소환되었던 것이다.

그때 설명을 들으면서 판타지판 DNA 감정 같은 거냐고 생각했던 것이 떠올랐다.

"그러고 보니 가끔씩 희미하게 그런 느낌의 아우라가 보였던 것 같아. 그게 마력의 빛이었구나."

"신은 마력을 보는 스킬을 갖고 있으니까 의도치 않아도 보였던 거겠죠. 집중하면 자기 마력도 볼 수 있어요."

신은 시험 삼아 자신의 손을 보며 광원을 발생시키는 【라이트】 스킬을 약하게 사용해보았다. 그때 손을 뒤덮은 연보라색 빛이 보였다.

"슈니는 옅은 파란색이구나."

신처럼 【라이트】를 사용한 슈니의 손이 수정과 같은 색으로 뒤덮여 있었다. 둘을 비교해보면 자신의 빛이 더 짙고 탁한 것 같다고 신은 생각했다.

"이제는 수정에 MP 드레인을 사용해서 주입한 마력을 흡수하면 돼. 그걸로 첫 번째 검증은 끝이야."

계속 관찰만 할 수도 없었기에 신은 슈니에게 수정을 건넸다.

수정은 신이 시도했을 때처럼 옅은 파란색에서 금색으로 돌아왔다.

"……."

"슈니?"

지금까지의 반응은 동일했다.

신은 이제 자신이 느낀 위화감에 대해서 물어보려 했지만, 문득 슈니의 상태가 이상하다는 걸 깨달았다. 그녀는 눈을 뜨고 있었지만 이곳이 아닌 다른 곳을 바라보고 있는 것처럼 느껴졌다.

"아, 네. 무슨 일이 있나요?"

"아니, 그건 내가 할 말이야."

어깨를 흔들고 나서야 겨우 대답이 돌아왔다. 신의 목소리조차 들리지 않았던 모양이었다.

"선명히 생각나진 않지만, 실 같은 게 보였거든요."

짧은 시간이었지만 망아(忘我) 상태에 빠졌다고 말하자, 슈니는 기억을 되짚듯 생각에 잠기며 말했다.

눈앞에 캄캄한 공간이 있고 자신의 몸에서 어딘가를 향해 뻗은 황금색 실 같은 게 보였다고 한다.

그 밖에도 뭔가가 보였던 것 같다고 슈니는 말했지만 선명히 떠오르진 않는 것 같았다.

"나한테는 보이지 않았어. 난 뭔가가 흘러 들어오는 것 같으면서도 빨려나가는 것 같은 이상한 느낌이 들었거든. 슈니는 어떻게 느끼는지 물어보려고 한 건데, 이렇게 되면 다른 녀석들에게도 한 번씩 해보라고 하는 게 좋으려나?"

두 사람의 경우만으로는 참고 자료로 삼기 힘들었다. 별수 없이 다른 동료들도 불러서 같은 작업을 부탁하게 되었다.

티에라는 MP 드레인 스킬을 습득하지 못했기에 같은 효과가 부여된 건틀릿을 사용하게 했다.

그 결과 슈바이드는 특별한 것을 느끼지 못했고 수정은 거무스름한 은색으로 바뀌었다.

티에라는 빛나는 거대한 나무 같은 것을 보았고 수정은 녹색으로 변했다.

"설마 유즈하도 슈니하고 같은 게 보일 줄이야……."

유즈하도 마력을 주입, 흡수할 수 있었기에 시켜보았는데, 동일한 광경이 슈니보다도 선명하게 보였다고 한다.

캄캄한 공간에는 밤하늘의 별처럼 작은 빛들이 반짝이고, 실 끝은 그 너머의 먼 곳을 향해 뻗어 있다고 한다. 덧붙이자면 수정의 색은 바뀌지 않았지만 더욱 강한 빛을 내고 있었다.

"두 사람 사이에 뭔가 공통점이 있던가?"

한쪽은 서포트 캐릭터, 그리고 다른 한쪽은 파트너 몬스터. 게임이었다면 설정부터 다른 존재였다.

모두의 지식을 총동원해봐도 명확한 답은 나오지 않았다.

"어쩌면…… 아니, 하지만……."

"왜 그래?"

모두가 생각에 잠긴 가운데 슈바이드가 불쑥 중얼거렸다. 그 말을 들은 신은 뭔가 생각난 게 있나 해서 물어보았다.

"문득 떠오른 생각이오만, 슈니와 유즈하 모두 신과 깊은 관계를 맺고 있소. 그게 이유는 아닐 테지만 하나의 요인 정도는 될 수 있지 않을까 하오."

"관계라. 하지만 그렇게 따지면 같은 서포트 캐릭터인 슈바이드도 마찬가지잖아."

생성 시기는 다르지만 두 사람 모두 신이 직접 설정한 서포트 캐릭터였다. 슈니에게 해당되는 점은 대부분 슈바이드에게도 해당되었다.

"내가 말하는 관계는 정신적인 것, 혹은 그것과도 다른 애매한 것이오. 그래서 문득 떠오른 생각이라 한 것이오. 유즈하는 원래 파트너로 삼을 수 없는 존재지만 지금 신의 단짝으로서 곁에 있소. 유즈하가 지금까지 보여준 모습을 생각해보면 신과 특별한 관계인 게 틀림없소."

슈바이드는 거기까지 말하고 나서 슈니 쪽을 돌아보았다.

"그리고 슈니는…… 이쪽은 뭐, 그거일 테지. 슈니의 바람이 이뤄진 것 아니오? 그렇다면 나와 필마와는 차원이 다른 특별한 관계라 할 수 있지 않겠소이까. 나는 그리 생각하오."

근거 없는 이야기이니 비웃어도 좋다고 덧붙인 뒤에 슈바이드는 입을 다물었다.

"어떻게 웃겠어. 아직 모르는 부분이 많다 보니까 부정할 수가 없네. 확실히 특별한 관계라고는 생각하거든."

결국 아무리 생각해본들 명확한 답 같은 건 나오지 않았다. 다만 슈바이드가 말한 관계가 원인이라면 불안보다는 안심이 앞섰다. 적어도 긍정적으로 볼 수 있는 관계였기 때문이다.

"쿠우! 특별해!"

"그러네요. 그게 이유라면 같은 장면을 본 것도 납득이 가요."

특별한 관계라는 슈바이드의 의견에 기분이 좋아졌는지, 유즈하는 꼬리를 마구 흔들고 있었다. 유즈하처럼 요란하진 않지만 슈니의 미소도 더욱 깊어졌다.

"칫……."

다만 티에라는 조금 불만스러운 것 같았다. 날카로운 눈빛으로 뺨을 살짝 부풀리고 있었다.

자기 역시 신과 특별한 관계가 아니냐고 말하는 듯한 태도였다.

티에라에게 깃들어 있던 마리노를 생각하면 슈바이드가 말한 특별한 관계여도 이상할 것은 없었다.

그러나 티에라에게는 슈니와 유즈하와는 다른 것이 보였다. 그게 불만이었던 것이다.

"……."

그 생각을 눈치챈 슈바이드가 아차 싶은 표정으로 굳어버렸다.

신도 알아채긴 했지만 섣불리 건드리면 어찌될지 알 수 없었다. 아니, 불만을 풀어줄 방법이 떠오르지 않았다고 해야 맞을 것이다.

"쿠우."

그대로 굳어버린 두 남자. 하지만 유즈하는 그런 건 모른다는 듯이 수정에 앞발을 올린 채 쿠우쿠우 울며 가만히 바라보고 있었다. 이따금씩 꼬리가 휙 하고 움직였다.

"유즈하, 뭔가 신경 쓰이는 거라도 있나요?"

어느새 신 일행의 시선은 유즈하에게 집중되어 있었다. 거북한 분위기의 다른 동료들을 대신해서 슈니가 질문했다.

유즈하는 가만히 바라보던 수정을 꼬리로 감싸듯 잡더니 신에게 내밀었다.

"이건 신이 갖고 있어야 돼."

"내가?"

신이 수정을 받아 들며 되물었다. 데몬이 사용하던 물건이므로 별로 좋은 느낌은 들지 않는 게 사실이었다. 하지만 유즈하가 그렇게 말하는 것을 보면 무언가가 있는지도 모른다고 신은 생각했다.

"일단 이유를 알려줄 수 있을까?"

"이건 세계를 초월한 시조(始祖)의 조각이야."

"세계를 초월한?"

예상 밖의 대답에 신은 다시 유즈하에게 되물었다. 정보가 너무 부족하다 보니 무슨 의미인지 알 수 없었다.

"오리진…… 기억해?"

"……아, 그 녀석. 잊어버릴 리가 없지."

데스 게임의 최종 보스이자 신이 이곳에 오기 직전까지 싸웠던 상대였다. 잊으려야 잊을 수 없다.

그런데 오리진을 쓰러뜨렸을 때의 드롭 아이템은 전부 갖고 있지만, 신이 지금 들고 있는 것 같은 수정은 없었다.

아이템은 전부 용도 불명인 채로 신의 아이템 박스 안에 잠들어 있었다.

"그게 시조야. 이 세계 인류의 원형이 된 일곱 기둥 중 하나. 진짜 이름은 오리진·Ⅰ(원)."

"나도 그런 이야기는 들어본 적이 있어. 흠, 그게 드래그닐의 오리지널이었던 건가."

게임 내에서는 칠대성(七大聖)으로 불렸던 일곱 종족의 첫 번째 존재.

유즈하의 말을 통해 추측해보면 오리진과 동일한 존재가

앞으로 여섯 마리 남아 있는 셈이었다.

"하지만 어째서 그 녀석만 있었던 거야? 다른 녀석들도 같이 싸웠다면 승산이 전혀 없었을 텐데."

던전의 최종 장소에는 한 마리뿐이었다. 그런 존재가 일곱 마리나 있었다면 절대 이기지 못했으리라.

"쿠우, 모르겠어. 아직 전부 생각해낼 순 없어."

"생각해내면 내가 이 세계로 온 이유도 알 수 있는 거야?"

"모르겠어. 유즈하가 얼마나 알고 있는지를 모르겠거든."

사실 신은 유즈하가 모든 수수께끼를 알고 있지 않을까 생각했지만, 유즈하 본인도 모르는 모양이었다.

알지도 모르고 알지 못할지도 모른다. 유즈하의 기억을 되찾는 것도 여행의 목적 중 하나가 될 것 같았다.

"그래서 결국 내가 갖고 있어야 한다는 건 무슨 뜻이야?"

"오리진과 싸워본 적이 있는 건 신뿐이야. 그리고 만약 무슨 일이 벌어져도 신이라면 괜찮아."

"그런 뜻이었냐……."

갖고 있어도 가장 안전한 사람이라는 뜻이었던 것 같다. 유즈하의 태도를 보면 다른 의미도 담겨 있었을 수 있지만, 현재로서는 대답할 수 없는 것이리라.

"뭐, 분석 작업도 결국 내가 할 수밖에 없으니까 내가 갖고 있는 게 제일 낫겠지."

아직 시도해보지 않은 방법이 몇 가지 있었다.

신은 이동 중에 그것들을 시험해보기로 했다.

✝

그로부터 며칠 뒤, 신 일행은 필마 일행과 합류했다.

"겨우 합류했네. 오랜만이지만 역시 노숙은 힘들어."

"침대가, 침대가 날 부르고 있어……."

합류한 두 사람은, 특히 세티는 무척 피곤해 보이는 얼굴이었다. 본인 말대로 침대에 뛰어들자마자 꿈나라로 떠나버릴 듯한 상태였다.

지금까지 츠무긴과 사유지를 지켰으니 노숙은 오랜만이었을 거라고 신은 생각했다.

하지만 그런 것치고는 너무 피곤해 보였다.

게임 시절에 노숙하는 경우는 거의 없었지만, 후방 지원 담당인 세티도 이 세계의 기준으로는 압도적인 능력치를 갖고 있었다. 따라서 웬만한 사람보다는 지치는 속도가 느렸다.

그런 세티가 이렇게나 지칠 정도면 대체 무슨 일이 있었던 걸까.

세티만 보면 어지간히 강력한 데몬과 싸우고 온 것 같았다. 하지만 필마 쪽은 말하는 것만큼 피곤해 보이진 않았다.

세계를 방랑하면서 자주 노숙했던 것이리라. 멍해진 세티의 손을 잡아끄는 모습이 마치 친자매 같았다.

"오늘은 더 이상 이동하긴 힘들겠네."

"그러네요. 필마, 세티, 먼저 씻으러 가세요."

신은 두 사람의 모습을 보고 쓴웃음을 지으며 달의 사당을 실체화했다. 그러자 슈니가 안으로 들어가라고 재촉했다.

"나도 이렇게 휴대할 수 있는 건물을 갖고 싶어. 봉인당하기 전에는 늘 이랬으니까 아무렇지도 않았는데. 신하고 여행하는 게 익숙해진 건지, 목욕을 못 하니까 힘들었어."

"오늘 같은 일이 또 생길지도 모르니까 생각해봐야겠군."

"그보다도 졸리지 않게 되는 아이템을……."

별생각 없이 말하는 신에게 세티가 힘없이 매달렸다. 대체 무슨 일이 있었는지 눈에는 눈물까지 고여 있었다.

"세티는 노숙이 힘들었던 게 아니라 단순히 수면 부족인 거니까 걱정 안 해도 돼."

"수면 부족?"

"아~ 아~ 아~! 그 이야긴 하지 마~!"

세티는 필마의 말에 정신이 번쩍 들었는지 그녀의 입을 막으려 들었다.

"신과 재회한 직후에 사신과 싸웠을 땐 별로 활약 못 했잖아. 의욕이 충만했던 만큼 그걸로는 만족을 못 했는지, 그 뒤로 엄청 무리하더라고. 낮밤 가리지 않고 데몬을 철저히 해치우고 다녔어. 덕분에 그 나라 어디를 뒤져도 데몬의 그림자도 못 볼 거라 단언할 수 있지만, 무리하게 활약한 피로가 뒤늦

게 찾아와서 지금 이런 상태인 거야."

"흠. 그래서 세티 혼자 심하게 지쳐 있었구나."

필마의 설명을 듣고 납득한 신은 얼굴을 감싸고 부끄러워하는 세티를 흐뭇하게 바라보았다.

그녀가 의욕을 불태웠던 건 슈니가 염려되어서였다. 신은 세티도 자신과 같은 심정이었다는 것을 재확인하자 기쁜 마음을 감출 수 없었다.

"고마워, 세티."

"모두에게서 따뜻한 시선이 느껴져. 그런데 슈 언니는 왜 날 끌어안고 있는 거야……?"

조금 어려 보이는 외모 탓에 매사에 열심히 노력하는 중학생처럼 느껴지는 세티.

슈니는 그런 세티를 뒤에서 끌어안더니 그대로 달의 사당 안으로 데려갔다.

"뭐지……?"

"세티는 우리 모두의 여동생 같은 존재지만, 슈니는 특히 세티를 친동생처럼 돌보고 싶어 하잖아."

"저건 친동생이라기보다……."

딸을 끌어안은 어머니 같다고 생각했지만, 신은 그걸 굳이 입 밖에 내진 않았다. 외모만 놓고 보면 필마처럼 자매 같지만, 분위기에서 모성적인 무언가가 느껴졌다.

서포트 캐릭터 중에서 제일 먼저 생성된 슈니와 가장 마지

막에 생성된 세티.

여동생 같은 존재로 설정해서 만든 건 신이었지만, 성격 면에서도 그와 비슷하게 되어버린 것 같았다.

"우리도 안으로 들어가자."

먼저 들어간 두 사람을 따라 나머지 인원도 달의 사당으로 들어갔다. 세티는 이야기한 대로 슈니와 함께 씻으러 간 것 같았다.

"그럼 우리도 다녀올게."

필마도 욕실로 향했다.

저녁을 먹기엔 아직 이른 시간대였다. 신은 슈바이드와 티에라, 유즈하의 의견을 들으며 수정의 분석 작업을 진행하기로 했다.

이동을 재개한 건 다음날이었다. 필마는 평소대로였지만, 세티는 저녁도 먹지 않고 아침까지 푹 잠들어 있었다.

"슈 언니의 요리에 익숙해지면 가게에서 사 먹는 음식이 부족하게 느껴진다니까."

신 일행은 아침 식사를 마친 후에 출발했다. 마부석에 앉은 신 옆에서 세티가 중얼거렸다.

혼자 실컷 잤던 게 부끄러워서 마차 안에 있기가 거북하다고 한다.

"자기가 만든 음식이라면 자기 책임이니까 납득하게 되는

데 말이지."

"아, 그건 나도 그래."

세티와 재회했을 때도 요리를 만들고 있었다.

신은 세티가 요리 스킬을 습득하지 못한 걸로 기억했지만, 수백 년의 시간이 흐르는 동안 자연스레 익히게 되었다고 한다. 지금은 IV 레벨까지 성장해 있었다.

"슈 언니의 요리 스킬이 IX까지 올랐다는 말을 들었을 땐 놀라는 동시에 납득이 갔어. 쿳쿠 님이 만든 음식에 필적할 정도로 맛있잖아."

"슈니는 실제로 쿳쿠의 음식을 먹어본 적이 있거든. 그걸 참고했을 테고, 슈니라면 거기서 더 맛있게 만들려고 시행착오도 많이 겪었겠지."

슈니의 스킬 레벨이 더 낮긴 해도, 시스템에 얽매여 있던 쿳쿠의 요리를 이미 뛰어넘었을 거라고 신은 생각했다.

이미 슈니의 요리에 완전히 매료된 상태였다. 요리 말고도 매료된 부분이 많지만 말이다.

"그런데 우리가 합류하기까지 무슨 일이 있었던 거야? 출발하기 전에 대충 들었는데, 악마니 세계수니, 이 세계에서 좀처럼 마주칠 일 없을 존재들과 엮였다면서."

"우리가 찾아간 게 아니라고. 악마는 우리가 전송된 장소에 있었어. 게다가 그중 하나는 인간들과 공존 중이었고."

전 플레이어인 히라미와 마사카도, 룩스리아와 아와리티

아, 그 밖에도 세계수와 리포르지라에 대한 이야기를 정보 공유를 겸해서 풀어놓았다.

"신과 있으면 보통 체험하기 힘든 일들만 겪게 되나 봐."

"의도적인 건 아니라고 단언할 수 있어."

신도 부정할 수는 없었기에 최소한의 저항으로 씁쓸한 표정을 지으며 말했다.

"그건 그렇고 모처럼 슈니와 단둘이 있게 됐으니까 뭔가 진전이 있었던 거 아냐? 빨리 말해봐."

"갑작스럽게……."

그렇게 말을 꺼낸 것은 필마였다. 세티와 나눈 대화를 듣고 있었던 것인지, 이때라는 듯 마부석으로 나왔다.

"슈니의 분위기가 왠지 부드러워진 것 같거든. 분명히 무슨 일이 있었다는 확신이 들었어. 자, 전부 털어놔. 세티, 반대쪽 잘 붙잡아."

필마가 장난스럽게 웃으며 신의 팔을 잡았다.

카게로우가 마차를 끌고 있으므로 지시만 내려도 알아서 달려줄 것이다.

그것을 알고 있었기에 신의 왼팔을 감싸 안아 도망치지 못하게 한 것이다.

"붙잡았어. 나도 궁금하거든."

필마의 말을 들은 세티도 똑같이 신의 팔을 잡았다. 신은 좌우에서 팔을 꽉 붙들리면서 퇴로를 차단당하고 말았다.

"슈바이드, 유즈하. 거기서 비키세요."

"그때 유즈하가 단둘이 있게 배려해줬잖아. 어떻게 됐는지 자세히 알고 싶어! 가르쳐줘!"

"다들 슈니를 걱정하고 있는 것이오. 이곳이라면 우리 말고 는 들을 사람도 없소."

"입은 웃고 있잖아요! 사실은 즐기고 있는 거죠?!"

마차 안에서 뭔가 다투는 듯한 목소리가 들렸다.

마부석에서 나누는 대화는 마차 안에도 그대로 들렸다. 지 금까지 필마, 세티와 했던 이야기를 안에는 일행도 당연히 들 었으리라.

일단 유즈하의 기지 덕분에 신과 슈니가 단둘이 시간을 보 냈다는 건 모두들 알고 있었다. 슈바이드는 라나파시아에서 슈니가 '아내'라고 말했을 때 대충 짐작한 듯했다.

유즈하도 눈치는 챘지만 자세한 내막이 궁금했던 모양이었 다.

그런 가운데 티에라 혼자서 아무 말 없이 가만히 있었다.

미니맵과 기척만으로는 어떤 표정을 짓고 있는지 알 수 없 기에, 티에라가 지금의 상황을 어떻게 받아들이는지는 수수 께끼였다.

"슈니를 너무 괴롭히지 말라고."

"그건 신이 털어놓는 내용에 달렸어."

슈니의 예상이 적중했다고 생각하며 말하자 필마와 세티가 동시에 같은 대답을 했다. 참 뜨거운 반응이라고 생각하며 신은 쓴웃음을 지었다.

"어쩔 수 없지. 그러면 일단 전송된 직후에 있었던 일부터 이야기할게."

신은 당시에 심화로 동료들과 연락을 주고받은 뒤의 상황부터 설명하기 시작했다.

이야기 중간에, 서로에게 마음을 고백하는 부분에서 다들 환호성을 지른 것은 말할 것도 없다.

그것은 슈니의 바람이 성취된 순간이자 신이 이 세계에 남기로 선언한 순간이기도 했기 때문이다.

"그 뒤에는 당연히 거사를 치렀겠지?! 그렇지?!"

"……! ……!!"

필마의 반응이 심상치 않았다. 흥분한 나머지 코가 맞닿을 만큼 얼굴을 내밀고 있었다.

신이 몸을 뒤로 젖히며 세티 쪽을 돌아보자 그녀 역시 콧김을 거칠게 내뿜으며 무언의 재촉을 하고 있었다.

"아니, 그걸 어떻게 이야기하느냐고! 너무 쑥스럽잖아!"

서로의 마음을 확인한 장면에서 암전되고 그대로 다음날로 넘어가려던 신은 두 사람을 억지로 밀어냈다.

어째서 남녀 간의 정담을 자세히 털어놓아야 한단 말인가. 단호히 거부하는 게 당연했다.

"칫, 닳는 것도 아닌데 뭐 어때서."

"맞아, 맞아~."

"조용히 해."

신은 투덜대는 두 사람에게 딱밤을 먹여 조용해지도록 만들었다.

마차 안의 소동도 어느새 멎어 있었다.

신은 슈니가 분명 귀까지 새빨개져 있을 거라 생각하면서, 다시금 카게로우에게 방향 지시를 내렸다.

†

"그래서, 그쪽은 어땠어?"

신은 자신의 이야기가 일단락되자 필마와 세티에게 물었다.

두 사람이 머물던 나라에 대해서는 아직 대략적으로밖에 듣지 못했던 것이다.

"전에 심화로 이야기했던 내용이 거의 전부야. 우리가 전송된 곳은 평범한 해안이었는데, 위치를 확인하러 들렀던 나라가 데몬에게 공격받고 있어서 놀랐지."

세티가 먼저 데몬의 기척을 감지했고, 몰래 기척을 추적한 끝에 주범을 찾아냈다.

데몬은 놀랍게도 왕의 알현실에 숨어 있었다. 여러 개의 반응이 감지되어 왕과 대신들을 조종하고 있음을 깨달았을 때,

돌연 그들이 서로를 죽이려 들었다.

세티의 마법으로 간신히 그들을 저지했지만, 적의 습격으로 착각한 병사들에게 포위당했다고 한다. 그러나 상대를 해치지 않고 조종을 무효화하는 것을 보여줌으로써 간신히 오해를 풀 수 있었다.

그 자리에 있던 대부분의 사람들이 【참(매료)】과 【콘퓨(혼란)】 같은 정신 계열 스킬에 당한 상태였다. 그것까지 해제하자 상대도 무슨 일이 벌어지고 있는지 인식했다고 한다.

"세티가 있어서 다행이었지. 난 자기 회복이면 몰라도 다른 사람을 회복시키는 건 잘 못하잖아."

"정확히 따지자면 내 전문 분야도 공격 쪽인데."

세티는 아군의 능력치를 올리는 버프 마법과 공격 마법을 주특기로 하는 서포트 캐릭터였다. 그러나 INT가 높으면 회복 관련 효과도 올라가기 때문에 마도사의 높은 MP를 활용해 상위 회복 요원으로 활약하기도 했다.

신이 서포트 캐릭터와 파티를 구성할 때는 필마, 지라트, 슈바이드가 전면에 서고, 세티가 후방 지원을 맡았다. 신과 슈니는 상대의 유형에 맞춰 공격, 지원, 회복을 담당했다.

필마는 슈바이드처럼 상대의 공격을 자신에게 집중시키는 유형도, 지라트처럼 속도로 농락하는 유형도 아니었다. HP 흡수 공격을 주축으로 상대를 계속 공격하는, 다소 특수하다고도 할 수 있는 전투 유형이었다.

그러다 보니 자기 회복은 전문이었지만 타인을 회복시키는 능력은 부족했다.

만약 필마와 슈바이드의 조합이었다면 정신 계열 스킬에 당한 사람들을 완전히 회복시키진 못했을지도 모른다.

"그 뒤로는 뭐, 닥치는 대로 상태 이상을 해제했고, 수상한 장소, 인물, 아이템을 찾아냈지. 세티가 대활약했어."

마법은 상황에 맞춰서 다양한 방법으로 응용이 가능했다. 전투에 특화된 필마는 거의 지켜보고만 있었다고 한다.

"데몬을 직접 쓰러뜨린 건 필 언니였어."

필마 일행이 전송된 나라—아크라칸이라는 이름이라고 한다—에서는 공작급과 후작급의 거물은 없었고 자작급과 남작급 같은 하위 데몬이 여럿 있었다.

일반인들에게는 충분히 위협적이지만 필마와 세티에게는 조무래기나 다름없었다. 찾아내는 대로 일도양단해서 없애버렸다고 한다.

그러자 조심스러워진 데몬들이 은밀히 움직이기 시작했고, 쓰러뜨리는 것보다 찾아내는 게 더 힘들어졌다. 각지로 흩어진 일행 중에서 가장 오랜 시간이 소요된 건 그 탓이었다.

"그러고 보니 너희에게 남아달라고 애원했다면서. 아무 말 없이 빠져나온 거야?"

"우리가 판단하기론 이제 데몬이 없다고 말하고 왔어. 세티가 철저히 수색했으니까 어지간히 꼭꼭 숨은 게 아닌 이상 괜찮을 거야. 그 정도로 했는데 놓쳤다면 우리 능력으론 못 찾아내는 거라고 봐야지."

"지휘관급 개체를 제일 먼저 쓰러뜨린 덕분에 통솔 체계가 무너진 상태였어. 살아남았다면 우리가 찾아내기 전에 도망친 녀석들 정도겠지."

세티는 도망치려는 녀석들부터 쓰러뜨렸으니까 아마 없을 거라고 덧붙이며 바람에 기울어진 모자를 고쳐 썼다.

세티와 필마는 아크라칸의 병사들과 협력해서 국경선에서부터 안쪽으로 좁혀 들어오듯이 데몬을 사냥했다고 한다.

처음부터 국경선 밖에 있다가 바로 도망친 개체를 빼고는 빠짐없이 해치웠다고 한다. 맨 처음 지휘관급 데몬을 쓰러뜨렸기에 뿔뿔이 도망친 개체들을 각개격파할 수 있었던 것이다.

"건물 잔해 철거와 구조 작업도 조금은 돕고 왔어. 나머진 자기들이 알아서 해주길 바랄 수밖에. 우리 같은 존재가 남아 있으면 계속 의지하게 될 테니까."

일반인이 철거하기 힘든 무거운 잔해만 정리하고 온 것 같았다. 자신들에게 계속 의지하게 된다는 말이 나온 것은 『영광의 낙일』 직후의 혼란기에도 비슷한 경험을 했기 때문이었다.

그 나라에서 영원히 머물 마음이 없다면 관여는 적당히 할 것. 그것이 비슷한 힘을 가진 자들이 비슷한 경험을 통해 내린 결론이었다고 한다.

그리고 그것은 신의 생각과도 일치했다. 일시적으로 머무는 거라면 봉사 활동 정도로만 그치는 게 좋았다.

"그래서 이번엔 데몬들의 목적이 뭐였던 거야? 왕족을 노렸다고…… 했었지?"

"거창한 뭔가가 있지는 않았던 것 같아. 지휘관 격이었던 데몬도 작위가 한 단계 위라서 그런 위치가 되었을 뿐이었고. 단순히 인간을 적대한다는 데몬의 본능? 습성? 같은 걸 따른 게 아닐까?"

무언가를 찾으러 왔다거나 특정한 종족을 노린다는 식의 특징적인 행동은 볼 수 없었다는 게 필마의 설명이었다.

예전에 베일리히트에 잠복해 있던 데몬도 비슷한 경우였으므로 아마 틀린 추측은 아닐 것이다.

게임 시절의 기억과 대조해봐도 하급 데몬이 면밀한 계획을 세우는 건 불가능했다.

"데몬은 찾아내는 대로 쓰러뜨리는『서치 & 디스트로이』로 충분해. 어차피 아무리 쓰러뜨려도 또 나타날 테니까."

세티의 말도 틀리진 않았다. 데몬은 애초부터 인류의 적인 것이다. 화해라는 선택지는 처음부터 존재하지 않았다.

다만 그들이 인간에 의해 생겨난다는 사실만큼은 신 일행도 어찌할 수 없었다.

한 쌍의 거수(巨獸) | Chapter 2

"가면 갈수록 추워지네."

옆에 앉아 있던 티에라가 중얼거렸다. 말과 함께 뿜어져 나온 하얀 입김이 뒤쪽으로 흘러갔다.

이동을 시작한 지 약 한 달이 지나 있었다.

일반적인 마차와 차원이 다른 기동력을 자랑하는 신 일행의 마차는 새하얀 대지 위에 두 줄의 바큇자국을 남기며 나아가고 있었다.

게임의 설정이 이어진 건지도 모르겠지만, 광대한 엘트니아 대륙 내에서도 극단적으로 기후가 다른 곳이 존재했다.

신 일행은 지금 필마 일행이 전송된 나라에서 남동쪽에 위치했다. 대륙 상부 에스트의 남부에 가까운 지역이었다.

"많이 추우면 안에 들어가 있어도 돼."

"괜찮아. 신이 빌려준 망토 덕분에 체온이 떨어지진 않으니까."

티에라는 푹신푹신한 모피가 달린 무릎 길이의 망토를 두르고 있었다.

내한(耐寒) 장비였기에 하얀 천이 두꺼웠지만 특수한 처리 덕분에 보기보다는 훨씬 가벼웠다.

두르고 있는 것만으로 온몸에 내한 효과가 생기기 때문에 망토 안에는 카게로우 시리즈를 그대로 장비한 상태였다.

망토 밑으로는 건강한 맨다리가 드러나 있었다.

만약 근처에 민간인이 살고 있었다면 눈을 의심했으리라.

현재 기온은 마이너스 20도, 결코 맨살을 드러낼 만한 날씨가 아니었다.

"히노모토의 북부도 추웠지만 여기는 그 이상이네. 평범한 숲에서 몬스터가 얼어죽어 있는 건 처음 봤어."

티에라가 바라본 곳에는 와이번의 상위종인 하이번이 나무를 부러뜨린 상태로 새하얗게 얼어붙어 있었다.

날개를 펼친 상태로 얼어붙었는지, 오른쪽 날개와 꼬리의 절반, 그리고 머리까지 떨어져 나간 모습이었다.

"저건 자연 현상으로 저렇게 된 거야?"

그 광경은 이 세계의 주민인 티에라에게도 의아하게 보인 듯했다.

"슈니가 말하기로는 지금 우리가 달리는 곳은 총길이 20케메르 정도의 타원형 구역 안이래. 이 안은 주위에 비해 이상할 만큼 춥대. 원래부터 그런 지형인 거겠지. 일정 범위만 날씨가 달라지는 게 『영광의 낙일』 전에는 드문 일이 아니었거든."

"실수로 여기 들어왔다가 저렇게 된 거구나."

"그럴 테지. 하이번은 추위에도 어느 정도는 내성이 있어.

하지만 이곳의 추위는 내성이 조금 있는 정도로는 버틸 수 없겠지. 이건 내 추측이지만 땅 자체가 냉기를 내뿜는 지역의 일부가 지각 변동으로 분리된 걸 거야. 저것과 비슷한 광경을 본 적이 있거든."

신은 하이번을 바라보며 말했다.

한파 대비를 확실히 해두지 않으면 즉시 행동 불능에 빠지는 특수 지역『앱솔루트 코트』가 뇌리를 스쳤다.

아무 대책 없이 구역 안으로 진입하면 아바타가 몇 초 만에 얼어붙어서 행동 불능이 되며 HP가 서서히 0까지 줄어들거나 몬스터에게 당할 때까지 계속 견뎌야 하는 고행의 장소였다.

추위 자체는 그대로 느끼므로 평소에 몸이 차가운 플레이어들이 가장 혐오하는 구역이기도 했다.

"이 근처에 사람이 살지 않는 게 당연하구나."

구역 안으로 들어가지만 않으면 위험하진 않지만, 누가 굳이 위험 지대 근처에서 살아가려 하겠는가.

"오, 빠져나왔다."

눈앞에서 구역의 경계 같은 변화가 보였다.

지금 신 일행이 속한 구역의 나무들은 하얗게 얼어붙은 상태로 쪼개져 있었다.

그에 반해 경계 바깥쪽은 얼어붙기는커녕 평범한 초원이었다. 구역 안팎의 차이를 선명하게 알려주는 광경이었다.

그대로 초원을 남동쪽으로 쭉 직진하자 이번에는 울창한

숲이 모습을 드러냈다.

"곧 도착하겠군."

베레트가 가르쳐준 정보대로 삼림 지대를 쭉 나아가다 보니 숲이 뚝 끊기며 형형색색의 꽃과 식물들이 무성하게 자라나 있었다. 너무 무성해서 앞이 보이지 않을 정도였다.

"저기, 신. 이 안에 정말……?"

"응. 지금 【스루 사이트(투시)】로 확인했는데 틀림없어. 봐봐, 저기 연잎 같은 것 위로 넝쿨이 뒤얽힌 건물이 보이지? 저거야."

무성한 화초 앞 300메르 정도 지점에 신이 잘 아는 건물이 있었다.

하늘에서 내려다본다면 그것이 직사각형 형태라는 것을 알 수 있을 것이다.

장식도 없고 요격 설비도 없는 대신 연구 시설 완비. 그것이 『붉은 연금술사』 헤카테의 길드하우스 『5식 혼란 정원 로메눈』이었다.

커다란 콘크리트 블록이 세 개 겹쳐져 있는 형태라서 마치 감옥 같은 모습이었다.

외벽이 식물 덩굴에 뒤덮여 있어서 조금이나마 차가운 인상을 희석해주는 듯했다.

건물을 중심으로 반경 500메르까지가 로메눈의 영향하에 놓여 있으며 날씨와 식물의 생육 등에 효과를 발휘했다.

"……크다. 길드하우스는 다 이 정도로 큰 거야?"

티에라가 위쪽을 올려다보며 중얼거렸다.

지금까지 봐왔던 세르슈토스, 팔미락, 라슈감 등의 길드하우스는 전부 거대했다.

그건 로메눈도 예외가 아니었다. 건물 크기는 세로 800메르, 가로 600메르, 높이 200메르 정도로 개인이 소유하기에는 지나치게 거대했다.

"글쎄. 취향에 따라 다르겠지만 우리 같은 경우는 다들 컸어. 나하고 헤카테는 주요 목적이 연구 개발이니까 기재 같은 걸 넣다 보면 상당히 커질 수밖에 없거든. 자세한 수치는 기억이 안 나지만, 겉보기에 가장 큰 건 라슈감이나 미랄트레아일 거야. 그쪽은 전투도 가능하니까 상당히 다양한 것들이 들어차 있지. 반대로 가장 작은 건 아마도 내 길드하우스인 데미에덴이고."

신의 길드하우스인 데미에덴은 지상의 건물과 비교하면 로메눈보다도 한층 작은 규모였다.

다만 데미에덴, 팔미락, 로메눈은 다른 길드하우스와 달리 지하에도 시설이 존재했다. 따라서 눈에 보이지 않는 부분이 제법 넓었다.

작다는 건 어디까지나 땅 위로 드러난 부분에 해당하는 이야기였다.

참고로 내부가 위험하기로는 데미에덴이 으뜸이었다.

"자, 그럼 가자."

신 일행은 장비를 확인하고 나서 무성한 식물을 헤치고 로메눈 구역 안으로 들어섰다.

로메눈에서 자생하는 식물의 독과 마비 효과는 매우 위험했고, 환각이나 매료처럼 자멸을 유발하는 것들도 많았다.

그래서 티에라와 유즈하는 식물의 상태 이상 유발을 차단하는 액세서리를 장비하고 있었다.

능력치 면에서 상급 선정자를 상회하는 티에라도 대책 없이 들어갔다간 살아서 나오지 못할 만큼 위험한 곳이었다. 유즈하는 괜찮을지도 모르지만 혹시 모르니 대비해두었다.

다른 멤버들에게는 모든 상태 이상을 무효화하는 『신화의 귀걸이』가 있으므로 장비는 그대로였다.

일반인이 이곳에 접근하면 바로 죽음의 카운트다운이 시작될 정도이므로 위험 지대로 지정되는 것이 당연하다고 할 수 있었다. 베레트가 자신들은 조사할 수 없다고 이야기할 만했다.

"처음 보는 식물뿐이―네으에에……."

몸에 닿지 않도록 조심하며 식물을 관찰하던 티에라가 얼굴을 찡그리며 코와 입을 막았다.

그녀가 살펴보던 식물은 파라그레시아라는 이름의, 현실 세계의 라플레시아와 매우 닮은 식물이었다. 강력한 매료 약품의 재료로 쓰인다.

대비만 해두면 단지 악취 나는 꽃에 불과하지만 악취가 보통이 아니었다.

게임 내에서는 구토감이 느껴져도 토하게 되진 않지만, 현실에서는 그 냄새를 떠올리기만 해도 헛구역질이 나올 정도의 위력이었다.

덧붙이자면 티에라가 헛구역질을 한 순간, 다른 동료들은 바람 마법 스킬로 악취를 차단한 상태였다. 티에라에게도 스킬을 발동시켜주자 맡은 냄새를 내보내려는 듯이 심호흡을 해댔다.

그렇게 다양한 식물을 헤치며 나아가기를 15분, 이윽고 신 일행은 로메눈 앞까지 도착했다.

"흠, 길드 멤버용 입구가……."

길드 멤버는 일반 플레이어와 달리 별도의 출입구를 이용할 수 있었다.

연구 시설에 길드 멤버가 아닌 플레이어들이 방문할 때도 있기 때문에 별도로 제작해둔 것이다.

신 일행은 로메눈에서 조금 떨어진, 거목 같은 식물로 둘러싸인 장소로 향했다. 그 중심 부분에 전송용 포털이 숨겨져 있었다.

"이건……?"

"전송 장치야. 이걸 통해 지하 1층 입구로 갈 수 있어. 기능은 살아 있는 것 같으니까 내가 먼저 가서 이야기를 하고 올게."

길드 멤버와 그 서포트 캐릭터라면 문제없이 이동할 수 있지만, 그렇게 할 경우 티에라만 혼자 남게 되므로 신은 자기가 먼저 갔다 오겠다고 말했다.

전송 장치를 기동시키자 눈앞 광경이 순식간에 익숙한 장소로 바뀌었다. 장비 제작 과정에서 약품이 필요한 경우가 많아 로메눈에 자주 들렀던 것이다.

"아윽?!"

"응?"

전송 장치로 이동하자마자, 신은 배 언저리에 가벼운 충격을 느꼈다.

뒤이어 들려온 것은 소년인지 소녀인지 모를 고음의 목소리였다. 시선을 내리자 흰 가운을 입은 소년의 모습이 보였다.

"미안. 설마 네 바로 앞으로 나올 줄은 몰랐어."

"아아, 아뇨, 저야말—로?"

조금 긴 백발 사이로 드러난 가는 눈이 살짝 벌어지며 하늘색 눈동자가 선명히 보였다.

헤카테의 서포트 캐릭터 중 한 명인 미소년 하이 픽시 옥시젠이었다.

헤카테가 무슨 생각으로 그렇게 만들었는지는 모르지만, 로메눈에 상주하는 서포트 캐릭터 옥시젠은 몸집이 매우 작았다.

그에 반해 하이드로라는 다른 서포트 캐릭터는 키가 컸다.

옥시젠의 키는 머리가 신의 가슴에도 닿지 않으므로 140세 메르 정도일 것이다.

초등학생처럼 작은 체구에 질질 끌리는 흰 가운이 그의 표준 장비였다. 신은 그렇게 디자인한 의도를 전혀 이해할 수 없었다.

"오랜만이야. 날 기억해?"

"잊으려 해도 못 잊겠죠오."

옥시젠은 예전과 똑같은 느긋한 말투로 대답했다. 늘 짓고 있는 미소가 그의 기본 표정이었다.

"500년 정도 여기에 틀어박혀 있다는 말을 듣고 잘 지내는지 보러 왔어. 하이드로도 있을 줄 알았는데."

"그러고 보니 꽤 오랫동안 틀어박혀 있었네요오. 하이드로는 1층의 재배 구획에서 수확하고 있어요."

이제 곧 정오가 가까워지는 시간대였으니 점심 식사를 준비하러 간 듯했다.

"밖에 슈니와 다른 동료들이 기다리고 있어. 여러 가지 이야기를 나누고 싶은데, 들어와도 될까?"

"신 님의 일행분이라면 안 될 건 없죠. 이쪽으로 직접 오는 건가요?"

"응. 지금 전송 장치 앞에서 대기하는 중이야."

오랫동안 찾아오는 사람이 없었던 탓에, 방금 전 전송 장치가 작동되는 걸 알아채지 못했다고 한다.

덧붙이자면 만약 신이 전송된 곳에 옥시젠이 있었더라도 신의 전송 위치가 밀려날 뿐이므로 위험하진 않았다.

신은 일단 밖으로 나온 뒤, 다른 일행과 함께 전송 장치를 다시 사용했다. 티에라의 경우는 옥시젠에게 부탁해서 전송 장치의 사용 허가를 받아둔 뒤였다.

"호오, 500년 만의 방문자가 신 님일 줄이야."

신 일행이 내부로 전송되고 몇 분 뒤에 하이드로가 입구에 나타났다.

옥시젠과 똑같이 흰 가운을 입고 있었지만 이쪽은 몸에 딱 맞았다.

키는 신보다 작고 슈니보다는 컸다. 대충 170세메르 중반일 것이다.

짙은 파랑 머리를 짧게 자른 탓에 곱상한 남자 같기도 하고 보이시한 여자 같기도 했다.

신은 그녀가 여자라는 걸 알고 있었기에, 헤어스타일과 몸짓, 말투 등이 여성 극단의 남자 역할 배우 같다고 생각했다.

미인이지만, 굳이 따지자면 여성들에게 더 인기가 많을 타입이었다. 다만 흰 가운 안쪽으로 여성스러운 굴곡이 선명히 드러났다.

옥시젠과 똑같은 하늘색 눈동자가 신을 흥미롭다는 듯이

바라보고 있었다.

"신 님이 왔다는 건 헤카테 님도 돌아왔다는 건가?"

"아니, 미안하지만 돌아온 건 나뿐이야. 다른 녀석들은 아마 돌아오고 싶어도 오기 힘들 거야."

죽었다는 생각은 하지 않는 듯했다. 물론 외부와의 연락이 차단된 탓에, 다들 죽었다고 여긴다는 걸 모를 수도 있었다.

아니면 다른 서포트 캐릭터들처럼 {돌아오지 않을} 뿐이라고 인식하고 있는지도 몰랐다.

"그렇군. 유감이지만 어쩔 수 없지. 원래 변덕스러운 사람이었으니까."

하이드로는 아련한 눈빛으로 과장된 포즈를 취하며 말했다.

"하이드로는 별로 아쉬워하지 않는 것 같은데에."

굳이 언급하진 않았지만 신도 그 말에 전적으로 동의했다. 하이드로의 모습은 연극배우를 보는 듯했다.

"그러는 옥시젠도 그렇게 충격을 받은 것 같진 않은데."

"난 처음부터 너하고 한 쌍을 이루기 위해 만들어졌으니까 말이지. 헤카테 님을 사모하는 마음은 별로 없어."

헤카테는 어린 소년 옥시젠과 남장 미녀 하이드로의 조합을 통해 대체 무엇을 추구하려 했던 것일까? 신은 깊이 생각하지 않기로 했다.

"뭐, 우리들에 대한 건 그냥 넘어가지. 그보다도 신 님은 이제부터 어떻게 할 거지? 특별한 계획이 없다면 부탁할 게 있는데."

"급한 일은 없으니까 괜찮아. 무슨 문제라도 생긴 거야?"

신은 이제부터 급한 일이 많아질 것 같다는 말을 꾹 참았지만, 하이드로의 다음 발언이 그런 생각을 정면으로 뒤엎어 버렸다.

"바옴루탄의 영역이 바로 근처에 있거든. 내 지식이 정확하다면 위험하진 않을 테지만, 혹시 모르니까 신 님의 의견을 듣고 싶어."

하이드로가 꺼낸 이름에 신은 상당한 그리움을 느꼈다.

바옴루탄.

플레이어 사이에서는 '바루탄'이라는 친근한 별명으로 불리며, 무시무시한 외형과 어울리지 않게 캐릭터 상품까지 출시된, 【THE NEW GATE】 내에서 높은 인기 순위에 들어가는 몬스터이다.

환경 보전 몬스터라고도 불리며 오염된 땅에 찾아와 오염물질을 흡수한 뒤 정상적인 상태로 되돌리는 역할을 했다.

그 결과, 바옴루탄이 머물던 토양에서는 일시적으로 양질의 금속과 귀중한 식물 등을 채취할 수 있게 된다.

토지가 정화되길 기다리지 않고 바옴루탄을 쓰러뜨리면 강력한 상태 이상 방어 장비의 재료를 입수할 수 있었다.

그런 이유로 바옴루탄의 재료를 얻으려는 플레이어와, 정화 후의 땅에서 재료를 채취하려는 플레이어 사이에서 이따금 대립이 일어나기도 했다.

"그 바옴루탄이라는 몬스터는 강하지 않은 거야?"

"글쎄. 만전의 상태라면 카게로우와도 호각으로 맞붙을 만큼은 강해."

"그게 어떻게 글쎄야?! 아무리 생각해도 위험하잖아!"

"『영광의 낙일』 전에는 그렇지도 않았거든. 게다가 그런 식의 대립 중에는 또 다른 사정도 있었고."

게임 시절에는 바옴루탄을 사냥하려는 플레이어가 수없이 많았기에 티에라처럼 건드리면 위험하다고 생각하는 사람은 없었다.

몬스터의 정보가 널리 퍼져 있었기에 약한 플레이어는 처음부터 건드리지 않았다.

그런데 전혀 다른 이유로 건드리지 않는 플레이어들도 있었다.

길드의 경계를 넘어 결성된 『바루탄을 지켜보는 모임』과 『바루탄과 노는 모임』이 그것이었다.

농담 같지만 실제로 존재하는 집단이었다.

바옴루탄의 외형은 얼핏 언데드 드래곤처럼 보이지만 보기와는 다르게 성격이 온화해서, 플레이어가 먼저 건드리지만 않으면 가까이 다가가도 공격하지 않았다. 가볍게 쓰다듬을 수도 있었다.

어느 날, 다양한 몬스터들의 생태를 탐구한다며 플레이어가 접근했을 때의 모습이나 평소의 습성을 촬영해 동영상 사이트에 업로드하던 사람이 있었는데, 그 주제를 바움루탄으로 잡은 것이다.

동영상이 업로드된 지 며칠 뒤에 사태가 발생했다.

바움루탄을 쓰러뜨려 재료를 얻으려는 플레이어와, 바움루탄이 땅을 정화한 뒤에 재료를 얻으려는 플레이어 사이의 싸움에 『지켜보는 모임』과 『노는 모임』이 난입한 것이다.

자기들끼리 커뮤니티를 만들어 바움루탄의 매력을 공유하던 사람들 사이에서 동영상 업로드를 계기로 촉발된 본격적인 움직임이었다.

그들의 입장 자체는 정화를 원하는 플레이어와 가까웠기에 세력 구도는 단숨에 한쪽으로 기울어졌다.

"어, 그게 무슨 소리야? 몬스터를 지켜봐? 논다고?"

티에라는 신의 설명에 당황할 뿐이었다.

이 세계의 주민들은 대부분 몬스터와 싸우거나 도망치는 두 가지 선택지밖에 고를 수 없기 때문이었다. 파트너로 삼거나 영물로 숭배하는 경우도 있지만 극히 일부에 지나지 않았다.

"티에라가 당황하는 것도 이해해. 하지만 바옴루탄은 사랑스러워…… 아니지, 귀여워. 아, 이것도 아닌가. 어쨌든 다짜고짜 쓰러뜨리기가 조금 그렇거든."

신은 어떻게 설명해야 할지 고민하며 말했다.

게임의 기본 사양일 수도 있고, 간이 AI를 사용했을 수도 있지만 바옴루탄 외의 일부 몬스터들도 플레이어를 식별하는 것처럼 행동할 때가 있었다.

바옴루탄의 경우는 여러 번 접근해서 우호적으로 대하거나 쓰다듬은 플레이어에게 흥미를 드러내게 되어 있었다.

플레이어가 영역 안으로 들어오면 자기가 먼저 접근하거나 옆에 붙어서 걷기도 했다.

플레이어가 바옴루탄의 영역을 벗어나려 하면 영역의 경계선까지 따라와서 멀어져가는 플레이어를 가만히 지켜보는 경우도 있었다.

마치 '벌써 가는 거야?'라고 말하는 듯한 모습에 마음이 술렁이는 플레이어가 많았다고 한다.

업로드된 동영상에도 그런 광경이 담겨 있었고, 흥미가 생긴 플레이어가 바옴루탄에게 접근하는 경우가 늘어났다. 바옴루탄 붐이라 할 수 있는 소동에 불이 붙은 것이다.

'바옴루탄을 귀엽다고 느낀 나는 이제 글렀는지도 몰라.'

'실제로 쓰다듬어보니 바루탄이라는 별명에 위화감을 못 느끼게 된 것에 관해서.'

'몬스터의 귀여움에 관해 이야기하는 게시판.'

'바루탄이 머릿속에서 미소녀로 의인화된 나는 이제 글렀나 보다.'

이런 제목이 붙은 수많은 게시물이 생성되며 운영자를 당황시킬 만큼의 인기를 구가했다.

출현 장소는 무작위이며 일정 기간이 지나면 사라진다는 점, 신수급 몬스터이므로 길들이기가 불가능하다는 점도 인기에 한몫했는지 모른다.

항상 같은 장소에 머물지 않고 일정 기간마다 이별이 찾아온다. 반강제적으로 만남과 이별이 반복되는 것이다.

"뭐, 그래도 몬스터니까 말이지. 쓰러뜨려서 재료를 얻으려는 녀석들이 꼭 있다 보니까, 바루탄을 쓰러뜨리려는 녀석들과 지키려는 녀석들 사이에서 자주 싸움이 벌어졌어. 공멸하는 경우도 있었지."

"어, 공멸이라니?"

"바루탄은 전투 상태에 돌입하면 모든 플레이어를 적으로 인식하거든. 그래서 지켜보는 모임과 노는 모임도 공격당했던 거야. 그 전에 아무리 친해졌어도 상관없어. 그래서 토벌하러 온 플레이어들이 바루탄과의 전투에 돌입하면 지켜보는 모임과 노는 모임이 즉시 저지하는데, 바옴루탄은 양쪽을 전부 해치우는 거야. 지키려는 쪽은 싸우다가 죽어도 상관없다는 식이라, 물귀신 작전으로 나서는 녀석들도 있었지."

실제로는 죽지 않는 게임이라 가능한 사고방식이지만, 다양한 의미에서 굉장한 희생이었다고 신은 말했다.

바옴루탄에게 호감도 수치가 존재하는지는 밝혀지지 않았다.

전투가 벌어지면 전부 초기화되거나 공격한 상대와 동일한 존재—몬스터라면 같은 종족, 플레이어라면 모든 플레이어나 플레이어와 같은 종족—를 전부 적으로 인식할 거라는 설이 유력했다.

"바옴루탄의 눈에는 양쪽 모두 똑같은 사람으로 보인다는 거구나. 같은 인종이니까 이 녀석도 공격하겠지?! 뭐, 이런 생각일까?"

"글쎄. 직접 대화를 나눠보면 알 수 있을지도 모르지만, 그건 상당히 특수한 사례가 아니면 불가능하잖아."

신은 지금까지 만나온 몬스터들을 떠올리며 티에라의 말에 대답했다.

엘레멘트 테일과 카구츠치는 그중 필두였다. 카게로우는 신 일행의 말을 이해하지만 대화를 나눌 수는 없다.

길들여진 몬스터도 비슷했다. 행동과 표정을 통해 원하는 것을 추측하는 정도였다.

"……아, 그렇지. 유즈하에게 통역해달라고 하면 되겠네."

유즈하는 실제로 카게로우의 말을 통역해준 적이 있었다. 바옴루탄의 말도 통역할 수 있을지 몰랐기에 신의 기대감이 높아졌다.

"쿠우, 힘들 거야."

하지만 안타깝게도 유즈하의 대답은 부정적이었다.

"카게로우와는 다른 거야?"

"카게로우는 유즈하의 친척에 가까워. 그래서 알 수 있어. 카구츠치는 신수이고 말도 알아들었어. 하지만 바루탄은 유즈하와 여러모로 달라."

이 세계에서 맡은 역할과 생태, 종족도 다르지만 애초에 몬스터들 사이의 공용어 같은 건 없다고 한다.

"동일하거나 비슷한 계통의 종족이라면 알아들을 수 있어. 하지만 유즈하와 바루탄은 전혀 달라."

이 세계에서 대부분의 사람들은 공용어를 사용한다.

종족 고유의 문자도 존재하지만 그것은 종족 내에서도 극히 일부에서만 쓰이므로, 몰라도 곤란할 것은 없었다.

따라서 사람의 범주 안에 드는 존재끼리는 모두 의사소통이 가능했다.

신 일행은 유즈나 바옴루탄이나 같은 몬스터로 보았기에 당연히 말이 통할 거라 생각했던 것이다.

"그렇구나. 따지고 보면 사람들도 전부 같은 언어를 사용하는 건 아니니까 말이지. 그렇게 쉽게 되진 않나 보군."

현실 세계에선 나라마다 다른 언어를 사용하는 경우가 많았다. 따라서 같은 사람들끼리도 의사소통이 불가능할 수 있었다.

거기에 빗대어 생각해보면 유즈하의 답변도 납득이 갔다.

일단 밑져야 본전이라는 생각으로 부딪쳐보기로 하고 본격적인 논의를 시작하려 할 때, 하이드로와 옥시젠이 일행을 제지하고 나섰다.

"두 사람, 왜 그래?"

"신 군은 당연한 듯이 이야기하고 있지만, 거기 있는 소년? 아니, 소녀? 는 대체 뭐야? 아니, 이름은 나도 보이지만 말이지. 우리들의 상상을 약간 초월한 존재잖아."

"우리가 잘못 본 게 아니라면 엘레멘트 테일이라고 나오는데. 진짜입니까?"

"쿠우?"

주목받은 유즈하가 고개를 갸웃거리며 울었다. 신 일행은 아무렇지 않게 대하고 있지만, 두 사람의 반응이 오히려 상식적이었다.

신이 존칭으로 부르지 말아달라고 한 결과, 하이드로는 신 군으로, 옥시젠은 신 씨로 호칭을 정했다.

"진짜야. 어쩌다가 인연이 닿아서 말이지. 내 파트너 몬스터야."

"그 신수는 길들이기가 불가능하다고 들었는데 결국 그것까지 초월한 건가. 어떤 인연이 닿은 건지 물어보고 싶군. 아, 샘플로 털을 몇 가닥 받을 수 있을까? 내구력을 시험해보고 싶은데."

"저도 흥미가 생기네요오. 눈물 같은 건 받을 수 없나요? 시험해보고 싶은 조합이 있거든요."

"너희들……."

뒤에 나온 요구가 본론인 것을 깨달은 신은 질리고 말았다. 대화를 듣던 유즈하는 신의 뒤로 쏙 숨어버렸다.

"하하하, 농담이라고. 아무리 그래도 신 군의 파트너로 실험할 생각은 없어."

"그렇고오말고요오."

"너희가 그러니까 농담으로 안 들리잖아."

"응, 응."

이야기를 듣던 필마가 못 말린다는 듯이 말하자 옆에서 세티가 고개를 끄덕거렸다. 같은 하이 로드와 하이 픽시이기 때문인지 말투와 몸동작이 조금 닮아 있었다.

"흐음, 장난이 조금 지나쳤나 보군. 그러면 조금 진지하게 나가볼까."

"조금?"

"핫핫핫!"

신은 두 사람이 이런 캐릭터였다는 게 놀라웠지만, 게임 시절에도 서포트 캐릭터의 상세한 성격까지는 알 수 없었기에 그냥 받아들이기로 했다.

"자, 바루탄에 관한 이야기로 돌아가자."

신이 주제를 돌리자 티에라가 우물쭈물하며 손을 들었다.

"저기, 그 바루탄?은 땅을 정화하기 위해 오는 거지? 그러면 나도 도울 수 있지 않을까 생각하는데."

신이 바옴루탄을 자연스럽게 바루탄이라고 불러서인지 티에라도 따라 하며 질문했다.

바옴루탄의 특성에 대해 들은 티에라는 자신의 능력으로 도울 수도 있겠다고 생각한 듯했다.

그러나 신은 그 질문에 고개를 가로저었다.

"아니, 바루탄의 정화는 마기와 관계가 없어. 다들 오염 물질이라고 부르다 보니까 어느새 그게 정착됐는데, 실제로는 꼭 나쁜 게 아니었어. 예를 들면…… 특정 물질이 과도하게 쌓인 것을 균일하게 만드는 거라고 하면 이해가 되려나? 특정한 무언가가 너무 많이 집중되면 환경이나 상태에 해를 끼치는 경우가 있거든."

"으음, 식물에게 영양이 과도하게 공급되면 오히려 말라 죽는 거랑 비슷한 건가?"

대략적인 원리가 설명됐는지, 티에라는 나름의 해석을 내놓았다.

이렇듯 편향된 물질을 평균화하는 데서 바옴루탄에게 환경 보전 몬스터라는 별명이 붙었다.

게임 내의 설정일 테지만 특정 물질이 과도한 농도로 존재하는 장소가 무작위로 출현하곤 했다. 그것이 바옴루탄이

오면 정상으로 돌아오는 것이다.

바옴루탄이 정화를 끝낸 땅이 비옥하게 바뀌는 것은 물질의 편향이 사라지며 풍부하게 확산되기 때문일 거라 여겨졌다.

그것만으로 설명되지 않는 상태도 존재했지만, 이 세계에는 현실에서 존재하지 않는 물질이 수없이 많았기에 대충 납득할 수밖에 없었다.

원령이 들끓는 숲이나 저주받은 땅 같은 것도 정상으로 만드니 단순한 흡수 능력이 아니라는 것만은 분명했다.

"대충 그런 식으로 이해하면 될 거야. 물론 누가 봐도 악영향밖에 안 끼치는 것도 흡수해버리지만 말이지. 나도 모든 걸 직접 확인한 건 아니니까 그런 경우도 있다는 정도로 받아들이면 될 거야."

"알았어. 하지만 그 이야기가 맞다면 로메눈도 신의 말대로 뭔가가 편향되어 있다는 거야? 하지만 식물에 해가 되는 상태라면 나도 뭔가 느꼈을 텐데."

바옴루탄의 성질을 전해 들은 티에라는 로메눈 근처의 식물들을 보며 그렇게 생각한 것 같았다.

엘프는 대지와 식물의 상태를 본능적으로 감지할 수 있었다. 따라서 신이 말한 상태는 아닌 것 같다며 고개를 갸웃거린 것이다.

"응, 그렇진 않아. 바옴루탄은 로메눈의 땅을 정화하러 온

게 아니야."

"그렇겠죠. 로메눈의 식물은 지금의 상태가 보통이니까요."

티에라의 의문에 대해 옥시젠이 답변하고 슈니가 보충 설명을 했다.

슈니의 말을 듣고 '그게 보통 상태라니……?'라고 티에라가 당황한 듯 중얼거리는 것도 어찌 보면 당연했다.

바옴루탄이 출현하는 장소는 토지 자체가 썩은 것처럼 보이는 이상 지대가 대부분이었다.

로메눈 주변은 길드하우스의 효과로 상태 이상을 유발하는 식물이 많이 자랄 뿐, 땅 자체는 정상이었다.

"……두긴인가?"

신은 바옴루탄과 한 쌍을 이루는 몬스터의 이름을 꺼냈다.

두긴도 대지의 오염을 제거하는 몬스터지만 바옴루탄처럼 오염을 정화하는 것이 아니라 오염 물질을 자신의 몸으로 흡수해 대지를 정상화한다.

다만 바옴루탄과 다른 부분은 스스로 정화할 수는 없다는 점이다.

"정답이야. 아마 500년 전쯤이었지? 대지가 크게 요동치고 로메눈의 위치가 다른 곳으로 옮겨졌을 때니까 정확히 기억하고 있어. 로메눈의 영역 바로 옆에 두긴이 떨어졌거든. 그것도 지금까지 본 적이 없을 만큼 거대한 녀석이 말이야."

하이드로의 말투를 보면 『영광의 낙일』에 대해 전혀 모르는 듯했다. 지진과 로메눈의 이동은 『영광의 낙일』 뒤에 발생한 지각 변동이 원인일 것이다.

두긴은 지각 변동으로 생겨난 호수 속으로 떨어진 뒤, 그 안에서 조금도 움직이지 않았다고 한다.

그 낙하로 인해 죽었거나, 아니면 죽은 상태로 떨어졌을 거라고 하이드로는 이야기했다.

"그 뒤로는 난리도 아니었지. 두긴의 몸속에 쌓였던 것이 밖으로 흘러나왔는지, 호수는 폐수 같은 색으로 변했고 냄새도 심해졌어. 덤으로 주변 땅까지 변색되어가더군. 로메눈의 영향을 받는 곳은 괜찮았지만, 호수 주위로 대충 5케메르 정도는 검은색인지, 짙은 보라색인지, 아무튼 지독한 색이더군."

대지가 죽어간다는 말이 떠오를 정도였다고 한다.

허용량이 넘는 오염 물질을 흡수한 두긴은 스스로 독을 방출하게 된다.

개체에 따라 다르지만 땅에 떨어지는 것만으로 대지가 변색되거나 공기가 썩는다고 전해진다.

이렇게 되면 두긴이 오염 물질을 모으고 바옴루탄이 그것을 정화하는 원래의 관계가 무너질 수밖에 없다.

바옴루탄도 그것을 전부 정화해내지 못하는 것이다.

"아마 1년이 지나서였지? 처음으로 바옴루탄이 출현했던 건."

"맞아. 그 정도 공백은 있었을 거야. 추락한 두건이 커서 그런지, 출현한 바옴루탄도 컸어. 지금은 익숙해져서 크다는 느낌은 안 들지만."

하이드로가 묻자 옥시젠이 잠시 생각한 뒤에 대답했다.

"그게 처음이었다면, 그 뒤로 몇 마리가 더 왔던 거야?"

이야기의 흐름으로 봐서 한 마리로는 전부 정화하지 못했을 거란 생각에 신이 묻자 하이드로와 옥시젠은 나란히 고개를 가로저었다.

"아니, 찾아온 바옴루탄은 한 마리뿐이야. 허용량을 초과했는지, 오래 버티진 못했어."

오염 물질을 전부 정화하기도 전에 기운을 모두 소모했는지, 1년여 만에 죽어버렸다고 한다.

"그런데 여기서부터는 우리가 아는 것과 달랐어. 우리들도 많이 놀랐지. 죽은 바옴루탄을 묻어주려 했더니 시체가 사라지고 다른 바옴루탄이 출현했으니까 말이야."

실제로는 시체가 천천히 투명해지다 사라지고, 전혀 다른 공간에서 돌연 바옴루탄이 출현했다고 한다.

"난 그걸 보고 바옴루탄은 불사조처럼 죽음과 재생을 반복하는 특성을 가진 게 아닌가 생각하게 됐어."

"난 바옴루탄이 몬스터가 아니라 대지가 자신을 지키기 위해 만들어낸 정화 장치 같은 게 아닌가 생각하고 있어요."

타고난 연구자인 옥시젠과 하이드로는 바옴루탄의 알려지

지 않은 성질에 관해 여러모로 고찰을 거듭한 것 같았다.

새삼스레 몬스터는 과연 어떤 식으로 출현하는 것인지 생각해보게 되었다.

몬스터 중에는 암수가 존재하는 경우도 있지만 전체적으로 봤을 때는 극히 소수였다.

캐시미어의 몬스터 목장에서도 길들인 몬스터를 방목하는 것이 대부분이었다.

그곳에서 몬스터 새끼가 태어났다는 이야기를 몇 번 들은 적이 있기에, 캐시미어라면 그런 것에 관해 잘 알고 있을지도 몰랐다.

"뭐, 바옴루탄의 생태에 관한 고찰은 이쯤 해두자고. 그래서 지금은 어떤데?"

"정화도 꽤 진행되긴 했지만 더 많은 시간이 필요하겠지. 오염 물질을 대체 얼마나 쌓아두고 있었던 건지……. 우리야 처음부터 상태를 지켜봤으니까 지금은 꽤 좋아졌다는 걸 알지만, 신 군에게는 그렇게 보이지 않을지도 몰라. 우리도 그 영역 안에서 활동하는 건 30분이 한계거든."

신 일행이 로메눈으로 들어왔던 길의 반대편에 바옴루탄의 영역이 있다고 한다.

다양한 실험을 해오면서 상태 이상에 면역이 생긴 하이드로와 옥시젠도 활동하는 데 제한이 있다는 말을 듣자, 신은 그곳의 오염 상태가 심상치 않음을 짐작했다.

"내가 보고 오는 편이 나을까?"

"그렇게 해주면 고맙겠어. 먼저 우리가 조사한 내용을 말해줄게. 뭐, 조금 믿기 힘들 수도 있지만 말이지."

하이드로는 그런 서두와 함께 이야기를 시작했다.

처음에 오염된 영역 안에서는 이끼조차 자라지 않았다고 한다.

현재 호수 쪽은 꽤 많은 변화가 일어났고, 폐수 웅덩이에서 푸른 호수의 모습으로 돌아왔다고 한다.

단, 겉모습은 아름다워도 호수의 실상은 황산처럼 닿기만 해도 녹아버리는 용해액이었다. 게다가 호수에서는 독의 증기가 계속 뿜어져 나왔다.

그리고 토지 쪽도 변색된 것이 사라져 평범한 지면처럼 보인다고 한다. 지면에서도 호수와는 다른 종류의 독가스가 분출되었다.

호수에서 분출되는 독의 증기와 땅에서 스며 나오는 독가스가 서로 반응하며 안개 같은 상태로 지표 1, 2세메르 정도를 뒤덮고 있었다. 지면을 직접 확인하려면 안개를 걷어내야 했다.

그리고 한 가지 더, 하이드로와 옥시젠의 지식 범주를 넘어선 현상이 벌어지고 있었다.

"꽃이 피었어. 형형색색의 꽃이 지표면을 뒤덮듯이, 아니 정확히 표현하자면 안개를 뒤덮듯이 말이지."

계절과 분포 지역 등을 완전히 무시한 채 다양한 꽃이 흐드러지게 피었다고 한다.

"진짜 꽃이야?"

"우리도 궁금해서 조사해봤지만 독이라든가 이질적인 성분은 검출되지 않았어요. 피어난 상황과 피어 있는 상태는 이상하지만, 조사해본 결과 식물 자체는 지극히 정상이었죠."

"증기와 독가스, 그것들이 서로 반응해서 생겨난 안개도 식물에게는 유해해. 그 영역 안에서 독이 검출되지 않는 장소는 없다고 봐도 되거든. 일반적으로 생각해보면 식물이 생육하는 것 자체가 말이 안 되지. 독을 흡수하는 성질을 가진 브루히네와 하르베라를 심어봤지만, 반나절도 못 가서 말라 죽더군."

그것들은 해독제와 HP를 서서히 회복시키는 『포션』의 재료로도 쓰이는 식물이었다. 신에게도 익숙한 식물이었기에 효과는 잘 알고 있었다.

적어도 어중간한 독에는 꿈쩍도 하지 않을 만큼 강력한 해독 작용을 갖고 있었다. 그런 식물이 반나절도 버티지 못한다면 그 영역 안에는 죽음만이 가득해야 했다.

"바루탄은 뭔가 특별한 행동을 하고 있진 않아?"

그 정도로 비정상적인 상태라면 바옴루탄에게도 뭔가 이상이 발생했을 거라 생각한 신이 하이드로에게 물었다.

"아직까진 내 지식과 크게 다른 행동을 하진 않았어. 영역

안을 좀 돌아다니는 것 외에는 거의 움직이지 않고 호수를 바라보더군."

"원래 그곳에 있는 것만으로도 정화가 이루어지니까 말이죠. 우리가 관찰하기로는 정말 얌전했어요."

바옴루탄은 식사를 하지 않는다. 다가가서 쓰다듬을 수 있을 만큼 얌전하기 때문에 아직까지 이렇다 할 문제는 발생하지 않았다고 한다.

신이 알던 대로 유순한 성격이라 몇 번 접촉한 뒤에는 하이드로와 옥시젠을 개별적으로 알아보게 되었다고 한다.

"그렇군……."

두 사람의 설명을 들은 신은 한 가지 신경 쓰이는 부분이 있었다.

바옴루탄은 정화를 끝내면 땅에 쓰러져 조용히 사라진다. 그 뒤에는 땅에서 유용한 금속이 생겨나고 토지 자체가 비옥해진다.

하지만 그 모습은 죽는다기보다 역할을 마치고 어딘가로 전송되는 듯했다.

사라지기 직전에 플레이어를 바라보기도 하는데, 애초에 완벽히 정화하기 전에 죽는 경우는 거의 보고된 적이 없었다.

"……지금까지 여러 번 죽었다고 했지? 바루탄의 시체는 전부 사라졌던 거야?"

만약 시체가 남았다면 하이드로와 옥시젠이 바로 조사했을 테지만, 신은 확실히 해두기 위해 물었다.

"그건 저희의 지식대로였어요. 실제로 쓰러지는 모습을 봤는데, 점점 투명해지며 사라지던데요."

"……그러고 보니 꽃이 피기 시작했던 게 첫 번째 바루탄이 죽은 뒤가 아니었나?"

"그랬……었나?"

첫 바옴루탄이 나타난 것은 두긴이 추락하고 약 1년 뒤라고 했다. 벌써 500년 이상이 지난 일이었다.

옥시젠은 당시의 기억이 선명하진 않은 듯했다.

"잠깐만요. 그때의 조사 기록이…… 아, 여기 있네요. 으음, 바루탄이 사망한 후 351일 뒤에 첫 싹이 텄고 날이 갈수록 점점 늘어났네요. 중간부터는 숫자가 너무 늘어나서 정확한 집계가 안 되고 있어요."

활동 시간에 한계가 있다 보니 전체 숫자를 집계할 수는 없었다고 한다.

"역시 연구직다워. 그런 기록을 철저히 남겨뒀군."

신은 자신이라면 이렇게 못 했을 거라 생각하며 감탄했다.

"관찰과 기록은 연구의 기초라고 할 수 있지. 어쨌든 우리가 알아낸 영역 내의 정보는 이게 전부야. 그리고 우리가 걱정하는 게 한 가지 있어."

"걱정이라니?"

"호수 속에 가라앉은 두긴의 시체야. 바옴루탄과 두긴은 한 쌍을 이루는 존재니까, 바옴루탄처럼 언젠가 부활하지 않을까 하는 생각이 들거든. 물론 지난 500년 동안은 계속 조용했지만 말이야."

그것은 앞으로 벌어질지도 모르는 일에 대한 염려였다. 두긴은 바옴루탄과 달리 공격적이기 때문에 생태에 대해서도 알려진 바가 거의 없었다.

"어느새 꽤 오랫동안 이웃하며 살고 있으니까 말이야. 부활할 때마다 기억은 초기화되는 것 같지만, 계속 지켜보다 보니 느껴지는 게 있어. 바옴루탄도 이제 곧 한계라서 조금 신경질적이 된 것 같더군."

지금의 바옴루탄은 새롭게 출현한 지 벌써 10년여가 지났으며, 지금까지의 추이를 생각해보면 이제 슬슬 죽음이 가까워졌다고 하이드로는 말했다.

베레트는 로메눈 안으로 들어갈 수 없었다고 했지만, 하이드로와 옥시젠은 마음만 먹으면 언제든 밖으로 나갈 수 있었다.

그러지 않았던 것은 바옴루탄이라는 존재 때문이었다. 몬스터라는 것을 알면서도 애착이 생겨버린 것이다.

"그렇다면 식사를 마치고 나서 상황을 살펴보러 가봐야겠군. 뭘 알아낼 수 있을지는 모르지만 내 눈으로 직접 확인해두고 싶어. 만약 두긴이 부활했더라도 우리들이라면 해치울 수 있겠지."

하이드로와 옥시젠이 알려준 정보를 못 믿는 것은 아니지만, 직접 살펴보면 전혀 다른 인상을 받을 수도 있는 법이었다.

또한 【스루 사이트】와 【원시(遠視)】, 【천리안】 같은 스킬을 사용하면 두긴의 시체에 대해서도 뭔가 알아낼 수 있을지도 몰랐다.

"고마워. 우리도 조사 실력은 나름 자부하고 있지만, 알다시피 전투력이 낮으니까 말이야!"

"그것만큼은 어쩔 수 없지."

"자랑스럽게 말하지 말라고."

연구 분야에서는 웬만한 플레이어들도 따라잡지 못하는 그들이었지만, 연구직이다 보니 전투 경험이 많지 않고 전투력 자체도 낮았다.

생산 계열 스킬을 올리는 과정에서도 경험치를 얻을 수 있기 때문에 레벨은 올라가게 된다. 스킬 획득에 부족한 능력치를 메우기 위해 신과 다른 멤버들이 레벨업을 도와준 적도 있었다. 그것도 두 사람은 옆에서 가만히 지켜보기만 하는, 소위 속성 레벨업이었다.

그러다 보니 신과 슈니처럼 생사의 경계선을 넘나드는 전투를 경험한 적은 거의 없었다.

레벨과 능력치가 다소 떨어지더라도 어느 정도의 전투 경험을 쌓았다면 어렵지 않게 그들을 이길 수 있을 것이다.

티에라도 전투 조건에 따라서는 승산이 충분했다.

"하지만 직접 만든 아이템이 있으면 더 강한 상대에게도 이길 수 있겠지."

"그거야 뭐, 우리는 원래 그런 직업이니까요."

옥시젠이 쑥스럽다는 듯 말하자 신은 못 말린다는 듯이 한숨을 쉬었다.

그들 두 사람은 전투 경험도 많지 않고 능력치도 상급 선정자와 비슷하거나 조금 떨어지는 정도였다. 신경 써서 키우지 않은 탓에 능력치는 300도 되지 않았다.

그러나 직접 개발한 아이템을 활용하면 낮은 능력치를 보완할 수 있었다. 직접 부딪치는 것만이 전투는 아니라는 듯이 상태 이상 계열의 아이템을 마구 사용하는 것이다.

모든 상태 이상을 막아주는 아이템은 이 세계에서 무척 귀중하며, 재료의 질과 제작자의 스킬 레벨에 따라서는 무효 기능이 뚫려버릴 수도 있었다.

하이드로와 옥시젠의 주인은 『육천』 내에서도 아이템 제작에 특화된 헤카테였다.

똑같은 아이템도 훨씬 희귀한 재료로 만들어져 있었다.

어지간한 저항력 정도는 무력화하는 상태 이상 공격 앞에서, 상대는 저항 한 번 못 해보고 죽는 악몽을 체험하게 된다.

높은 저항력 덕분에 상태 이상에 거의 걸리지 않는 신조차 등골이 서늘해질 정도였다.

"지난 500년 동안 만들어놓은 게 산더미처럼 쌓여 있겠지."

"흠, 우리가 모르는 위험한 물건들도 만들었을 것이오."

"매드야, 매드. 쟤네 같은 사람들을 매드 사이언티스트라 부른다고."

필마와 슈바이드가 그 두 사람이라면 충분히 그리고도 남는다고 말하자, 세티는 어디서 들었는지 매드 사이언티스트라는 말을 꺼냈다.

신은 그게 전부 틀린 말은 아니라고 생각했다.

"나머지 이야기는 식사 뒤에 하죠. 부엌 좀 빌릴 수 있을까요?"

"오오, 슈니가 직접 만든 요리를 맛볼 수 있다니 기쁘군. 안내가 필요한가?"

"어딘지는 알아요. 식재료는 어느 정도 있나요? 부족할 것 같으면 저희 쪽에서 준비하고요."

"아까 가져왔지만 이 정도 인원이면 조금 부족할 수도 있겠군. 더 가져오지."

"그러면 저도 도울게요. 근처에 뭐가 있는지도 알고 싶으니까요."

"알겠다. 그럼 이쪽으로……."

하이드로는 슈니를 의식해서인지 짐짓 무게를 잡으며 걸어가기 시작했다.

슈니도 조금 곤란해하는 눈치였다. 귀여운 것, 아름다운 것에 맥을 못 추는 하이드로의 성격은 여전한 것 같았다.

"이야, 뭔가 죄송하네요. 슈니가 미인이라서 하이드로도 기분이 들떴나 봐요."

"우리도 어떤 녀석인지 잘 아니까 괜찮아."

옥시젠이 미안하다는 듯 사과했지만 신은 신경 쓰지 말라고 대답했다. 이쪽은 그나마 하이드로처럼 극단적인 성격은 아니었다. 물론 상식과는 거리가 멀었지만 말이다.

"으음~ 어떻게 표현해야 좋을지 모르겠군."

"어휘력이 부족한 게 아쉽네요오."

식사 준비가 끝나고 음식을 맛본 하이드로와 옥시젠은 나란히 밝은 표정을 지었다.

음식은 샐러드와 수프, 파스타(카르보나라)의 심플한 메뉴였다.

로메눈 내에서 재배하는 식재료는 좋은 흙과 비료, 환경이 갖춰져서 매우 높은 품질을 자랑했다. 그것을 슈니가 가진 기술로 조리하면 맛없는 음식이 나올 수가 없는 것이다.

물론 다른 일행도 대만족이었다.

"요리라. 지금까지는 영양만 섭취하면 된다고 생각해왔는데, 이 정도의 음식을 먹어보니 생각이 바뀔 수밖에 없군."

"우리들은 흉내 낼 수 없지만 말이지이."

"시간은 많으니까 요리 스킬을 갈고닦으면 되지 않나요?"

"그럴 시간이 있으면 하나라도 더 연구를 해야지!"

슈니가 제안하자마자 두 사람은 조금의 흐트러짐도 없이 대답했다.

요리 스킬은 물론이고 다른 분야에 노력을 기울일 틈이 있으면 연구를 진행한다. 그것이 두 사람의 행동 이념이었다.

만약 연구 대상이 아니었다면 바옴루탄을 그렇게 신경 쓰지도 않았을 것이다.

연구자들은 관심 분야 외에는 무신경한 경우가 많다. 두 사람의 성격은 그런 식으로 설정되어 있었고 지금도 전혀 변함이 없었다.

"아까 했던 말하고 모순되잖아."

"생각을 바꾸겠다고는 했지만 스킬을 연마하겠다는 말은 하지 않았어."

"궤변이야~."

하이드로는 필마와 세티의 지적에도 꿈쩍하지 않았다. 멋져 보일 만큼의 뻔뻔함이었다.

"자, 식사도 맛있게 했으니 이제 조사하러 가지. 오랜만에 만난 신 군을 관찰하고 싶기도 하거든."

"아무렇지 않게 섬뜩한 소리 하지 말라고."

하이 휴먼조차 관찰 대상이라고 말할 만큼 한결같은 두 사람이었다.

오염 영역 내의 독은 로메눈에 돌입할 때와 똑같이 대비를 해두었다.

신은 하이드로와 옥시젠의 장비가 어느 정도의 독까지 무효화할 수 있는지 확인해두었다. 만약 신 일행의 장비보다 강력하다면 그대로 진입하는 건 위험했다.

"예상은 했지만 역시 우리가 쓰는 장비보다 고성능이군. 우리가 제작한 것과 신 군이 제작한 건 이 정도로 차이가 나는 건가."

"재료의 희귀도도 달라. 역시 재료의 질을 기술로 보완하는 건 한계가 있는 걸까?"

신의 장비를 본 하이드로와 옥시젠은 각자의 견해를 풀어놓았다.

신은 그들이 헤카테가 만든 장비를 사용할 거라 생각했지만 직접 제작한 모양이었다.

"헤카테 님께 받은 장비를 사용하면 활동 시간도 늘어날 테지. 하지만 우리도 연구자로서의 긍지를 갖고 있어. 물려받은 물건에 언제까지고 의존할 수는 없다고."

언젠가 헤카테와 같은 수준의 물건을, 나아가 그것을 뛰어넘는 물건을 만들기 위해 연구를 거듭하는 거라고 두 사람은 입을 모아 말했다.

"하지만 이번만큼은 사용할 수밖에 없겠네요. 여러분께 민폐를 끼칠 순 없으니까요."

"네가 쓰는 장비도 확인해볼 수 있을까?"

"네, 괜찮아요. 하지만 이걸 만든 건 아마 신 씨였을 거예요."

그렇게 말하며 옥시젠이 내민 것은 신에게 무척 익숙한 액세서리인 『신화의 귀걸이』였다.

헤카테의 요청으로 물질을 매개로 사용하는 상태 이상의 무효화 및 경감에 특화되었고, 상태 이상 무효화를 무너뜨리는 최상급 몬스터의 특수 공격도 경감하게 되어 있었다.

게다가 그 당시 갖고 있던 가장 희귀한 재료를 사용했기에, 하이 휴먼의 저항력이 더해질 경우 마법을 제외한 모든 상태 이상을 무효화할 수 있었다.

"이걸 목표로 삼은 거야?"

"그래. 재료는 너무 귀중해서 구할 수 없으니까 다른 수단을 모색하고 있어."

"아직도 갈 길이 멀어요오."

"그래도 성과는 있었다고 생각해. 적어도 당시의 나는 이 재료로 이 정도의 효과는 부여할 수 없었거든."

두 사람이 제작한, 시제품 넘버 6522라는 이름의 가스마스크 모양 아이템을 바라보며 신이 말했다.

아무리 제작자의 스킬 레벨이 높고 제작 설비가 우수해도 재료의 질이 부족하면 부여 효과에는 한계가 있었다.

시제품 넘버 6522에 사용된 재료로 대충 어느 정도의 효과를 부여할 수 있을지 생각하던 신은 그들이 자신을 뛰어넘었다고 판단했다.

그것이야말로 하이드로와 옥시젠이 노력해온 성과였다.

"그렇게 말해주니까 보람이 있군."

"맞아아."

목표로 삼은 아이템의 제작자로부터 받은 칭찬에 두 사람은 자랑스럽게 웃었다.

✝

"이건…… 굉장하군."

아이템 확인을 끝낸 뒤, 신 일행은 바움루탄의 영역에 들어섰다. 이미 하이드로와 옥시젠에게서 상황을 전해 들은 뒤였지만 직접 와보니 놀라지 않을 수 없었다.

"땅은 황폐하고 공기도 탁한데 피어난 꽃들은 생명력이 넘쳐나. 이런 건 세계수 근처에서나 볼 수 있는 건데."

"티에라의 말이 맞아요. 하이드로와 옥시젠의 조사에서 이상이 검출되지 않았다는 것도 실물을 보니 납득할 수밖에 없네요. 이곳을 직접 보지 못했다면 최고의 토양과 물, 생육에 적합한 환경이 전부 갖춰진 곳에서 자랐다고 해도 의심하지 않았을 거예요."

신도 훌륭하다는 생각은 했지만 엘프인 티에라와 슈니까지 극찬할 정도였던 모양이다.

꽃은 로메눈의 부지와 오염 영역의 경계선까지 이어졌고,

로메눈의 섬뜩한 꽃과 아름다운 꽃들이 대비되듯 마주보고 있었다.

"언제부터 이런 상태였던 거야?"

"으음, 경계선까지 도달한 건 처음 꽃이 피고 나서 30일 뒤였어요. 꽃이 핀 지점은 바루탄의 시체에서 1케메르 정도 떨어진 곳이었고요."

두긴의 시체가 가라앉아 있는 호수는 직경 400케메르의 원형이고, 로메눈과의 경계선까지는 1케메르 정도였다.

로메눈과 반대쪽의 4케메르 지점은 꽃도 피지 않는 불모의 땅이라고 한다.

"지금 봐선 꽃밭의 중심은 바루탄의 시체가 있던 장소야. 어쩌면 정화의 힘과 관련이 있는지도 모르겠군."

호수와 경계선 탓에 알아차리기 어려웠지만, 꽃은 바옴루탄의 시체에서 일정 거리가 떨어진 곳에만 피어난다고 한다. 이야기를 들어보니 그렇게 생각하는 게 타당할 거라 여기며 신도 고개를 끄덕였다.

신 일행은 최대한 꽃을 밟지 않도록 주의하며 나아갔다.

시야를 가로막는 것이 없었기에 금세 호수가 보였다.

풍경만 보면 푸르고 아름다운 호수였다. 가까이 다가가기만 해도 죽을 거라는 생각은 도저히 들지 않았다.

"있군."

호수 부근에 검은색에 가까운 다갈색의 거체(巨體)가 보였다.

강인한 네 다리와 날카로운 칼날이 달린 긴 꼬리, 그리고 한 쌍의 날개. 전형적인 서양식 드래곤의 형상이었다.

다만 피부는 화상을 입은 것처럼 짓무르고, 눈은 불투명 유리를 끼워 넣은 것처럼 탁한 색을 띠고 있었다.

날개도 곳곳이 찢어져서 하늘을 날기는 힘들어 보였다. 꼬리의 칼날도 녹이 슨 것처럼 변색되고 곳곳에 금이 가 있었다.

"저게 대지를 정화하는 몬스터……?"

바옴루탄에 대한 정보를 미리 전해 들었던 티에라도 직접 보자 충격이 큰 듯했다.

대지의 더러움을 정화한다는 큰 역할을 짊어졌음에도 불구하고 외형에서는 신성한 분위기가 전혀 느껴지지 않았다.

능력과 외형의 심한 부조화에 당황하는 것도 무리가 아니었다.

"처음 출현했을 때는 아름다웠는데 말이지. 시간이 지나면서 저렇게 되어버렸어."

정화를 시작하기 전의 바옴루탄은 하얀 비늘을 가진 아름다운 드래곤이었다. 외형에 따라 성격도 달라지는지, 이 상태에서는 사람을 보면 금세 날아가 버린다고 한다.

이때는 쓰러뜨려도 귀중한 재료가 나오지 않기 때문에, 굳이 건드리지 않는 플레이어가 대부분이었다.

"아무래도 우리를 발견한 것 같군."

바옴루탄은 신 일행이 가까이 다가가자 바닥에 앉은 채 갑자기 긴 목을 뒤로 돌렸다. 얼굴이 신 일행을 똑바로 향하고 있었다.

—【바옴루탄 레벨 749】

—【약체(弱體)】

【애널라이즈】가 발동되며 바옴루탄의 상태가 표시되었다.

약체는 수명이 얼마 안 남았다는 표시였다. 하이드로가 이제 곧 죽을 거라고 말한 것은 이 때문이리라.

하이드로와 옥시젠이 손을 흔들자 바옴루탄은 대답하듯 울음소리를 냈다. 음정 높은 피리 소리에 메아리 효과를 넣은 것처럼 신비하게 울리는 목소리였다.

"흐음, 너희들에게 흥미를 가지기라도 한 건가?"

땅에 앉아 있던 바옴루탄이 천천히 몸을 일으키며 신 일행 쪽으로 걸어왔다.

일어서자 키는 5메르 정도에 몸길이는 7메르 정도로 보였다. 신이 알던 것보다 한층 큰 덩치였다.

발소리를 거의 내지 않고 다가온 바옴루탄은 먼저 하이드로와 옥시젠을 향해 얼굴을 내밀었다.

두 사람은 말을 걸며 얼굴을 부드럽게 쓰다듬었다.

독 때문에 맨손으로 만지지 못해서인지 바옴루탄의 표정도 전혀 변화가 없었다.

그래도 얼굴을 내민 채 가늘게 떨며 울음소리를 내는 모습을 보면 바옴루탄이 기뻐한다는 건 알 수 있었다.

천천히 움직이던 꼬리도 기분 탓인지 조금 빨라진 것처럼 보였다.

잠시 뒤에 둘에게서 떨어진 바옴루탄은 이번엔 신 쪽으로 얼굴을 내밀었다.

"이건…… 무슨 뜻이야?"

"흐음, 처음 보는 반응이군."

"신 씨에게만 저러는 게 이상하네요."

신 말고도 처음 보는 얼굴은 많았다. 그런데도 바옴루탄은 신을 물끄러미 바라보고 있었다.

눈동자가 탁해서 정확한 시선을 읽을 수는 없지만, 신은 자신을 바라본다는 것을 분명히 느끼고 있었다.

"유즈하, 부탁해도 될까?"

"쿠우!"

언제까지 눈싸움만 하고 있을 수는 없었기에, 신은 유즈하에게 바옴루탄과의 의사소통을 시도해달라고 했다.

유즈하가 바옴루탄을 향해 쿠우쿠우 하고 울었다. 그것을 들었는지 못 들었는지, 바옴루탄은 반응이 없었다.

"안 되는 건가……. 응?"

잠시 지켜보던 신이 낙담하려던 순간, 바옴루탄에게서 변화가 일어났다. 온몸이 하얀빛에 휩싸이더니 몇 초 만에 그

빛이 얼굴 앞으로 집중되었다.

그리고 빛이 사라지자 다이아몬드를 연상시키는 빛나는 돌이 나타났다. 주먹 크기의 그 돌은 공중에서 둥실둥실 흔들리며 신의 앞으로 이동했다.

"어이쿠!"

눈앞까지 다가온 보석이 돌연 힘을 잃고 떨어졌기에, 신은 반사적으로 손을 내밀어 받아냈다. 신은 손에 든 그것을 다시금 가만히 바라보았다.

"보옥(寶玉)……이군."

몬스터 중에는 보옥이라 불리는 아이템을 드롭하는 경우가 있었다.

보옥의 디자인은 해당 몬스터의 특징을 따르지만, 대부분 구형(球形)으로 가공되었다는 공통점이 있었다.

신은 그런 특징을 지닌 것을 보고 이것이 보옥일 거라 판단했다. 그리고 그 판단을 뒷받침하듯이 각 분석 계열 스킬도 그것이 보옥이라고 표시했다.

【THE NEW GATE】에는 보석이라 이름 붙은 아이템도 있었다.

그러나 그것은 가공되지 않은 원석 상태로 드롭되었다가 플레이어가 가공한 뒤에야 빛을 내기 시작하므로 이번 아이템과는 달랐다.

"나에게 받으라는 거야?"

다르게 해석할 여지가 없었지만 신은 만약을 위해 물었다. 그러나 역시나 반응은 없었다.

"흠, 이번엔 티에라인가."

바옴루탄이 신 다음으로 얼굴을 향한 것은 티에라였다. 그녀는 슥 가까워진 바옴루탄의 얼굴 앞에서 긴장된 표정으로 굳어 있었다.

"이번엔 또 무슨 반응인지 영 모르겠군."

"신 씨와는 다르게 관찰하고 있는 느낌이네요. 티에라 씨는 뭔가 특별한 힘을 가지고 있나요?"

"아…… 그랬군. 갖고 있어. 친근감이라도 느낀 건가?"

부정한 기운을 정화하는 세계수의 무녀 티에라에게 비슷한 능력을 가진 바옴루탄이 관심을 가지는 건지도 몰랐다.

티에라를 정면으로 바라보고, 오른쪽에서, 왼쪽에서 살펴보는 모습이 마치 신기한 것을 발견한 어린아이 같았다.

"이, 이거, 괜찮은 거야?"

"그래, 적의는 없으니까 걱정 안 해도 돼. 의미도 없이 공격하는 녀석은 아니니까 말이지. 봐봐, 카게로우도 가만히 있잖아."

티에라는 바옴루탄의 얼굴을 가만히 바라보며 잔뜩 겁먹어 있었다.

카게로우는 얼굴을 움직이는 바옴루탄에게 흥미가 생겼는지, 새끼 늑대의 모습으로 그림자 속에서 나와 흉내 내듯 고개를 움직이고 있었다.

"으으, 첫 대면이라 위압감이……."

바옴루탄의 입은 티에라의 머리 정도는 한 입에 넣을 만큼 컸다. 처음 대면한 티에라의 입장에선 불안해서 어쩔 줄 모르는 것이리라.

한동안 티에라를 관찰하던 바옴루탄은 이제 만족했는지, 호수 옆으로 돌아가서 땅에 몸을 기댔다. 목을 쭉 뻗고 휴식을 취하는 것 같았다.

"바옴루탄은 변함없는 것 같군."

"그렇게 생각해?"

"예전에 캐시미어를 따라다니면서 실컷 봤거든. 저렇게 쉬는 모습도 본 적이 있어."

몬스터를 좋아하는 캐시미어는 당연히 바옴루탄과 접촉하려 했다.

처음에는 억지로 끌려다니던 신도 어느 순간부터는 즐거워하던 기억이 있었다.

그래서 신은 바옴루탄의 행동 패턴을 거의 숙지하고 있었다.

"내가 받은 이 보옥과 티에라 앞에서 보인 반응은 처음 보는 거였지만 말이지. 그래도 바루탄에게서 발톱이나 아이템을 받은 적은 있었고, 티에라 앞에서도 신기한 걸 발견했다는 듯이 행동했잖아. 적어도 이상할 건 없겠지."

다만 신경이 쓰이는 건 바옴루탄의 드롭 아이템 중에 보옥이라는 이름이 붙는 것이 없다는 사실이었다.

"로메눈에 돌아가면 이걸 분석해볼 필요가 있겠군."

라나파시아에서 얻은 수정도 아직 분석을 시작하지 못했는데 수수께끼의 아이템이 또 늘어나자 신은 조금 피곤해졌다.

"분석할 거면 우리들도 돕게 해주지 않겠어?"

"실력을 발휘할게요오."

하지만 하이드로와 옥시젠은 신과 정반대의 반응이었다. 이런 아이템을 조사하는 것이야말로 두 사람이 가장 좋아하는 일이었다.

"부탁할게. 솔직히 말해 나 혼자서는 완벽히 분석하기 힘들거라 생각했거든."

신의 전문 분야는 도검류와 광석 종류뿐이었다. 보석류에 능통한 두 사람의 도움을 얻을 수 있다면 더할 나위 없을 것이다.

"꽃도 조금 채취해 가도 될까? 나도 일단 조사해보고 싶거든."

"그게 좋겠군. 신 군의 의견도 들어보고 싶으니."

"뭔가 진전이 있으면 좋겠네에."

신의 전문 분야는 아니었지만 우연히 미지의 발견이 이뤄질 수도 있었다. 신은 나름대로 꽃을 조사해보기로 했다.

"이제 남은 건 두긴이군."

호수 밑에 가라앉아 있다는 두긴의 시체가 어떤 의미에서는 가장 중요하다고도 할 수 있었다.

신은 쉬고 있는 바옴루탄 옆에 서서 호수를 바라보았다.

푸른 호수는 경치로만 보면 제법 훌륭했다.

그러나 물속은 전혀 보이지 않았다. 호수의 색이 선명했기에 더욱 이질적이었다.

신은 호수 물을 채취하고 나서 시선을 호수 바닥으로 향했다. 복수의 스킬이 발동되며 신의 눈에 호수 내부가 보이기 시작했다.

"생각보다 깊은데."

신의 시야가 점점 호수 밑으로 내려갔다.

100메르, 200메르, 300메르. 스킬이 수심을 알려주었다.

그리고 이제 곧 400메르가 되려 할 때 지금까지와는 다른 무언가가 신의 시야에 잡혔다.

"과연 크기가 어마어마하군."

처음에는 시커먼 바윗덩어리처럼 보였다.

그러나 모습이 선명해질수록 바윗덩어리치고는 날카로운 돌기 같은 형태와 반대로 미끈미끈한 곡선 등이 눈에 띄기 시작했다. 두긴의 외골격과 관절 부분 등이었다.

누운 상태, 그것도 꼬리를 둥글게 만 상태인데도 몸길이가 50메르는 되었다. 게임 시절에는 불가능했을 초대형 개체였다.

"겉으로 보기엔 특징이 바뀌지 않았군."

크기는 종래의 개체와 차원이 다르지만 그 외의 모습은 거의 동일했다. 흉악한 박쥐처럼 생긴 얼굴과 네 개의 듬직한 팔이 눈에 띄었다.

팔에는 피막(皮膜)이 달려 있어 하늘을 날 수 있고, 다리는 두꺼워서 그것만으로도 체중을 지탱할 수 있다. 둥글게 만 꼬리 전체에는 물고기 지느러미 같은 것이 달려 있었다. 피막으로 바람을 타면서 꼬리지느러미로 방향을 전환한다고 알려져 있었다.

"그 밖에 뭔가 특이한 점은 없어?"

"……많아."

호수의 물이 탁해서 바닥까지 빛이 닿지 않았지만, 스킬을 통해 두긴의 몸 색깔도 확인할 수 있었다.

"색깔이오? 분명 떨어질 때는 시커먼…… 아니, 저건…….."

"다양한 색이 뒤섞인 검정. 굳이 표현하자면 그게 맞겠지. 그리고 피부색과 동일한 안개나 아우라 같은 것에 몸이 뒤덮여 있었어."

하이드로는 옥시젠의 말을 보충하면서 두긴이 떨어질 때도 안개인지 아우라인지 모를 무언가가 별똥별처럼 길게 이어졌다고 말했다.

"그런 안개는 보이지 않아. 하지만 피부색은 시커멓군. 두긴은 흡수한 오염 물질이 많을수록 검게 변한다고 하던데, 이 정도면 대체 얼마나 흡수한 거지?"

몸이 거대할수록 최대 흡수량도 늘어난다.

신이 바라본 시체의 크기는 대충 가늠해봐도 일반 개체의 10배가 넘었다. 아마 상상하기도 힘든 양의 오염 물질이 축적되었으리라.

"바루탄이 몇백 년에 걸쳐 정화해야 할 정도니까 말이지. 상상이 안 가는군."

"샘플이 있으면 뭔가 알아낼 수 있을지도 모르지만, 잠수해서 채취해 올 수도 없잖아."

신이 만든 장비라면 호수의 독을 견뎌낼 가능성이 높았다. 세르슈토스를 찾으러 갈 때 사용한 배가 있으니 안전하게 내려갈 수도 있으리라.

그러나 신은 두긴과 접촉해도 되는지를 확신할 수 없었다.

지금까지 바옴루탄이 문제없이 정화해오지 않았는가. 시간은 걸리겠지만 언젠가 이 구역도 예전의 평온한 대지로 돌아올 것이다.

따라서 섣불리 건드렸다가 문제가 발생하기라도 하면 최악의 사태가 벌어질 수도 있었다. 특히나 신은 유즈하에게 단단히 주의를 받지 않았던가.

접근한 순간, 시체가 움직이기 시작하더니 돌연 공격할 가능성이 없다고는 할 수 없었다.

"어쨌든 오늘은 여기까지야. 일단 돌아가서 샘플을 분석하자."

지금은 긁어 부스럼 만들지 말고 신중히 행동하자.

신은 그렇게 결심하고 로메눈으로 돌아가기로 했다.

"……저기, 신. 뒤에 저거, 괜찮은 거지?"

"괜찮다니까."

로메눈으로 돌아가는 신 일행의 뒤에서 바옴루탄이 육중한 몸으로 따라오고 있었다.

하이드로와 옥시젠에게는 일상적인 일이었고, 다른 동료들도 공격해올 리가 없다는 걸 알았기에 느긋하게 걸어가고 있었다.

그런 가운데 티에라만이 자꾸만 뒤를 돌아보고 있었다.

괜찮은 거냐고 물었지만 특별히 두려워하는 눈치는 아니었다. 발밑에 있는 카게로우도 무슨 일인가 싶어 티에라와 바옴루탄을 번갈아 바라보았다.

이윽고 영역의 경계선에 도착하자 바옴루탄은 발걸음을 멈추더니 계속 걸어가는 신 일행을 가만히 바라보았다. 사람과 거듭 접촉한 바옴루탄이 보이는 행동 중 하나였다.

뒤에서 들려오는 힘없는 울음소리가 떠나는 이들의 마음을 붙잡았다.

"앞으로 걸어가는 게 왠지 엄청나게 나쁜 일처럼 느껴져."

"그래서 멈춰 선다면 너도 바루탄의 매력에 사로잡힌 셈이지."

"으으, 부정할 수가 없네."

티에라도 바옴루탄에게 점점 빠져들고 있는 것 같았다.

신 일행은 마음을 독하게 먹으며 오염 영역을 벗어났다. 로메눈으로 돌아오자마자 실험실 중 한 곳에서 샘플 분석을 시작했다.

"흠, 분석기로 뭔가 알아낼 수 있다면 좋을 텐데."

신이 지금 사용하는 분석기는 뒤섞인 물질을 분리하는 기능도 가진 고성능기였다.

재료 중에는 일부 물질을 제거하지 않으면 품질이 떨어지는 경우가 있었기에, 그럴 때도 유용하게 쓰이는 기계였다.

어떤 물질이 어떤 비율로 섞여 있는지도 알아낼 수 있었기에 그를 통해 여러 가지를 추측할 수도 있었다.

"……안 되는 건가."

바옴루탄에게서 받은 보옥은 분석 불가로 나왔다.

이것은 분석에 실패했거나 특수 재료 아이템일 때 나오는 결과였다.

'모든 것을 분석할 수 있게 되면 시행착오의 즐거움이 사라진다'라는 운영진의 방침에 따른 것이다.

라나파시아의 수정도 시험 삼아 분석해봤지만 결과는 똑같았다.

"이런, 이런. 역시 신 군이 골치를 썩는 아이템답게 만만치 않군."

"보옥 쪽은 조금이라도 알아낼 수 있을 줄 알았는데 말이지."

"둘 다 미확인 아이템일 가능성이 높으니까요. 어쩌면 이 기계 안에 데이터가 존재하지 않을지도 모르겠네요."

애초에 게임에서는 존재하지 않았을 가능성이 높은 아이템 이었다.

게임 내의 재료 분석을 목적으로 만든 기계로는 정체를 밝혀낼 수 없는 건지도 몰랐다.

"뭐, 이런 건 끝까지 포기하지 않는 게 중요하죠. 조급해하지 말고 끈기 있게 해보자고요."

"그러고 싶지만 또 무슨 문제가 생길지 모르니까 말이지."

"역시 신 군은 험난한 인생을 보내고 있나 보군."

"재밌어하지 말라고. 나는 하나도 재미있지 않으니까."

납득했다는 듯이 고개를 끄덕거리는 하이드로를 보며 신은 한숨을 쉬었다.

✝

바옴루탄에게서 보옥을 얻고 며칠이 더 지났을 때였다.

신 일행은 계속해서 각 아이템을 분석해나가고 있었다.

분석기 외에도 아이템의 성분과 속성 등 조사 방법은 다양했다.

―하지만.

"이 정도로 조사했는데, 강한 빛 속성을 띠고 있다는 것과 정화의 힘을 미약하게 방출하고 있다는 것밖에 알아내지 못했다니. 연구자를 괴롭히기 위해 태어난 아이템 같군."

"안에 포함된 에너지는 엄청난데 말이죠오. 추출이 불가능하면 활용 방법이 제한적이겠네요."

"이건 특정한 장소에서 열쇠로 쓰인다거나 직접 상대에게 던지는 식으로 가공하지 않고 사용하는 아이템이 분명해."

아이템 중에는 사용법이 하나뿐인 경우도 드물지 않다.

이벤트 한정 장소의 문을 여는 열쇠와 특정 몬스터를 약화하기 위한 아이템 등, 재료로 사용하는 것이 불가능한 아이템들이다.

신의 시스템 메뉴의 『귀중품』 목록에 표시된 아이템 대부분이 그에 해당했다.

"바옴루탄한테 받은 거니까 역시 정화와 관련이 있다고 생각해야겠지?"

"그때의 빛만 봐도 그렇게 생각하는 게 타당하겠지. 보옥에서 흘러나오는 힘에도 강한 해독 능력이 있는 걸 보면 아무래도 두긴이 떠오르지만 말이야."

"하지만 그렇다면 굳이 신 씨에게 건네줄 필요는 없잖아요. 그 힘을 직접 정화에 사용하면 될 텐데……."

세 사람은 다양한 가능성을 이야기하며 토론을 거듭하고

있었다.

어쩌면 신이 호수 속으로 들어갈 것을 예상하고 두긴에게 던지라고 준 것일지도 몰랐지만, 신은 지나친 추측이라고 생각했다.

바옴루탄과 처음 만난 날에 받은 것이니, 신이 두긴과 접촉할 것을 알았을 리가 없지 않은가.

"그건 그렇고 너희가 다양한 설비를 만들어놔서 다행이야. 그러지 않았으면 이 정도로 분석하는 것도 힘들었겠지."

"이것도 우리의 연구 성과 중 하나라고 할 수 있지."

"아직도 많은 개량이 필요하지만 도움이 됐다니 다행이네요."

게임에 존재하지 않았던 아이템이어서 그런지 게임 시절의 분석용 기계는 전혀 도움이 되지 않았다. 바옴루탄의 보옥, 라나파시아에서 얻은 수정 모두 분석 불가였다.

결과를 보여준 건 하이드로와 옥시젠이 직접 만든 설비들이었다.

두 사람은 자신들이 사용하는 기계가 어떤 방식으로 결과를 내놓는지 의문을 갖고, 사용되는 아이템과 내부 구조, 가동 시의 움직임 등을 연구했다고 한다.

그들에게는 로메눈에 설치된 각 기계들 역시 연구 대상이었던 것이다.

그리고 거기서 얻어낸 지식을 토대로 새로운 기계를 만들어냈다.

각 길드하우스 중에서도 데미에덴과 로메눈에는 생산에 필요한 재료가 한층 많이 확보되어 있었기에 실험, 제작에 필요한 재료가 부족하진 않았다고 한다.

"지금까지 몰랐던 특성도 알아냈으니까 말이지. 장비를 한 단계 더 개량할 수 있을지도 모르겠어."

보옥과 수정에 관해서는 약간의 결과밖에 내지 못했지만 다른 재료들에 관해서는 다양한 성과를 얻을 수 있었다.

두 귀중품의 분석은 일찌감치 벽에 가로막혔기에 기분 전환 혹은 다른 단서를 얻을까 싶어 로메눈에 저장되지 않았던 재료 아이템을 분석해본 것이다.

재료 아이템을 대량으로 비축해두었다지만 모든 것을 망라한 것은 아니었다.

로메눈은 식물 계열, 데미에덴은 금속 계열 식으로 담당자와 사용 빈도에 따라 비축된 재료 아이템에도 차이가 있었다. 그래서 지금까지 분석해보지 못한 금속이 많았던 것이다.

"지금의 세계에선 아이디어에 따라 다양한 활용이 가능하니까 말이지. 예전의 강화 방식이라면 간신히 5할 증가였지만, 이거라면 10할 증가, 두 배 성능도 꿈이 아냐."

"그 미소를 보니까 신 씨가 헤카테 님과 같은 부류라는 게 진심으로 납득이 가네요."

후후후 하고 조금 섬뜩한 미소를 짓는 신을 보며 옥시젠이 고개를 끄덕거렸다.

아무래도 헤카테 역시 똑같이 섬뜩한 미소를 짓곤 했던 것 같았다.

신은 이러면 안 된다는 듯이 고개를 흔들며 진지한 표정으로 돌아왔다.

"뭐, 무기에 대한 건 나중에 생각하기로 하고. 그 밖에 생각나는 조사 방법은 없어? 솔직히 말해서 내 쪽은 이제 바닥났거든."

예전에 시험했던 대로 마력을 주입해서 흡수시키는 방법도 두 사람에게 이미 시켜본 뒤였다. 당시 그 자리에 없었던 필마와 세티도 마찬가지였다.

결과는 슈바이드와 마찬가지로 아무것도 보이지 않는다고 했다. 실험 인원이 적다 보니 결과를 도출하기도 힘든 상황이었다.

"우리가 만든 기계도 전부 한 번씩 사용해봤으니까 말이지. 시험해보고 싶은 방법이 없는 건 아니지만, 그게 뭔진 신 군도 알고 있겠지?"

하이드로의 질문에 신은 고개를 끄덕였다. 아직 시험해보지 않은 방법이 있긴 있었다. 그러나 그건 재료 아이템이 여러 개 있다는 것을 전제로 한 방법이었다.

똑같은 물건을 입수할 거란 보장도 없고 상태를 변화시켜도 괜찮은지 모르는 상황이었기에 함부로 시도해볼 수는 없었다. 그런 방법을 취할 수 없기 때문에 바닥났다고 했던 것이다.

"보옥에 대한 건 바루탄에게서 이야기를 들을 수 있으면 좋을 텐데요오."

신도 그 말에 고개를 끄덕였다.

원래의 주인이라고도 할 수 있으니 사용법을 모를 리는 없었다.

유즈하는 같은 계통의 몬스터라면 대화가 가능할지도 모른다고 했지만, 애초에 사람과 말이 통하는 몬스터 자체가 상당히 희귀했다. 유즈하가 곁에 있는 신은 상당히 운이 좋은 것이다.

"아니, 가능성이 아주 없는 건 아닌데 말이지……."

바옴루탄의 종족은 용족, 즉 드래곤이었다. 같은 용족 몬스터 중에서 사람과 말이 통하는 존재가 딱 한 마리 있었다.

문제는 가볍게 불러내도 될 존재가 아니라는 점이었다.

사신을 토벌할 때 함께 행동했던 인연이 있으니 사정을 설명하면 도와줄 것 같기는 했다. 그러나 통역으로 부르는 게 맞는 건지는 확신이 서지 않았다.

"말이 통하는 드래곤을 알고 있는 건가?"

"차오바트에 대해 알고 있어? 제법 유명한 몬스터인데."

"『은월(銀月)의 사신』 말이군. 직접 본 적은 없지만 헤카테 님이 이야기하는 걸 들은 적은 있어. 흐음, 네가 아는 드래곤이라는 게 그 차오바트인가 보군?"

하이드로는 미소를 거두고 긴장된 표정으로 물었다.

"정답이야. 차오바트라면 도와줄지도 몰라. 하지만 도움을 청한다면 좀 더 다급한 상황이어야 할 것 같기도 하거든. 전투력이 웬만한 보스와는 차원이 다르니까 말이지. 일시적이나마 동료가 되어준다면 엄청난 일이 벌어질 거라고."

리포르지라 같은 반칙급 몬스터를 제외한다면 차오바트는 【THE NEW GATE】의 세계에서 최강 중 하나로 손꼽히는 존재였다.

최강이 아니라 그중 하나라 불리는 건 몬스터에 따라 상성이 다르기 때문이었다.

단순히 전투력이 높은 몬스터로 순위를 매긴다면 『~신(神)』이라는 이름이 붙은, 플레이어 사이에서 갓급이라 불리는 몬스터들이 상위를 차지한다.

그러나 차오바트는 그중에서도 상위에 속하는 전투력을 가졌다. 게임 시절에 길드에서 읽은 책에 신을 죽이는 용으로 등장했을 정도였다.

일부의 예외를 제외하면 플레이어가 싸울 수 있는 용족 몬스터 중에는 최강이라 할 수 있었다.

게임 시절과는 달리 다짜고짜 공격해오지 않아서 정말 다행이라고 신은 생각하고 있었다.

"도움을 요청한다는 자체가 굉장한 일인데요. 그런데 사람과 말이 통했나 보군요. 처음 알았어요."

"그럴 테지. 대화는커녕 '만나면 죽는다'가 상식이었으니까."

게임 내의 몬스터인 이상 쓰러뜨릴 수는 있었다.

신도 직접 싸워서 쓰러뜨린 적이 있었다. 당시엔 『육천』 멤버 전원이 달려들어 싸워야 했다.

만반의 장비와 아이템을 갖추고 공격 패턴을 연구해 대책을 확실히 세운 상태에서 벌인 전투였다.

신은 차오바트를 쓰러뜨렸을 때의 성취감을 지금도 선명히 기억하고 있다.

참고로 처음 덤볐을 때는 무력하게 전멸당하고 말았다.

장비와 행동 패턴을 알고 있어도 확실한 승리를 장담할 수 없을 만큼 강한 상대였다. 아무 준비도 없이 조우한다면 신 일행이라도 도망칠 수밖에 없는 것이다.

최강이라 칭송받던 『육천』조차 그것이 한계였다. 다른 플레이어라면 어땠을지 말할 필요도 없으리라. 도망조차 치지 못하고 전멸당하는 플레이어가 대부분이었다.

신이 아는 한 『육천』 외에 차오바트 토벌에 성공한 길드는 세 곳뿐이었다.

"그러고 보니 내가 쓰러뜨렸던 걸 기억하고 있던데."

토벌에 성공한 건 신 일행이 두 번. 그리고 그 뒤에 다른 길드에 의해서도 토벌당했다고 한다.

그렇다면 결국 신 일행과 싸웠던 개체는 한 번 죽었다는 의미였다.

게임에서라면 몬스터가 리스폰되는 것이 당연하지만 기억도 지속된다는 게 신기하다고 신은 생각했다.

"뭐, 그건 본인한테라도 물어보면 되겠지."

당장 중요한 일은 아니었기에 신은 다른 생각으로 넘어갔다.

"어쨌든 차오바트에 대한 건 일단 보류하자. 기분 전환 삼아서 잠깐 나갔다 올게."

"전부터 계속하고 있다는 그것 말인가?"

"그래. 이제야 겨우 감을 잡았거든. 그리고 그걸 조사에 응용할 방법을 찾는 중이야."

신은 하이드로의 질문에 고개를 끄덕이며 자신의 생각을 털어놓았다.

현재 할 수 있는 방법은 전부 시험해봤으니 새로운 실마리가 되길 기대하고 있었다.

"그쪽은 맡길게요."

"너희들도 해보는 게 어때?"

"아니, 슈니는 스파르타식이니까 우리는 우리 나름의 방법으로 해나갈게요."

생각하는 건 잘해도 움직이는 건 서툴다며 옥시젠이 뺨을 긁적이며 시선을 피했다. 연구를 하지 않겠다는 게 아니라 단지 슈니가 무서웠던 것이다.

"슈니는 뭐, 성실하니까 말이지."

"그건 두뇌 노동 전문인 우리에겐 조금 힘들어. 첫날에 도망치지 않았던 나를 칭찬해주고 싶을 정도라고!"

과장이 심하다고 신은 생각했지만, 옥시젠도 같은 마음이었는지 연신 고개를 끄덕거리고 있었다.

실제로 지금까지 슈니에게 훈련받았던 상대들―상급 선정자인 빌헬름조차도―은 모두 비슷한 말을 했다.

신은 옹호하고 싶었지만, 비명을 지르며 훈련하던 병사들을 직접 봤기에 사실을 부정할 수는 없었다.

"그런데도 훈련하러 가는 신 군은 사실 M 소질이 있는 건가."

"그런 발상은 그만! 그럴 리가 없잖아!"

물론 슈니와 함께하는 것이기에 버틴 것이지만, 신 입장에선 그렇게까지 힘든 일이 아니었다.

게임에서 불가능했던 일이 가능해질지도 모른다는 기대도 있었다.

"자, 그럼 가볼까."

로메눈을 빠져나온 신은 훈련용으로 확보한 부지에서 스킬을 발동했다.

그러나 신은 움직이려는 몸을 힘껏 억눌렀다.

움직임을 멈추고 몇 초 지나자 몸을 움직이려던 마력이 흩어지며 스킬이 취소되었다.

마법 스킬 발동에 실패했을 때와 비슷한 모습이었다.

스킬의 정해진 움직임과 형태가 마법 영창이라는 명칭으로 불리는 까닭이었다.

"휴우우우……."

신은 집중력을 유지하며 몸에 마력을 둘렀다.

방금 전 스킬을 억제했을 때의 감각을 떠올리며 온몸 구석 구석까지 마력이 통하는 것을 확인하며 걸음을 내디뎠다.

그리고 맨손 무예 스킬【팔화장(八華掌)】의 8연속 공격을 시전했다.

찌르기로 시작되는 연속 공격이 허공을 가르고 마지막 뒤돌려 차기가 끝나면서 신의 몸이 딱 멈추었다.

"이제야 알겠군."

"축하해요. 성과가 나타나기 시작했네요."

신의 움직임을 가까이서 지켜보던 슈니가 미소를 띠며 말을 걸어왔다.

방금 신이 발동한 것은 스킬【팔화장】이 아닌 아츠【팔화장】이었다.

동작은 동일해도 공격 하나하나의 위력과 속도는 스킬보다 뒤떨어졌다.

물론 신이 사용했기에 웬만한 스킬 습득자보다 강력한 위력을 낼 수밖에 없었다.

"얼마나 오래 걸렸는지……. 대장일을 할 때는 쉬운데, 왜 무예 스킬이나 마법 스킬은 이렇게 어려운 거야, 정말이지."

신은 이 세계에 온 뒤로 게임 시절에 존재하지 않았던 마력 조작을 연습해왔다.

신 같은 플레이어들에게 마력은 곧 MP였다. 스킬을 사용하면 자동으로 소비되는 것에 불과했지만, 이곳에서는 어느 정도 임의적인 조작이 필요했다.

대장일과 아이템 조합 등의 생산 계열 스킬에서는 특히 중요한 부분이었다.

다만 신기한 건 신이 대장일을 할 때는 훈련 없이도 숙련된 마력 조작을 할 수 있었다는 점이었다.

한편 그 외에 특히 공격용 스킬의 경우는 마력의 흐름을 느끼고 조작하는 것이 슬플 만큼 서툴렀다.

단순히 많은 마력을 한 곳에 집중하는 건 가능했지만 말이다.

"대상이 생물이냐 무생물이냐에 따라 난이도가 달라지는 건 사실일 거예요. 아츠를 만들어낸 사람도 그런 이야기를 했다고 들은 적이 있거든요."

모든 사람은 무의식중에 마력을 사용했다. 스킬은 그것을 보다 강화하고 방향성을 부여해서 행사하는 것이다.

정해진 형태가 존재하는 것은 그래야 위력을 내기 쉽기 때문이다. 그것이 스킬 연구자들이 내린 현재까지의 결론이라는 걸 신은 슈니에게서 들은 적이 있다.

생산 계열 스킬에 쓰이는 광물이나 식물 등은 마력을 띠면 서도 스스로 행사하지 못하고 게다가 외부의 간섭에 저항할 수 없기에 보다 다루기 쉽다고 한다.

"우리는 스킬을 사용할 때의 위화감이 없고 스킬에 몸을 맡기는 것에 익숙해졌기 때문이겠죠. 저도 적응하느라 고생했거든요."

"우리한테는 그게 당연하니까 말이지. 스킬을 억제하고 취소하는 건, 게임 시절엔 빈틈만 생기는 의미 없는 행위였잖아."

그러나 이 세계에서는 의미가 있었다. 게임과 달리 몸을 뒤덮은 마력을 느낄 수 있으니 말이다.

"아츠를 개발한 건 신관이라고 했지?"

"네. 실존 인물인지는 모르겠지만, 교회에 남아 있는 기록에는 그렇다고 해요."

아츠를 개발한 신관은 스킬을 사용하지 못하는 일반인이었다고 한다.

신도 교회 사람들과 약간의 인연이 있었기에 흥미를 갖고 이야기를 들은 적이 있었다.

『영광의 낙일』에 의해 인간 세상은 혼란이 극에 달했다.

단명 종족 중에서도 특별한 힘을 갖지 못한 휴먼이 그런 혼돈의 시대 속에서 구원을 갈구한 것은 필연이라 할 수 있었다.

그런 시대에 태어난 신관은 사람들을 구하기 위해 싸워야만 하는 사명을 짊어지고 있었다.

스킬을 사용하지 못하면서도 약자들을 위해 무기를 들고 싸웠고, 조금이라도 고통을 덜어주기 위해 약을 연구했다.

몬스터의 습격을 받으면 그것을 물리치고, 약이 부족해지면 직접 재료를 구하러 나섰다.

당시의 신관들은 전사이자 기사이자 연구자이기도 했다.

"지금 다시 들으니까 굉장하다는 생각이 드는군. 교회가 그 정도의 커다란 조직으로 발전한 건 그런 사람들 덕분이겠지."

단순히 신의 가르침만 운운했다면 지금의 교회는 없었으리라.

싸움 속에 직접 몸을 던졌기에, 다른 사람이 사용하는 스킬을 몇 번이나 목격하고 그 위화감을 깨달았던 것이다. 스킬 사용 시와 미사용 시의 마력의 흐름이 다르다는 것을 말이다.

그것을 발견해낸 신관은 더욱 많은 정보를 수집하고 검증을 거듭한 끝에 스킬의 마이너 버전인 아츠를 개발하는 데 성공했다.

지금의 세상에서 스킬보다 아츠가 널리 쓰이는 이유는, 스킬이 희귀한 것도 있지만 아츠의 습득이 쉽고 부담이 적다는 점을 들 수 있다.

레벨에 따라 능력치가 올라가는 이 세계에서 대부분의 사

람들은 환생 보너스와 무관한 초기 아바타의 능력으로 태어
난다.

선정자에 비해 당연히 MP가 낮고 스킬을 습득해도 MP 소
비량 때문에 여러 번 사용할 수도 없다.

그리고 효과 높은 치료 스킬의 횟수가 제한될 경우 치료받
을 권리를 차지하기 위한 다툼이 일어나기 마련이었다.

스킬을 사용할 때는 최소한의 MP가 필요하며, 기초 단계의
【힐】조차도 일반인은 하루에 열 번을 사용하기가 어렵다.

레벨을 최대치까지 올린 뒤 환생해 아바타를 강화하는 게
임 시절의 방법을 사용할 수 없다는 점과, 애초에 레벨을 최
대치까지 올리는 것 자체가 힘들다는 점이 가장 큰 걸림돌이
었다.

나라마다 다르긴 해도 이 세계의 일반인들은 평균 레벨이
약 20~30이었고 병사조차 100 전후였다. 일반인에게 255레벨
은 꿈에서나 가능한 이야기였던 것이다.

환생 보너스 소유자, 즉 선정자도 255까지 도달하는 경우는
많지 않았다.

그런 가운데 스킬보다 효과는 떨어지지만 필요 MP가 적고
스킬보다 간편히 습득할 수 있는 능력이 생겨난다면 어떻게
될까. 그에 대한 대답은 지금의 세상을 보면 알 수 있었다.

효과가 뛰어나지만 습득하기 어려운 【스킬】과, 효과는 낮아
도 습득이 쉬운 【아츠】는 지금도 각각의 공간에서 공존하고

있었다.

"또 그러고 있네."

"또는 무슨 또야."

대화를 나누며 성실히 훈련하던 두 사람을 향해 세티가 걸어왔다.

그녀는 조금 지겹다는 표정을 짓고 있었다. 지금까지는 멀리서 지켜보기만 했지만 오늘은 아니었다.

"아니, 스킬을 쓸 수 있고 능력치도 엄청 높은 신이 효과도 낮은 아츠를 습득할 필요가 있긴 해?"

지금까지 말은 안 했어도 영 이해가 안 간다는 듯이 세티가 물었다.

당연하다면 당연한 의문이었다.

기초 단계의 【힐】은커녕 광역 섬멸용 마법 스킬까지 연사할 수 있는 신이 MP 부족 같은 문제에 직면할 리가 없지 않은가.

심지어 한 번 사용한 후 MP를 완전히 회복시키는 아이템도 갖고 있었다.

"이건 슈니에게서 배운 건데 말이지. 아츠를 습득하기 위한 훈련이 스킬을 강화해주는 효과도 있는 것 같거든."

"스킬을 강화한다고?"

신도 처음 들었을 때는 놀랐던 게 사실이었다.

"아츠를 습득하려면 자기 몸에 작용하는 마력을 조작해야 하잖아요. 이걸 선명히 인식할 수 있게 되면 스킬에 대한 이

해도가 높아져요. 그 결과 집중할 수 있는 마력량이 증가한다거나 움직임에 따라 큰 변화를 줄 수도 있게 되죠. 세티가 마법 스킬을 자유자재로 응용하는 것과 마찬가지예요. 그걸 보다 자연스럽고 효과적으로 할 수 있게 된다고 생각하면 될 거예요."

"헤에, 그런 효과가 있구나."

츠무긴들을 지키기 위해 신의 사유지에 틀어박혀 있던 세티에게는 당연히 처음 듣는 정보였다.

그래도 그와 비슷한 방식으로 스킬을 사용한 것을 보면 역시 마법 계통에 강한 픽시다웠다.

"그런 거라면 나도 한번 해볼까."

세티도 구경만 할 수 없다는 듯이 스킬을 발동했다.

세티는 마도사로서 후방 지원을 주특기로 육성되었다. 다만 적이 접근했을 때 무력해지지 않도록 접근 전용 스킬도 갖고 있었다.

지금 발동한 것은 마도사에겐 필수라 할 수 있는 지팡이술 무예 스킬 【무음(無音)】이었다.

움직임 자체는 단조로운 찌르기 공격이었다.

위력도 낮고 STR이 낮은 마도사로서는 제대로 된 대미지를 주기 힘든 기술이었다. 아예 노대미지 기술이라 불릴 정도다.

그러나 이 스킬이 마도사에게 필수라고 여겨지는 것은 부차적인 효과 세 가지 때문이었다.

스킬의 발동부터 공격으로 전환되기까지의 속도가 가장 빠르다는—동일한 속도의 스킬은 존재했다— 점과, 넉백과 스턴 효과를 동시에 갖고 있다는 점이었다.

여러 개의 효과를 동시에 내기 때문에 넉백은 거리가, 스턴은 시간이 짧았다. 그러나 무효화 액세서리를 갖고 있어도 일정 확률로 효과를 발휘했다.

그리고 무엇보다 근접형 플레이어의 맹공을 막아내면서 거리를 벌린다는 것 자체가 최대의 이점이었다.

"으으으, 흐아!"

지팡이를 든 채로 부들부들 떨던 세티는 몇 초 뒤 팔다리를 늘어뜨린 채 쓰러지고 말았다.

"이거, 힘드네……."

"그렇지? 거기서 마력의 감각을 잡아내는 게 또 어렵거든."

"마력이라. 그게 그렇게 어려운 건가?"

세티는 그렇게 말하며 상반신을 일으키더니 오른 손바닥을 위로 향했다. 그러자 소리도 없이 주먹 크기의 화염 구슬이 출현했다.

"이게 아츠구나. 내가 밖에 있을 땐 이런 게 아직 없었으니까 전혀 몰랐어."

"확실히 아츠네요."

"말도 안 돼……."

화염 구슬을 본 슈니가 아츠가 틀림없다고 단언하자 신은 놀라는 동시에 큰 충격을 받았다.

시간이 날 때마다 훈련을 거듭해오면서 간신히 익힌 감각을 세티는 단 한 번 만에 익혔기 때문이다. 힘들다는 이야기는 어디까지나 스킬을 억제하는 것에 한정된 것이었다.

"내가 괜히 마법 특화겠어? 마력 감지에 관한 건 내게 맡기라고!"

가슴을 당당히 펴며 말하는 세티는 잔뜩 의기양양한 표정이었다. 자기 나름대로 마법 스킬을 응용해온 덕분에 마력을 다루는 것에 익숙한 것 같았다.

"자, 자. 내가 요령을 알려줄게."

"으으윽."

신은 세티가 엄청나게 얄미웠지만, 나중에 강적과 맞닥뜨렸을 때를 위해서라고 스스로를 타이르며 그녀의 말에 귀를 기울였다.

"일단 온몸을 흐르는 마력을 느끼고, 그것을 힘껏 끌어당겨 내 뜻대로 움직이게 한 뒤에 확 흘려 보내는 거야. 이걸 반복해서 스킬을 발동할 때 흐르는 마력을 자신의 색으로 바꾸는 게 첫 단계지."

"알아듣게 좀 설명해라!"

세티는 감에 의존하는 성격이었다. 그러나 슬프게도 신은 세티가 하는 말의 절반은 알아들을 수 없었다.

"제 생각엔 스킬에 의해 자동으로 흘러가는 마력을 자기 의

지대로 조절할 수 있게 하라고 이야기한 것 같은데요. 자신의 색으로 바꾼다는 건 자신의 지배하에 둔다는 거고요. 틀렸나요?"

"맞아, 맞아, 그 느낌이야! 역시 슈 언니."

세티의 대략적인 설명을 슈니가 번역해주었다. 엘프도 마법을 잘 다루는 종족이었기에 어느 정도 이해할 수 있었던 건지도 몰랐다.

신도 마음속으로 그녀를 칭찬했다.

"마력을 자기 의지대로……."

마력 조작 훈련 덕분에 무예 스킬을 발동하면 심장에서 마력이 온몸으로 퍼져나가고, 마법 스킬을 사용하면 손이나 발의 한 곳에 집중되는 게 느껴졌다.

신은 그것을 확인하고 나서, 일단 무예 스킬을 사용할 때의 마력을 자기 의지로 온몸에 퍼져나가게 해보았다.

"으, 으으음……."

하지만 그게 영 마음대로 되지 않았다.

스킬이라는 걸 의식하면 마력이 멋대로 흘러가서 스킬이 발동해버리는 것이다.

지금까지는 의식하는 것만으로 스킬을 사용해왔지만, 거기에 익숙해진 것이 마력 조작에 의한 스킬 발동을 방해하고 있었다.

멋대로 움직이려는 마력을 힘껏 억누르며 스킬이 발동하지 않도록 하는 것이 고작이었다.

방금 전에는 마력을 약하게 흐르게 해서 성공했지만, 조금만 강하게 해도 어려워지는 것이었다.

"크아앗, 전혀 안 되네."

이번에는 신이 팔다리를 늘어뜨린 채 드러눕고 말았다.

몇 번을 도전해도 스킬 발동을 억제한 채 부들부들 떨기만 할 뿐이었다. 익숙하지 않은 일을 해서인지 어느새 온몸에 땀이 흥건했다.

"스킬 사용자에게는 흔히 있는 일이에요. 끈기 있게 도전해보죠."

"여기까지 오는 데도 많은 시간이 걸렸잖아. 포기할 수는 없지."

아츠 발동에 성공하면서 다음 목표인 스킬 강화도 불가능한 건 아니게 되었다.

무슨 일이든 첫걸음에 잘되진 않는 법이다. 신은 조금씩 꾸준히 노력해나가자고 생각했다.

타깃이 된 도시 | Chapter 3

신 일행이 로메눈에 온 지 2주가 지날 무렵, 그 일은 갑작스럽게 벌어졌다.

매일처럼 훈련을 하던 신 일행의 귀에 날카로운 울음소리가 들렸던 것이다.

"저기, 신. 방금 목소리는……."

"그래. 아무래도 초대받지 않은 손님이 왔나 보군."

울음소리를 내는 건 바옴루탄이었다. 날카로운 울음소리는 마치 비명 같았다.

신이 감지 범위를 넓히자 바옴루탄 주위로 6개의 반응이 나타났다.

바옴루탄을 포위한 반응 중 3개는 각각 다른 방향에서 접근했다가 멀어지기를 반복했다. 아마 일격이탈 전술로 공격하는 것이리라.

『긴급 연락! 바옴루탄이 누군가에게 공격받고 있는 것 같다! 움직일 수 있는 사람은 당장 와줘!』

로메눈의 기능을 사용할 수 있게 해두었기에, 그것을 이용해 부지 전체에 목소리를 내보냈다. 함께 훈련하던 슈니, 티에라, 유즈하, 필마는 이미 무기를 꺼내 들고 있었다.

그리고 몇 분 내에 슈바이드를 비롯한 다른 동료들도 모여들었다. 이번엔 하이드로와 옥시젠도 직접 만든 장비가 아니라 헤카테의 장비를 착용하고 있었다.

"상대의 목적은 알 수 없어. 마크의 움직임을 봐서 공격당한다고 판단했지만 확실하진 않아. 그러니까 바로 공격하진 말도록 해."

"알았으니까 빨리 가자!"

티에라의 다급한 표정이 모두의 심정을 대변하고 있었다. 처음 마주쳤을 땐 두려워하던 티에라도 지금은 바옴루탄이 먼저 다가올 만큼 친밀해진 상태였다.

"바옴루탄에게 너무 가까이 가진 마. 전투 중이라면 우리도 공격받을 수 있으니까."

신은 반응이 있는 곳으로 향하며 티에라에게 말했다. 다른 멤버들은 실제로 공격당하는 모습을 봤기에 알아서 조심할 거라는 판단에서였다.

"공격……당하는 거야?"

"그건 실제로 맞닥뜨리기 전까진 아무도 몰라. 우릴 알아봐 준다면 좋을 텐데 말이지."

신도 바옴루탄과 친해졌다고 느꼈기에, 공격당한다면 정신적인 대미지가 클 것 같았다. 만약 그렇게 되면 어떤 사정이든 간에 침입자들을 한 대 정도는 때려줘야겠다고 신은 생각했다.

"역시 싸우고 있군."

"여기까지 올 정도면 일반인은 아닐 줄 알았지만 상당한 실력자 같군."

숲이나 다름없는 식물 군생 지대를 벗어나자 순식간에 넓은 공간이 펼쳐졌다. 【원시】를 사용할 수 있는 멤버들은 이미 바옴루탄 쪽을 살피고 있었다.

전신갑옷을 입은 자가 세 명, 로브를 입은 자가 두 명, 그리고 신관복을 입은 자가 한 명이었다.

갑옷을 입은 자들이 좌우와 후방에서 접근해 주의를 끌고, 로브를 입은 두 명이 화염과 번개 마법으로 공격했다. 신관으로 보이는 자는 지팡이를 높이 든 채 움직이지 않았다.

마법의 직격을 받은 바옴루탄이 비명을 질렀다. 약체화되어서인지 전체적으로 움직임이 둔했다. 발톱과 꼬리 공격이 전사들에게 명중했지만 방패를 튕겨내진 못했고, 전사들은 몇 메르 물러선 뒤 즉시 원래의 진형으로 복귀하고 있었다. 이대로 계속 싸운다면 바옴루탄은 사냥당하고 말 것이다.

그러나 공격해온 자들의 상태도 조금 이상했다. 모두들 독과 마비에 걸렸다가 회복되기를 반복했지만 회복 속도가 눈에 띄게 느려지고 있었다.

"이 싸움, 당장 멈춰!"

신, 필마, 슈바이드가 높이 도약하며 전사들 앞에 착지했다. 그리고 카게로우가 포효해 마법사와 신관들의 주의를 끌었다.

끼어든 세 사람은 바옴루탄 앞에서 무방비하게 등을 보이게 되었지만, 공격당해도 어쩔 수 없다고 마음을 굳힌 상태였다.

"뭐, 뭐냐, 너희들은?!"

갑옷 입은 자들 중 한 명이 검을 겨눈 채로 외쳤다. 투구가 얼굴 전체를 가리고 있어 목소리가 안에서 울렸지만, 남자라는 것은 알 수 있었다.

"이쪽도 사정이 있어서 말이지. 그보다 너희들은 어째서 바루타—바옴루탄하고 싸우는 거야? 이 녀석은 사람을 해치는 몬스터가 아니라고."

신은 무심코 바루탄이라고 말하려던 것을 간신히 얼버무리며 남자에게 물었다. 만약 이 땅을 뒤덮은 독이 바옴루탄 때문이라고 오해한 거라면 사정을 설명할 생각이었다.

"이 죽음의 영역에 사람이라니……?"

"엄청난 위압감……. 이건 이길 수 없겠군."

다른 전사 두 명도 동요하는 눈치였다. 한 명은 신 일행의 강함을 알아봤는지 전투 자세를 푼 상태였다.

나머지 마법사와 신관도 고개를 좌우로 돌리며 상황을 파악하려 애쓰고 있었다.

"우린 싸우려는 게 아냐. 대화를 원해."

"……너희들은 사람……인 게냐?"

처음 나섰던 전사가 신에게 물었다.

신 일행은 지금 아무렇지 않게 행동하고 있지만, 이곳은 일반인이 숨만 쉬어도 비참하게 죽을 정도의 맹독 지대였다.

그런 위험한 곳에서 독을 막아주는 마스크나 투구도 없이 얼굴을 드러낸 신 일행의 존재는 이상하게 보일 수밖에 없으리라.

사람이 맞느냐는 의심을 받아도 어쩔 수 없는 상황이었다.

"사람이야. 당신들처럼 입을 가리지 않은 건 독을 막아주는 액세서리를 착용했기 때문이고. 그쪽도 나름대로 좋은 장비를 갖췄으니까 우리도 그런 거라고 이해해주지 않겠어?"

신은 그들이 신화급 중등품 혹은 하등품을 장비하고 있다는 것을 알 수 있었다.

전설급조차 국보로 취급되는 세상에서 전원이 그 이상 등급의 장비를 갖춘 것이다. 이 세계를 기준으로 말하면 상당히 특이한 경우였다.

플레이어나 관계자, 혹은 그 정도의 장비를 갖출 만한 특별부대라는 생각이 들기에 충분했다.

"우리 장비가 나름대로라니……. 아니, 그쪽 장비를 보면 납득할 수밖에 없군. 다들 무기를 거두게. 저항해도 소용없을 것 같으이."

신 앞에 나서서 이야기하던 사람이 리더였는지, 모두들 즉시 전투 자세를 거두었다.

"요청을 들어줘서 고마워. 바로 대화를 시작하고 싶……지만 일단 안전한 장소를 제공할게. 그 장비로는 오래 버티기 힘들 테니까."

대화가 오가는 동안에도 습격자들의 HP는 서서히 감소하고 있었다.

이런 상황에선 침착한 대화가 불가능할 것 같았기에 신은 아이템 박스에서 카드를 꺼내 실체화했다.

신의 손안에 출현한 것은 마름모꼴의 푸른 수정 펜던트였다. 신은 그것을 호수에서 벗어난 위치에 던졌다.

펜던트는 지면에 닿기도 전에 밝게 빛났고, 빛이 그치자 그곳에 작은 통나무집이 나타났다.

"이 안은 독의 영향을 받지 않아. 따라와 줘."

신은 그렇게 말하며 앞장서듯이 통나무집 문을 열고 안으로 들어갔고, 슈니와 슈바이드가 뒤따랐다. 필마와 세티에겐 바옴루탄을 지켜봐 달라고 심화로 부탁해둔 상태였다.

리더 남자는 조금 망설이는 듯했지만 결심을 굳힌듯 고개를 흔들며 열린 문을 통과했다. 그를 따라 다른 멤버들도 바옴루탄과 슈니를 의식하면서 통나무집 안으로 들어왔다.

"이제 괜찮아. 독의 영향이 사라졌지?"

"놀랍군. 정말로 독이 사라지다니."

신의 말에 처음으로 반응한 것은 신관복을 입은 인물이었다. 눈만 드러난 방어구를 착용하고 있어서 지금까지 몰랐지만 여성인 모양이다.

방어구를 벗어도 이렇다 할 신체적 특징이 없는 걸로 봐서 휴먼인 것 같았다.

"회복 담당이 맨 처음 방어구를 벗으면 어쩌자는 게야?"

"이제 와서 의심하는 게 무슨 소용이야? 얘가 우릴 없앨 작정이었다면 굳이 여기로 유인할 필요도 없이 스킬 한 번이면 됐을 텐데. 안 그러냐?"

너무 노골적인 말이었기에 같은 편인 남자도 당황하는 표정이었다. 가능하냐 불가능하냐를 따진다면, 물론 가능한 일이었다.

"우리가 진심으로 대화를 원한다는 걸 믿어주는 거야?"

"그렇지 않다면 굳이 이럴 필요가 없으니까 말이지. 할 수 있다면 우리 사정도 좀 들어주길 바라네."

"그건 오히려 이야기해주지 않으면 곤란하지."

신은 여성의 말에 쓴웃음을 지으며 대답했다. 그녀와의 대화 덕분인지 다른 멤버들도 장비를 벗기 시작했다.

"일단 자기소개부터 하자고. 난 신. 휴먼이야. 여기 있는 엘프는 유키이고 저쪽에 있는 드래그닐은 슈바이드. 다른 멤버들도 포함해서 전부 모험가야."

세티는 아직 모험가로 등록하지 못했지만 설명하자면 길어질 것 같아서 대충 얼버무렸다. 참고로 유키는 슈니의 가명이었다.

"동업자였군. 그렇다면 우리도 이름을 밝히기로 하지. 난 가론. 드워프일세. 이런 갑옷을 입었지만 본업은 대장장이 지."

투구를 벗은 가론이 긴 수염을 매만지며 이름을 밝혔다.

키는 티에라 정도였다. 팔이 굵고 어깨가 넓어서 옆으로 커 보이는 인상을 주었다. 장비는 커다란 라운드 실드와 메이스 였다.

"마흐로프. 보다시피 곰 비스트다."

다음 멤버가 투구를 벗으며 이름을 밝혔다. 슈바이드보다 는 작았지만 키가 2메르는 넘었다. 방금 전 신 일행의 존재에 의문을 표했던 게 그였던 것 같았다. 그는 1메르가 넘는 타워 실드와 메이스를 장비하고 있었다.

"아가쥬. 늑대 비스트."

조금 긴장한 듯이 말을 꺼낸 것은 카이트 실드를 양손에 장 비한 아가쥬였다.

마흐로프와 마찬가지로 모델이 된 동물을 그대로 인간형으 로 바꾼 듯한 모습이었다. 마흐로프 정도는 아니지만 몸집이 커서 가론과 나란히 서면 어른과 아이 정도로 키 차이가 났 다.

"난 리샤. 자네와 똑같은 휴먼일세."

리샤는 어딘지 모르게 여장부 같은 인상을 주는 여성이었 다. 어디서나 주눅 들지 않는 성격인 것 같았다.

"아샤. 휴먼."

"메샤. 휴먼."

마지막으로 이름을 밝힌 건 쌍둥이 소녀였다. 키는 세티보다 조금 큰 정도였고 자기들 키보다 긴 지팡이를 장비하고 있었다.

무기는 전부 카드화할 수 있는지, 장비를 벗는 동시에 카드로 변해 있었다.

"그래서 왜 바옴루탄하고 싸웠던 거야? 아까도 말했지만 굳이 위험을 감수해야 할 상대는 아니잖아."

"그야 싸우지 않아도 된다면 우리도 굳이 건드리진 않았겠지. 이 나이에 명예니 돈이니 하는 것에 집착할 이유도 없으니 말일세."

결국 무모한 행동에 나설 만한 이유가 있었던 셈이다.

『슈니. 난 확실히 모르겠는데, 혹시 저 쌍둥이를 제외하면 다들 노인인 거야?』

신은 심화로 슈니에게 물었다.

휴먼인 리샤는 주름과 백발 등을 보면 나이를 먹은 여성이라는 걸 알 수 있었다.

하지만 마흐로프와 아가쥬는 동물 얼굴이었고, 드워프는 원래 노안이라 가론의 실제 나이도 알기 어려웠다.

다만 목소리와 행동, 분위기 등이 신에게 그런 느낌을 풍겼던 것이다.

『남자들은 전부 그러네요. 아마 70세는 넘었을 거예요. 단명 종족치고는 상당히 장수했다고 할 수 있겠죠.』

슈니는 판별이 가능한 듯했다. 하지만 여성들 쪽은 굳이 언급하지 않았다.

슈니의 이야기를 통해 포션과 스킬이 존재하는 세계에서도 현대만큼의 수명은 기대할 수 없다는 걸 알 수 있었다.

"원래 이 쌍둥이는 오지 않을 예정이었다."

"응?"

마흐로프가 소녀들을 바라보며 말했다.

"이번 의뢰는 국가의 안위와 관련된 중대사. 만약 죽는다면 우리 늙은이들만으로 충분치 않겠는가."

어른들의 시선이 소녀들에게 집중되었다.

유사시에는 두 사람만 도망치게 할 생각이었던 것이리라.

"아…… 미안하지만 그 이야기는 우리가 해결 못 할 것 같아. 본론으로 들어가 주겠어?"

마흐로프의 발언에 쌍둥이가 불만을 표시했기에, 신은 수습이 불가능해지기 전에 이야기를 재촉했다.

"미안하군. 여기서부턴 내가 이야기하지. 우리 목적은 바옴루탄이 가진 재료 아이템이네. 그걸로 장비를 만들고 어떤 몬스터를 쓰러뜨리는 것. 여기까지가 우리가 받은 의뢰였다네."

"어떤 몬스터라면……?"

혹시나 하는 생각이 신의 뇌리를 스쳤다.

"두긴이라는 몬스터일세. 바옴루탄을 알고 있다면 그 이름도 들어보았겠지?"

신의 예상은 적중했다. 호수에 가라앉은 것 외의 다른 개체가 문제를 일으킨 모양이었다.

"뭐, 일단은. 혹시나 해서 묻는 건데, 두긴이 발견되어서 토벌 의뢰가 나왔다는 건 아니겠지?"

"단순히 그것뿐이었다면 의뢰를 받진 않았겠지."

피해가 없다면 즉시 토벌 의뢰가 나오는 몬스터는 아니라고 가론은 이야기했다.

"지금 녀석은 우리나라를 위협하고 있네. 그래서 나온 토벌 의뢰였다네."

"위협한다고? 직접적으로 습격해온다는 거야?"

신이 아는 두긴은 플레이어를 발견해도 일정 범위 내에 접근하지만 않으면 공격하지 않았다.

신에게 가장 먼저 든 생각은 두긴을 먼저 건드린 게 아닌가 하는 것이었다.

"그렇다네. 처음엔 나라 위를 날아다니는 것뿐이었지만, 2주 전쯤에 땅으로 내려왔지. 녀석이 퍼뜨린 독 때문에 사망자는 없지만 상당한 인원이 움직일 수 없게 됐다네."

"누군가가 두긴을 공격했을 가능성은?"

"없다……고는 단언할 수 없겠지. 하지만 그랬다면 바로 공격해오지 않았겠나?"

한 달 정도는 나라 위를 통과하거나 빙빙 선회했다고 한다.

가론의 말대로 공격에 대한 보복이라면 그렇게 할 이유는 없었다.

"그 밖에 뭔가 알아낸 건 없어?"

"도움이 될 만한 건 아무것도 없으이. 바옴루탄에 관한 것도 문헌에 적힌 걸 보고 찾아온 것뿐이니."

"여기에 바옴루탄이 있다는 게 잘 알려진 거야?"

"얼마나 알려졌는지는 모르지만 우리나라에선 모르는 녀석이 거의 없지. 유명한 옛날이야기거든. 죽음의 안개 깊은 곳에 독을 먹고 살아가는 용이 산다고 말일세. 나쁜 짓을 저지르면 용이 사는 곳으로 쫓아낸다는 말로 아이들을 겁주는 거라네."

나쁜 짓을 하면 ○○가 온다는 식의 흔한 이야기인 것 같았다.

옛날이야기이긴 해도 죽음의 안개는 실제로 존재했고, 국가의 상층부와 길드 간부들은 용의 이름도 알고 있었다고 한다. 이번에도 그것을 토대로 가론 일행의 파견이 결정된 것이다.

"내독(耐毒) 장비 없이는 힘들다는 거군."

"싸우지 못하는 건 아니지만 그뿐이었지. 죽지 않도록 버티는 게 고작이었네."

게임이라면 독에 걸려도 HP가 서서히 줄어들 뿐이지만 현실에서는 그것만으로 끝나지 않는다.

약한 독이면 몰라도, 두긴이 내뿜는 강력한 독은 걸리기만 해도 몸을 제대로 움직일 수 없게 된다고 한다.

두긴이 퍼뜨린 것은 가장 강력한【맹독】이었다.

신이 보기엔 특별할 것도 없는 상태 이상이지만, 무슨 보정이라도 걸렸는지 해독에 상당한 시간이 소요된다고 한다.

게다가 HP도 회복시켜야 하기 때문에 방어와 회복에 전념하는 것만으로도 벅찼다고 가론은 이야기했다.

"두긴의 레벨은 어느 정도였어? 개체에 따른 편차가 상당히 클 텐데."

"672였다네. 독만 없었어도 죽을 각오로 싸운다면 어떻게든 됐을 텐데 말일세."

레벨은 그렇게 높지 않은 것 같았다.

현재 가론 일행은 전원이 신화급 장비를 사용하고 있었다. 싸우는 모습을 보면 무기를 능숙히 다루는 것 같았고, 능력치 부족으로 인한 부작용도 없어 보였다. 전원이 그렇다면 이 세계에서는 상당히 강력한 전력이었다. 게임 시절을 생각해봐도 잘만 싸운다면 충분히 이길 수 있었다. 문제는 가론이 생각하는 대로 독에 대한 대책이었다.

"레벨은 내가 아는 것과 큰 차이는 없군. 하지만 이야기를 들어보면 독 부분만 강화되었을 수도 있어. 혹시 누군가가 가론 씨네 나라를 공격하라고 보낸 게 아닐까?"

"우리나라는 국력도 약한 소국일세. 공격한다 해도 이득이 없지 않겠나."

그 나라의 이름은 파츠나였고 바옴루탄 영역을 북상한 곳에 위치한 소국이었다. 『영광의 낙일』로 소국들이 난립할 때 일부러 위험 지대 근처에 터를 잡아 조용히 살아남은 곳이었다.

교통편도 나쁘고 이렇다 할 만한 특산물도 없었다. 나라가 작다 보니 왕족과 귀족, 평민 간의 거리가 가까워서 평온한 통치가 이뤄지고 있었다. 바옴루탄의 영역 근처라 강력한 몬스터도 거의 없기 때문에 노후를 보내기에는 안성맞춤이라고 가론은 설명했다.

"우리도 한때는 이름을 날리던 모험가였지만 지금은 평범한 늙은이들일세. 선정자 대접을 받아도 옛날처럼 활약하긴 힘드네. 하지만 이번만큼은 다르지. 무슨 수를 쓰더라도 두긴을 처리해야만 하네. 자네들은 우릴 어떻게 할 건가?"

가론의 몸에서 위압감이 뿜어져 나왔다.

바옴루탄을 쓰러뜨리려는 가론 일행과 지키려는 신 일행. 가론에게서는 설령 이기지 못하더라도 방해하면 싸우겠다는 강한 의지가 느껴졌다.

"우리로서는 바옴루탄을 사냥하게 놔둘 순 없어."

사정은 이해하지만 양보할 수는 없다고 신은 결론지었다.

"그런가. 유감이—."

"그런데 한 가지 확인하고 싶은 게 있어."

"……뭔가?"

신의 말에 하던 말이 가로막힌 가론이 어중간한 자세에서 동작을 멈추었다. 아무래도 무기를 꺼내려던 것 같았다.

"결국 두긴의 독을 처리하기만 하면 되는 거잖아. 그것만 해결되면 바옴루탄의 재료 아이템에 목맬 필요는 없지 않느냐고."

"그렇군. 다른 선택지가 없어서 우리가 이렇게 모험을 하고 있는 게지."

다시금 확신하는 신에게 가론은 힘있게 고개를 끄덕여 보였다. 리샤는 신의 의도를 알아챘는지 진지한 표정을 짓고 있었다.

"그렇다면 내가 그 내독 장비를 제공하면 되는 거 아냐?"

"무슨 소리를…… 아니, 그러고 보니 자네들은 이 맹독 지대 안에서도 아무렇지 않았지."

가론 일행처럼 계속 회복 마법을 사용하지도 않았고 마스크 같은 방독 장비도 없이 길거리처럼 돌아다니던 것을 떠올린 것 같았다.

"이걸 우리가 물어봐도 되는 건진 모르겠지만, 자네들은 대체 정체가 뭔가?"

그때 지금까지 잠자코 있던 리샤가 입을 열었다. 갑자기 장비를 제공하겠다는 게 마음에 안 들었을 거라 생각하며 신은 리샤를 돌아보았다.

"수상하다는 거야?"

"수상한 걸 뛰어넘어서 뭐가 뭔지 모르겠군. 자네들의 장비는 보기만 해도 등줄기가 오싹해질 만한 마력을 뿜어대고 있어. 그걸 아무렇지 않게 입고 있다니, 사실은 몬스터인 거 아닌가?"

회복 담당인 리샤는 마력에 관해서도 민감한 감각을 가진 것 같았다. 장비의 등급도 대충 짐작하고 있을지도 몰랐다.

"이보게, 리샤. 그렇게 말하는 건 아무래도 실례지 않은가."

"말리지 마, 마흐로프. 우리에겐 지금 이렇게 이야기하는 시간조차 아깝다고. 느긋하게 상대 속셈이나 떠보고 있을 때야?"

마흐로프가 말렸지만 리샤는 멈추지 않았다.

이러는 동안에도 조국이 두긴에게 공격당하고 있을 수도 있다. 돌아갈 곳이 사라진다면 목적을 달성해도 아무 의미가 없지 않은가.

"맞는 말이야. 그렇다면 우리도 정체를 밝힐게. 우리는 슈니 라이자의 파티 멤버야. 난 대장장이를 맡고 있지."

신은 가론 일행과 대화하는 동안 심화로 입을 맞춰놓은 대로 이야기를 꺼냈다. 곤란할 때마다 찾는 슈니 라이자였다.

"슈니 라이자라고?"

"절 모르시나요?"

"아니, 당연히 알고 있지. 나도 처음 보고 설마 했지만 자네가 앞에 나서서 이야기하길래……."

실제로 만난 적도 있지만 벌써 몇 년 전이라고 한다.

게다가 슈니 라이자가 아니라 유키라는 이름을 밝혔고 신이 대표로 이야기하는 것을 보고 닮은 엘프일 거라고만 생각했던 것이다.

슈니는 지금 변장하고 있지 않았다.

그러나 엘프 여성은 모두들 아름다운 얼굴에 머리를 길게 기른 경우가 많았다. 또한 은발과 푸른 눈동자도 드물지 않기 때문에 그것만으로 판단하기엔 닮은 사람이 많았던 것이다.

"다시 소개하죠. 슈니 라이자라고 합니다. 이제부터는 제가 이야기할게요."

"그, 그렇게 하게."

"잠깐. 당신이 진짜라는 증거는 있는 게야?"

슈니의 미소에 주눅 든 가론을 대신해서 리샤가 앞으로 나섰다.

"이봐, 실례지 않은가."

"이쪽은 나라의 운명이 걸려 있다고. 미인이라고 헤벌쭉해서는!"

리샤는 말리는 가론을 호되게 질책했다. 그녀의 진지한 눈동자는 거짓을 용납하지 않겠다고 말하는 듯했다.

"증거라. 【감정】을 사용할 수 있다면 위장을 풀고 보여주면 되지 않을까?"

"자네들의 힘이 우리보다 위니까 말이지. 위장을 풀었다고 말하면서 오히려 위장된 능력치를 보여줘도 그걸 간파할 자신은 없어."

신 일행보다 능력이 강한 상대라면 유효할 테지만 약한 상대일 경우 리샤의 말이 맞았다.

"으으음, 길드 카드는?"

"그건 어디까지나 임시로 발행된 거니까 증거라 할 순 없겠죠."

"그렇다면 차라리 달의 사당이라도 꺼낼까?"

사람들 사이에서 행방불명 중으로 알려진 유명한 건물이었다. 이 세계에서는 달의 사당이라고 하면 곧 슈니 라이자였기에 증명하기에는 충분할 것 같았다.

"달의 사당이라고 들어보기만 했지, 직접 본 적이 있어야지. 잘 만들어진 가짜라도 우리가 어찌 간파하겠나."

"그렇게 말하면……."

진짜를 본 적이 없다면 꺼낸 건물이 똑같은 가짜인지 진짜인지 알 수 없으리라.

생각해보면 지금처럼 신분을 증명하는 일은 상당히 어려웠다. 길드 카드 역시 사용할 수 없는 다른 사람의 카드를 보여주어 신분을 위조할 수도 있었다.

막상 해보니까 생각보다 훨씬 어려운 일이었다.

"……내가 한마디 해도 될까?"

어찌해야 할지 신 일행이 머리를 감싸 쥐고 있자 자기소개 이후로 쭉 잠자코 있던 아가쥬가 한 손을 들며 말했다.

"물론이지. 뭔가 좋은 방법이 있으면 우리도 고맙겠어."

"먼저 오해하지 말라고 말해두지. 냄새를 맡게 해주겠나?"

"냄새?"

아가쥬는 늑대형 비스트였기에 후각이 뛰어날 것이다. 하지만 그것이 특별히 도움이 될 거라고는 생각하지 못했다.

"설명하지. 난 가론과 파티를 짜기 전에 파르닛드에 있었다. 아주 잠깐이지만 초대 수왕 지라트 님과 함께 전장에 섰던 적도 있다. 그분들이 기억할진 모르겠지만, 지라트 님과 라이자 님이 함께 싸웠을 때였지."

늑대형 비스트 중에서도 아가쥬는 특히 후각이 발달해서 슈니의 냄새를 기억한다고 했다. 그것을 확인하게 해달라는 것이었다.

"맡게 해달라는 건 무기의 냄새다. 난 지라트 님이 쓰던 『신아(迅牙)』의 냄새도 선명히 기억한다. 다만 증거라는 게 어디까지나 내 기억이라는 게 문제겠지."

"아니, 충분해. 아가쥬의 코는 믿을 수 있어. 의심할 이유가 없지."

자신 없게 말하는 아가쥬 옆에서 마흐로프가 단호히 말했다. 늑대와 곰이라는 차이는 있지만 같은 비스트로서 그런 감각은 충분히 믿을 수 있다는 이야기였다.

"그렇겠군. 지금까지 아가쥬의 코에 도움을 받은 적이 많았지. 그런 아가쥬가 하는 말이면 틀림없을 게야."

마흐로프에 이어 가론도 납득했다는 듯 고개를 끄덕였다. 옆에서 아샤와 메샤도 동시에 고개를 끄덕이고 있었다.

"뭐, 나도 내가 지금 무리한 요구를 한다는 건 알고 있어. 동료가 하는 말까지 의심할 수는 없지."

모두의 시선을 받던 리샤가 항복했다는 듯이 양손을 들어 보이며 말했다.

"얼마나 가까워야 하지?"

"1메르면 충분하다."

아가쥬는 자신이 말한 대로 1메르 정도의 거리까지 슈니에게 다가가더니 코를 벌렁거렸다. 무기에 코를 가까이 대지 않아도 알 수 있는 것 같았다.

슈니가 지금 사용하는 주요 무기는 『창월』이지만 당시엔 갖고 있지 않았기에 아이템 박스에서 그때 사용하던 무기를 꺼낸 상태였다.

"틀림없어. 진짜다."

아가쥬는 지라트 뒤에서 대기할 때 맡았던 것과 같은 냄새가 난다고 단언했다.

"그건 그렇고 잘도 기억하고 있었네."

"지라트 님과 라이자 님 같은 분들은 냄새가 독특하지."

냄새가 강하고 약한 문제가 아니라, 웅대하면서도 강력한 기척이 냄새와 함께 온몸을 휩쓰는 느낌이라고 한다. 사람에 따라 느끼는 방식도 다르지만 아가쥬의 경우는 그랬다.

후각이 예민한 비스트는 냄새로 상대의 강약을 가늠할 때도 있으므로 그런 영향을 받은 건지도 모른다고 슈니가 덧붙였다.

"그러면 제가 진짜라는 걸 전제로 이야기를 시작할게요."

"그렇게 하게나. 아까는 내독 장비를 제공해준다고 했었지."

"네. 고위 모험가셨다면 선정자가 무슨 의미인지는 아시겠죠? 신은 상급 선정자로 신화급 장비까지 제작할 수 있는 대장장이예요. 바움루탄의 재료를 사용한 것보다도 강력한 내독 장비를 만들 수 있죠."

"그렇겠군."

다들 슈니의 말을 듣고 놀라워하는 반응을 보였지만 가론은 아니었다. 대장장이를 많이 배출한 드워프답게 신의 직업을 꿰뚫어 본 눈치였다.

"당신도 대장장이야?"

"그렇다네. 이 녀석들의 무기도 거의 내 작품들이지. 하지만 자네와 비교할 만한 정도는 아니겠군. 자네들의 장비는 전부 자네가 만든 것 아닌가?"

가론은 신을 바라보며 거침없는 말투로 이야기했다. 장비의 제작자가 신이라는 걸 알아본 듯했다.

처음엔 떠보는 거라 생각하기도 했지만, 진지하기 이를 데 없는 눈빛을 보면 나름의 확신을 가졌다는 걸 알 수 있었다.

"그 정도의 물건을 제작할 수 있다면, 내가 바옴루탄의 재료로 만들려는 장비보다 뛰어난 걸 제공한다 해도 놀랄 건 없겠지."

"그렇다면 승낙해주는 거야?"

"……한 가지 확인하고 싶은 게 있어."

이번에는 쌍둥이 마도사가 손을 들었다.

"어째서 도와주는 거야? 그렇게까지 할 필요는 없을 텐데."

"쫓아내면 그만이잖아. 바옴루탄을 지키려면 그걸로 충분해."

질문을 재촉하자 두 사람은 담담히 말했다.

"글쎄. 싸우는 모습을 보고 너희가 목숨을 걸었다는 걸 바로 알았거든. 왜 싸우는지도 들었고 도와줄 수 있을 것 같았어. 대충 그런 이유야. 그리고 두긴의 움직임이 신경 쓰이기 때문이기도 해. 결국 뭐, 오지랖인 거지."

누구를 돕고 누구를 돕지 않는 것에 대한 명확한 기준은 없었다. 결국 신이 어떻게 느끼고 어떻게 생각하는지가 중요했다. 눈에 보이는 모든 사람들을 돕겠다는 거창한 마음가짐은 아니었다.

"이 정도면 납득할 수 있겠어?"

도움을 받는 쪽에서는 신의 말이 경솔하게 느껴질 수도 있었다. 실제로 쌍둥이의 표정은 밝지 않았다.

"사람이 사람을 돕는 이유야 그 정도면 충분하겠지."

신의 말에 처음 고개를 끄덕거린 것은 마흐로프였다.

"우리도 비슷한 일을 해왔지 않나. 이번엔 도움을 받는 쪽이 된 것뿐이야."

"그렇군. 하하, 듣고 보니 맞는 말일세."

그들 역시 지금까지 비슷한 일을 해온 것이리라. 마흐로프의 말에 가론도 웃으며 동의했다. 그 옆에서는 아가쥬가 말없이 고개를 끄덕였고 리샤는 못 말리겠다는 표정이었다.

"다들 이의는 없겠지? 그러면 자세한 이야기를 들려주게나."

가론 일행이 나름대로 납득한 것 같았으므로 이야기는 빠르게 진행되었다.

"대장일은 내 담당이니까 다음부턴 내가 이야기할게. 뭐, 이야기라고 해봐야 아까 다 했지만 말이지. 우리가 내독 장비를 제공하겠어. 그러니까 바옴루탄 토벌은 보류해줬으면 해. 그리고 두긴에 관해 조사하고 싶으니까 너희 나라까지 동행하고 싶어."

복수의 상태 이상 내성을 갖춘 장비는 이 세계에서 무척이나 귀중했다.

그러나 이번 경우처럼 한 가지 상태 이상에 특화된 장비는 그렇지도 않았다.

물론 어느 정도 희귀한 아이템으로 취급되겠지만, 가론 일행의 각오를 지켜본 이상 신도 대충할 생각은 없었다.

파츠나로 함께 가자는 말은 즉흥적으로 생각나서 덧붙인 것이지만, 가벼운 마음으로 꺼낸 이야기는 아니었다.

두긴이 이유도 없이 사람들이 사는 도시를 공격할 리가 없었고, 바옴루탄과 엮이자마자 두긴에 대한 이야기가 들려온 것은 어쩌면 우연이 아닐지도 모른다는 생각이 들었던 것이다.

"우리야 손해 볼 게 없는 이야기겠지. 하지만 정말 괜찮겠나? 이게 단순한 구호 활동은 아니지 않은가."

"뭐, 우리도 순수한 이타심만으로 돕겠다는 건 아냐. 두긴과 바옴루탄은 관계가 없다고 하기 힘드니까 말이지. 만약 뭔가가 있다면, 그걸 알아낸 것만으로도 우리는……."

신은 그것만으로도 충분하다고 답했다.

호수 바닥에 두긴의 시체가 있다는 걸 가론 일행은 모를 것이다.

그것이 파츠나에 나타났다는 두긴과 관계가 있는지 없는지만 알아내면 된다. 물론 되도록 없는 편이 낫겠지만 말이다.

"정보인가. 확실히 그게 중요하지 않다고 할 순 없겠군. 이야기를 끊어서 미안했네. 그래서 내독 장비는 언제쯤 준비할 수 있겠나? 재촉하는 것 같아 미안하지만 되도록 빨리 우리

나라로 돌아가고 싶네."

"물건은 이미 있어. 장비해보고 조정이 필요하다면 내가 해줄게."

신은 그렇게 말하며 품에서—인 척하며 아이템 박스에서—카드를 꺼냈다.

상태 이상 공격에 특화된 적을 쓰러뜨릴 때, 내성 장비는 반드시 필요했다. 따라서 신의 아이템 박스 안에는 시험 삼아 만든 것부터 완성품까지 다양한 장비가 갖춰져 있었다.

그런 신을 보며 가론 일행은 당황하고 있었다.

"카드화한 장비인가. 자네들이라면 아이템 박스를 갖고 있다 해도 놀라지 않을 테지만, 이렇게 쉽게 꺼내는 걸 보니 말문이 막히네그려."

"이런 곳에 와야 하니까 여러 가지로 만들어뒀거든. 그보다 장비해보고 위화감이 없는지 확인해줘. 급하다면서?"

"그 말이 맞군. 지금은 사소한 건 넘어가야겠지."

가론의 말에 다른 멤버들도 고개를 끄덕였다.

남자들은 그 자리에서, 여성들은 다른 방에 들어가서 장비를 갈아입었다.

"—대단하군. 사이즈를 조절해주는 장비를 사용한 적은 있었지만, 이 정도로 위화감이 없는 건 처음이다."

"흐음, 지금 쓰는 장비에 비해서도 손색이 없군."

아가쥬와 마흐로프가 가볍게 움직여보고 나서 말했다.

가론도 새 장비를 입은 채 몸을 움직였지만 혼자서 심각한 표정을 짓고 있었다.

"위화감이 느껴져서 그래?"

"아니, 위화감 같은 건 털끝만큼도 없네. 훌륭하다는 말밖에 안 나오는군."

신이 묻자 아가쥬, 마흐로프와 동일한 대답이 돌아왔다.

잠시 뒤에 여성들도 장비를 갈아입고 방에서 나왔다. 그녀들도 문제가 없다고 했다.

"그러면 이대로 파츠나로 가자. 대화하느라 시간을 빼앗았군."

두긴이 또 언제 파츠나를 습격해올지 몰랐기에 즉시 이동하기로 했다. 슈니 라이자의 동료들이라면 다소 이상하게 보여도 괜찮을 것 같아 개조한 마차를 꺼냈다.

두긴이 파츠나 외의 다른 장소를 공격해올 것에 대비하고 약해진 바옴루탄을 돌볼 겸 슈바이드, 티에라, 카게로우는 남기로 했다.

통나무집에서 밖으로 나왔지만 바옴루탄은 자신을 지켜주려 했던 것을 알았는지 공격해오지 않았다. 땅에 몸을 누인 채 티에라의 손길을 가만히 받아내는 것을 보자 신은 안심이 되었다.

"무슨 일이 생기면 바로 연락해줘."

"알았어."

마차는 유즈하가 끌기로 했다. 신 일행에 이어 가론 일행이
모두 탑승한 것을 확인한 뒤에 출발했다.

"이건 공중에 떠 있는 건가?"

"진동이 거의 없어서 그렇겠지. 어떻게 대장장이의 솜씨로
이런 걸 만들 수 있는 게야?"

마차의 진동이 너무 적다 보니 가론 일행은 방금 전과 다른
의미에서 당황하고 있었다.

✝

바옴루탄의 영역에서 빠져나온 일행은 하루도 걸리지 않아
파츠나에 도착했다.

정오를 지나서 출발했기에 날은 이미 저물었지만, 일반 마
차로는 며칠이 걸리니 경이적인 속도라 할 수 있었다.

가론 일행도 이동용 마차를 준비해두고 있었다. 그러나 속
도 차이가 현저하기 때문에 말을 풀어주고 마차와 짐만 회수
한 상태였다. 말은 알아서 파츠나로 돌아오도록 길들여져 있
다고 한다.

슈니의 동료라고 밝히면서 아이템 박스를 자유롭게 사용할
수 있었기에 짐은 전부 카드화한 상태였다.

"빠른 줄은 알았지만 이 정도일 줄이야."

"우리가 달리는 것보다도 빠르겠군. 길들인 몬스터가 끄는

거라지만 경이적인 속도일세."

카게로우는 티에라와 함께 바옴루탄의 영역에 남았기에 지금 마차를 끄는 건 유즈하였다. 긴급 사태이다 보니 나중에 소원을 들어주는 조건으로 부탁한 것이다.

현재의 체격은 3메르 정도로 원래 모습보다 상당히 작았지만, 웬만한 동물들은 발끝에도 미치지 못하는 힘을 낼 수 있었다.

만약 보통 마차를 같은 힘으로 끌었다면 로프만 남긴 채 산산조각 났을 것이다. 그 정도로 강한 힘이었다.

그런데도 일반 마차보다 훨씬 안정적인 것은 신이 여러모로 개조해둔 덕분이었다.

"역시 밤엔 못 들어가는 건가?"

"아니, 문이 닫힌 밤에도 들어갈 수 있도록 손을 써놨네. 이 정도 거리라면 파수병들도 우릴 발견했겠지. 내가 가서 이야기하고 오겠네. 잠시만 기다리게."

다행히 가론 일행이 떠난 사이에 두긴이 습격해오진 않은 것 같았다. 훌륭한 성벽과 망루, 그곳을 수비하는 병사들이 보였다.

그들도 이쪽을 발견했는지, 가론이 손을 흔들며 다가가자 병사 몇 명이 황급히 다가왔다.

화톳불이 있긴 했지만 이 세계의 밤은 매우 어두웠다. 몬스터가 아니라는 것을 알리기 위해 마차 주변에 마법으로 불빛을 밝혀두었기에 누가 접근한다는 것을 바로 알 수 있었으리라.

"보통은 이렇게 하면 몬스터에게 습격받지만 말이지."

리샤는 오는 길을 떠올리며 어이가 없다는 듯 말했다. 밤은 몬스터들의 시간이었다. 몬스터가 아니더라도 야행성 동물이 많았고 평범한 여행자는 몬스터 회피용 아이템을 사용하고 불침번까지 서면서 밤을 보낸다.

밤에 이동하는 경우는 소리를 최대한 죽이고 기척을 없애 발각되지 않도록 전진해야 했다.

상급 선정자라면 신 일행과 똑같이 행동할 수는 있겠지만, 자신들 주위에 빛을 밝힌 채로 용감히 나아가는 건 이 세계에서 비상식적인 짓이었다.

"저 정도의 사역마가 끄는 마차니까, 던전 보스급의 몬스터라도 길을 비킬 수밖에 없겠지."

리샤의 말을 들은 아가쥬가 유즈하를 바라보며 말했다.

늑대 비스트인 아가쥬는 마차를 끌기 위해 새끼 여우에서 지금의 모습으로 변신한 유즈하를 보자마자 벼락이라도 맞은 사람처럼 온몸을 부들부들 떨더니 무릎을 꿇고 눈물을 흘리기 시작했다.

무언가에 깊이 감동한 모습 같았다. 유즈하의 힘도 원래 상태와 가까워지고 있었기에 비슷한 계통의 몬스터와 비스트만이 알 수 있는 특별한 기운이 있는 건지도 몰랐다.

덧붙이자면 유즈하는 눈물을 흘리는 아가쥬를 보더니 동그란 앞발로 머리를 툭툭 토닥여주었다.

물론 신은 즉시 말리고 나섰다.

"아, 잘됐나 봐."

가론이 손을 흔들며 돌아오자 세티가 똑같이 손을 흔들어 보이며 말했다.

"기다리게 했군. 그러면 왕에게 사정을 설명해야 하니 함께 가줬으면 하네. 우리 이야기를 의심할 분은 아니지만 당사자 없이는 신빙성이 떨어지니까 말일세."

멀리 떨어진 장소에서도 정보 교환이 가능한 아이템을 갖고 있어서 미리 귀환한다고 연락해둔 것 같았다.

지나치게 빠른 귀환이었기에 파츠나의 국왕은 뭔가 사고라도 있었던 게 아닌가 걱정한다고 한다. 가론도 대략적인 이야기는 해두었지만 맹독 지대 안에서 사람들과 만난다는 것 자체가 일반적이진 않기에 아무나 와서 설명해주길 바라는 것 같았다.

슈니 라이자라는 이름을 밝혔기에 의심받을 일은 없을 줄 알았지만, 그렇다고 가론 일행에게만 대처를 떠넘긴 채 멋대로 돌아다닐 수는 없었다.

워낙 중대한 사안이니만큼 직접 만나서 대화해야 한다는 생각이 있었기에 신은 가론의 부탁을 흔쾌히 받아들였다. 그렇게 많은 인원도 아니었기에 전원이 함께 가기로 했다.

"그리고 우리가 떠난 사이에 습격은 없었다더군."

가론 일행이 신 일행과 만나서 돌아오기까지 7일이 걸렸다고 한다. 지난번의 습격으로 두긴에게 큰 타격을 입힌 것도 아니었기에 나타나지 않는 이유가 궁금했지만, 신이 혼자 생각해봐도 답은 나오지 않았다.

신 일행은 문지기와 병사들의 시선을 받으며 파츠나에 들어섰다. 왕성에서는 이미 국왕이 기다리고 있었기에 가론 일행과 함께 바로 만나러 가기로 했다.

"어둡네. 가로등은 두긴의 공격에 대비해서 꺼둔 거야?"

"어지간히 큰 도시가 아닌 이상 밤엔 대개 이런 식이지. 아가씨가 말한 가로등이라는 건 뭘 말하는 건가? 이야기의 흐름으로 봐서 빛을 내는 물건이라는 건 알겠네만."

가론의 말을 통해 밤길을 밝히는 시설이 아예 없다는 걸 알수 있었다.

지금은 세티가 마법 불빛을 켜두었기에 밝았지만, 그것 외에는 민가에서 새어 나오는 약간의 불빛이 길을 비출 뿐이었다. 사람들이 깊은 잠에 빠진 시간대에는 불빛이 더욱 줄어들 것이다.

떠올려보면 신이 방문했던 도시 대부분이 비슷했다.

밝은 장소는 밤에도 영업하는 가게와 그 주변 정도였고, 아무것도 안 보일 만큼 캄캄한 곳도 드물지 않았다.

이 세계의 주민들은 기본적으로 밤에 돌아다니지 않았다.

아예 통행이 없는 것은 아니지만, 불빛이 거의 없는 밤은 여러모로 위험하기 때문이다.

빛을 내는 마법 도구를 거리에 일정 간격으로 설치해 밤거리를 밝힌다고 세티가 설명하자 가론뿐 아니라 다른 멤버들도 놀랐다.

"밤새 켜놓는다고? 마력을 엄청나게 잡아먹을 텐데."

"그걸 도시 전체에? 마도사가 몇 명이나 필요한 거야?"

게임 때는 마력 공급 같은 건 신경 쓸 필요가 없었기에 도시는 현실 세계처럼 밝았다. 물론 거리에서 멀리 떨어진 뒷골목은 어둑어둑했지만, 이 세계의 캄캄한 야경에 비하면 충분히 밝은 수준이었다.

"『영광의 낙일』이 일어나기 전의 세계인가. 한번 보고 싶은 마음도 들지만 우리에겐 동화나 마찬가지니까 말이지."

당시의 상황, 특히 플레이어들의 홈타운을 아는 건 장수 종족 중에서도 일부에 불과했다.

홈타운 안에도 NPC는 많이 있었지만 『영광의 낙일』 후의 혼란기에 목숨을 잃은 자가 많았고, 장수 종족이라고 당시를 다 아는 건 아니었다. 단명 종족은 말할 것도 없었다.

500년도 더 된 일이니 이야기를 들어도 실감이 나지 않는 게 당연했다.

"아직 더 이야기하고 싶은 게 많지만 여기서부터는 조금 삼가주게. 일단 국왕 앞이긴 하니까 말일세."

"국왕 앞이긴 하다니……."

"자네들에겐 슈니 라이자가 있지 않나. 지위를 따진다면 자네들이 더 높다고 봐야지."

가론의 말대로 전투력은 물론이고 각국에 대한 영향력을 봐도 슈니의 지위가 파츠나 같은 소국의 왕보다 높았다. 특히 이번에는 국가의 위기를 도우러 와주었으니 최대한의 환대를 받을 거라고 가론은 이야기했다.

"하지만 그럴 여유가 있는 거야? 영향은 없을 테지만 공기 중에는 아직 독이 조금 남아 있다고."

"싸움이 끝난 뒤를 생각하는 거겠죠?"

"그렇다네. 게다가 자네들의 심기를 거슬렸다간 나라가 끝장나지 않겠나. 같은 입장이었다면 나라도 그렇게 했을 걸세."

가론은 슈니의 말에 동의하며 말을 이어나갔다.

"우리도 목적이 있어서 도와드리는 거니까 그럴 필요는 없는데 말이죠."

"그래, 알고 있네. 그래서 그렇게 보고하긴 했는데, 역시 아무 대접도 안 할 수는 없지 않겠는가. 라이자 님이 왔다는 사실을 고위층들은 다 알게 될 텐데, 그런 분을 어찌 환대하지 않았느냐는 말이 나올 수 있으니 말일세."

슈니가 아군이 된 순간부터는 두긴을 격퇴한 후의 상황만 걱정하게 된 모양이다. 슈니의 능력을 고려하면 당연한 일이었다. 두긴의 능력치가 예상대로라면 설령 몇 마리가 달려들어도 슈니를 이길 수는 없었다. 그러니 자연스레 그 이후의 일만 생각하게 된 것이다.

"그게 정치라는 건가."

"미안하게 생각허이. 그건 자네들이 이해해주길 바라네."

왕족인 이상 어쩔 수 없는 것이리라. 우연찮게 많은 왕족을 접해본 신으로서는 가론의 말을 충분히 이해할 수 있었다.

성문에 도착하자 가론이 문지기와 이야기를 나누었다. 미리 전달받은 내용이 있었는지, 신 일행은 금방 통과할 수 있었다. 다만 그들이 왔다는 것을 대대적으로 발표하기 전이었기에 문지기들이 사용하는 작은 문을 사용했다.

"……저기, 슈니. 독이 진해지지 않았어?"

"네. 왕성에 가까워질수록 조금씩 짙어지고 있는 것 같아요."

"뭐라고?!"

신의 질문에 슈니가 그렇다고 대답했다.

그 대화를 들은 가론 일행의 안색도 바뀌었다. 왕성에 다가갈수록 독이 짙어진다면 발생원이 그곳에 존재한다는 의미였기 때문이다.

국왕을 비롯해 국정을 좌우하는 자들이 모인 장소에서 독이 발생하고 있다면 틀림없는 비상사태였다.

"하지만 문지기들은 멀쩡해 보였어. 왕성 안에 독이 충만

해 있다면 안에서 생활하는 사람들도 무사하진 못할 테고 문지기도 평소처럼 행동하진 못할 텐데. 아직도 모르고 있을 수 있는 걸까?"

"모르게 한 거겠지. 이거, 느껴지지?"

세티의 지적에 신은 눈을 가늘게 뜨며 왕성을 바라보았다. 독이 충만해 있었음에도 겉보기엔 평범한 성이었다. 그런 가운데 신의 피부에 찌릿한 감각이 느껴졌다.

"정신 계열 스킬이네요. 약간의 위화감을 없애는 정도의 위력이지만, 선정자가 아닌 이상 전혀 눈치채지 못했을 거예요."

"아, 정신 계열 스킬에 저항할 때 이런 느낌이 드는구나. 예전하고는 조금 다르네."

요정향에 살던 세티는 『영광의 낙일』 이후로 정신 계열 스킬을 받아보는 게 처음이었다. 게임 때와는 느낌이 다른 것 같았다.

"자네들은 왜 그렇게 느긋한 게야? 조금은 긴장하게."

신 일행의 태도를 봐줄 수 없었던 가론이 입을 열었다.

그러나 정작 가론도 황급히 성안으로 뛰어들지는 않고 있었다. 비상사태 시에 섣불리 움직이면 위험하다는 것을 잘 알고 있었던 것이다.

"안의 상황을 살피고 있어. 움직이는 녀석은 거의 없는 것 같아."

미니맵과 기척 감지 등의 스킬을 병용하면 성에 들어가지 않고도 내부를 탐색할 수 있었다.

움직이는 반응이 일부 있었지만 매우 느렸다. 독 때문에 몸을 제대로 움직일 수 없는 것이리라.

이것도 신이 별로 초조해하지 않는 이유 중 하나였다.

왕성에 충만한 독은 목숨에 치명적인 것이 아니고 상대의 움직임을 방해하기 위한 마비독이었다.

능력치가 낮았을 무렵엔 이런 독에 많이 당해봐서 잘 알았다.

"마비독인가. 우리도 자각 증상이 없는데, 이건 마비도 막아주는 건가?"

신이 독의 종류를 설명하자 가론 일행도 납득한 듯이 고개를 끄덕거렸다. 목숨에 지장이 있는 것은 아니기 때문이었다.

물론 나쁜 마음을 먹은 사람이 있다면 움직이지 못하는 것만으로도 충분히 위험할 테지만, 정상적으로 움직이는 사람이나 몬스터의 기척은 없었다.

"독에 특화된 장비라서 단순한 마비 마법이나 스킬에는 거의 효과가 없어. 하지만 이번엔 마비독이니까 이야기가 다르지."

상태 이상으로 작용하는 독은 단순히 HP를 깎아먹는다. 그러나 아이템을 통해 작용하는 독은 다소 성질이 달랐다.

하이드로와 옥시젠이 사용하는 상태 이상 공격도 이와 비숫했고, 상대에게 주는 효과와 그것을 막기 위한 대책이 달라지는 것이다.

이번 같은 경우, 마비 효과를 막기 위해서는 독에 대한 대비가 필요했다.

반대로 마비에 대비할 경우엔 효과가 전혀 없진 않겠지만 완전히 막아내진 못한다. 그래서 상태 이상 공격이 성가신 것이다.

실제로 독을 사용해본 신도 처음엔 운영진의 의도를 이해할 수 없어서 투덜거린 적이 있었다.

"일단은 국왕한테 가자. 가는 길에 쓰러진 사람이 있으면 구하기로 하고. 어때?"

"다른 녀석들에겐 미안하지만 일단 국왕부터 구해드려야겠지. 다들 동의하나?"

가론이 묻자 파티 멤버들도 고개를 끄덕였다.

신이 선두에 서서 나아가자 곧 쓰러진 병사들의 모습이 보였다. 스킬로 주변의 독을 제거하고 독의 영향으로 살짝 줄어든 체력도 회복시켰다.

의식을 되찾은 병사들에게 이야기를 들어보니 아침부터 몸 상태가 좋지 않더니 밤이 되어 경비를 서자 갑자기 팔다리가 마비되었다고 한다. 그 뒤로는 기억이 끊겨서 무슨 일이 있었는지 모르는 것 같았다.

"시간을 생각해보면 내가 연락한 뒤겠군."

"그렇겠지. 효과가 늦게 나타나는 독이니까 증상에도 개인 차가 있었을 테고. 그런데 병사들이 움직일 수 없다면 일을 벌이기엔 절호의 기회였을 텐데 아무 일도 없었다는 게 이상 하군. 어떻게 된 거지?"

병사들에게는 일정 시간 독을 완화하는 아이템을 건네주며 밖으로 피하라고 한 뒤 헤어졌다. 구출한 병사들을 전부 데리 고 돌아다닐 수는 없기 때문이다.

"이 앞에 국왕의 방이 있네. 아마 그곳에 계실 텐데 반응은 있는가?"

"통로에 있는 반응이 경비병과 시녀들이라 치면, 그 두 칸 앞의 방에 반응이 다섯 개, 그 옆방에 두 개 있어. 그 둘 중 한 곳이겠지."

미니맵과 기척 감지로 만나본 적도 없는 인물을 특정하긴 어려웠다. 국왕이 있을지도 모르는 방을 신이 미리 살펴봄으 로써 약간의 도움을 얻는 정도였다.

다행히 다섯 개의 반응이 있던 방에 들어가자 쓰러진 사람 들 중에서 호화로운 옷을 걸친 남자가 있었다. 그가 바로 파 츠나의 국왕이었는지 가론이 즉시 부축하며 일으켰다. 다른 반응은 왕비와 근위병 등이었다.

해독과 회복을 끝내자 전원이 곧 의식을 회복했다.

"가론인가. 아무래도 또 도움을 받았나 보군."

"아니, 이번엔 우리가 한 게 아닐세. 이 친구들의 도움이 없었다면 우리도 당했을 걸세."

몸을 일으킨 국왕에게 가론이 설명했다.

"그대들이 가론이 말한 협력자인가."

왕은 먼저 선두에 서 있던 신을 바라보더니 뒤에 서 있던 멤버들에게로 시선을 옮겼다. 그리고 천천히 무릎을 꿇었다.

"처음 뵙겠습니다. 저는 파츠나의 국왕 그라피올 파츠나라 합니다. 슈니 라이자 님의 이름은 오래전부터 들어 알고 있었 지요. 이번에 제 벗을 위해 힘을 빌려주셔서 감사하기 이를 데 없습니다."

일국의 왕이 한 명의 개인으로서 무릎을 꿇고 있었다. 일반 적인 경우라면 있을 수 없는 일이었다.

그러나 슈니 앞이라면 가능했다. 모든 나라에서는 아닐 테 지만, 소국이라면 국왕과 동등하거나 그 이상의 지위로 대접 받을 수 있었다.

"인사는 그 정도면 됐어요. 그보다 쓰러지기 전의 상황을 가능한 한 상세히 알려주실 수 있나요?"

"알겠습니다. 하지만 별로 유용한 정보는 못 될 겁니다. 그 전부터 몸이 조금 무겁게 느껴졌습니다만 그뿐이었습니다. 쓰러질 때도 침입자는 보지 못했고, 약 같은 걸 먹은 기억도 없습니다."

정말 갑작스러운 일이었다고 그라피올은 말했다.

진술 내용은 병사들과 동일했다. 차이점이라면 그라피올이 쓰러진 시간이 조금 더 나중이었다는 정도였다. 단서가 될 만한 건 거의 없었다.

"결국 성안 사람들을 마비시킨 것뿐이라는 건가? 범인은 무슨 속셈일까?"

"왕성 내의 사람들만 움직이지 못하게 했다면……. 중요 인물을 납치하려 한 건가? 아니, 그렇다면 이 독을 더욱 강력하게 만들어서 그 한 명만 데려가는 게 나을 거야. 아이템을 훔친다거나…… 나라의 중추를 마비시키는 것 자체가 목적일 수도 있겠지. 그것도 아니라면……."

신은 자신의 추측을 이어나갔다.

"이 나라에 다른 곳엔 없는 귀중한 아이템이나 재료 아이템이 있습니까?"

"아니, 딱히 짚이는 것은 없군요. 보물고 안에 귀중한 물건이 많긴 하지만 이 정도의 일을 벌여서까지 빼앗아갈 만한 정도는 아닐 겁니다. 오히려 가론과 그 일행이 입고 있는 장비가 훨씬 귀중하겠죠."

장비 외의 아이템도 있긴 하지만 엄청나게 귀중하다고 말할 정도는 아니라고 그라피올은 말했다.

"진짜 가치를 모르고 있는 것일지도 모릅니다. 저희가 확인해봐도 될까요?"

"얼마든지요."

외부인이라면 쉽게 허락하기 힘들 테지만, 슈니와 그 동료들에게라면 보여줘도 문제없다며 그라피올은 고개를 끄덕였다.

"그렇다면 그쪽은 신과 슈니에게 맡길게. 나하고 세티는 쓰러진 사람들을 찾아서 회복시킬게."

"그게 좋겠네요. 저희도 눈에 띄는 범위 내에서 치료를 도울게요."

예전에도 슈니와 세티는 파티 내에서 회복을 담당할 경우가 많았다. 따라서 두 사람이 따로 떨어져 행동한다는 것은 좋은 발상이었다.

이번 독은 필마도 문제없이 회복시킬 수 있었기에 세티의 부담도 줄어들 것이다.

"유즈하는 여기서 모두를 지켜줘. 독을 퍼뜨린 녀석이 아직 안에 남아 있을지도 모르니까 말이지."

"쿠우!"

새끼 여우 모습의 유즈하가 한 번 울더니 덩치가 2메르 정도로 커졌다. 그라피올은 놀랐지만 사역마라고 설명하자 금세 납득했다. 유즈하는 회복 계열 스킬도 사용할 수 있으니 만약 다른 독이 퍼지더라도 안심할 수 있었다.

"보물고의 목록 같은 게 있습니까?"

"자재 보관 담당자라면 갖고 있을 테지만, 담당 부서에 없다면 찾기 힘들겠군요."

슈니의 동료이기 때문인지, 그라피올은 신에게도 정중히

대하고 있었다.

부서의 위치를 전해 듣고, 만약 담당자가 없다면 보물고로 가서 침입자의 흔적이 없는지 살펴보기로 했다.

신과 슈니는 통로에 쓰러진 병사와 관료들을 치료하면서 목적지에 도착했다.

안에 쓰러져 있던 사람들을 치료한 뒤 이야기를 듣다 보니 그중에 마침 보관 및 관리 담당자가 섞여 있었다.

관료들은 갑자기 나타난 신 일행을 보고 경계했지만, 동행한 근위병을 통해 국왕에게서 직접 허가를 받았음을 증명하자 행동을 개시할 수 있었다.

"실례인 줄은 알지만 여기가 정말 보물고인가요?"

"네. 뭔가 문제라도 있으십니까?"

"네, 뭐……."

신은 보물고로 안내해준 담당관에게 애매하게 웃어 보였다.

신의 감각이 틀리지 않았다면 나아갈수록 독이 진해지고 있었다. 그건 결국 독의 발생원과 가까워지고 있다는 의미였다.

근위병에게는 일정 이하의 독을 무효화하는 아이템을 건네준 상태였다.

동행한 담당관도 그 사실을 알지 못했다. 담당관은 아이템의 범위 내에 있었기에 독이 짙어졌다는 걸 전혀 몰랐던 것이다.

오는 길에 독을 제거해두었기에 그들이 지나온 통로는 안전했다.

"여기가 틀림없는 것 같군."

"네. 여기라면 누군가가 우연히 발견할 가능성도 적겠죠. 문을 딴 흔적도 남아 있어요."

신의 눈에는 스킬로 잠긴 문을 열었던 흔적—붉은 손자국—이 문에 달라붙어 있는 것이 선명히 보였다. 슈니에게도 같은 것이 보였을 것이다.

"흔적……이라고요……?"

스킬을 사용할 수 없는 근위병과 담당관은 문을 가만히 바라보며 심각한 표정을 짓고 있었다.

문에 묻은 지문을 육안으로 보는 거나 다름없었기에, 평범한 사람들에겐 아무것도 보이지 않는 게 당연했다.

"이 정도로 선명히 남은 걸 보면 범인은 흔적을 들킬 리가 없다고 생각했던 걸까?"

"아니면 흔적을 지우는 능력이 없었던 게 아닐까요."

해당 스킬은 도둑 계열 직업의 플레이어라면 대부분 갖고 있었다. 다만 이번처럼 단순히 들어가는 게 목적이 아니라면, 들어갔다는 걸 들키지 않기 위해 흔적을 지우는 스킬도 사용해야 했다.

PK나 사람을 상대로 한 도둑에게는 필수적인 기술이었다.

자물쇠 해제 기술에 특화된 플레이어도 적진 않지만, 그렇다면 이 정도로 선명한 흔적이 남았다는 게 부자연스러웠다. 해제 기술이 올라갈수록 흔적은 작아지기 때문이다.

스킬을 처음 배운 초보자들이나 이 정도로 선명한 흔적을 남기는 법이었다.

"안쪽으로 들어갈수록 가치가 높은 물건들이 진열되어 있습니다. 또한 전투에 쓰이는 물건은 오른쪽, 그 외의 것은 왼쪽입니다."

일행은 문을 열고 보물고 안으로 들어섰다. 신은 담당관의 설명을 들으며 독이 짙게 느껴지는 쪽으로 나아갔다.

보물고는 입구에서 안쪽을 향해 길게 뻗은 정사각형 구조였다.

신이 멈춰선 곳은 방의 중간쯤이었다. 신은 귀금속이 진열된 쪽으로 다가가더니 보라색 보석이 박힌 목걸이의 진열대를 들어 올렸다.

"이건……."

근위병과 담당관이 숨을 멈추었다. 진열대 밑에는 섬뜩하다는 말이 딱 들어맞는 색깔의 돌이 놓여 있었다.

주먹 크기의 정팔면체로 자세히 보면 빛을 희미하게 투과시키고 있었다. 아마 원래는 보석이었으리라.

신은 그것을 손에 들고 분석 계열 스킬을 사용해보았다. 함정이 없고 자신에게 독이 통하지 않는다는 것을 알았기에 가능한 일이었다.

"보석에 마비독 효과가 부여되어 있어. 하지만 그것뿐이야."

이것만으로는 성 전체에 독을 퍼뜨릴 수 없었다. 신이 문득 생각났다는 듯이 진열대를 분석해보자 그것에 마비독을 확산하기 위한 효과가 부여되어 있었다.

"일단 가져가자. 카드화하면 독은 나오지 않을 테니까."

보석과 진열대는 슈니가 아이템 박스에 수납했다. 그 외에 다른 장치가 설치되어 있지 않는지 확인해봤지만 발견된 것은 없었다.

『이걸 설치한 녀석의 의도는 뭘까?』

신은 심화로 슈니에게 말을 걸었다. 일을 벌이기에 절호의 타이밍이었음에도 행동하지 않고 있었다. 게다가 노골적일 만큼 선명한 흔적을 남겼다는 게 영 마음에 걸렸다.

『독이 부여된 보석은 분석이 불가능했으니 뭔가를 실험한 건지도 모르겠네요.』

신은 독이 부여된 보석의 종류를 알아낼 수 없었다. 외형만 보면 보석에 가까웠지만 어쩌면 광석류가 아닐 가능성도 있었다.

바옴루탄에게 받은 보옥과 왠지 모르게 비슷한 느낌도 들었지만, 근위병과 담당관 앞에서 그것을 직접 비교해볼 수는 없었다. 신과 슈니는 일단 보고하기 위해 국왕이 있던 방으로 돌아갔다.

"독을 발생시키는 아이템이라고요. 설마 그런 물건이⋯⋯."

이야기를 전해 들은 그라피올은 심각한 얼굴로 생각에 잠겼다.

『이번 일에 데몬이 관계되었을 거라 생각해?』

그라피올이 생각에 잠기자 신은 다른 멤버들과 심화를 연결했다. 파티를 맺고 있었기에 멀리 떨어진 슈바이드에게도 목소리가 닿았을 것이다.

『꺄앗?! 뭐, 뭐야? 왜 신의 목소리가 들리는 건데?!』

하지만 누가 대답하기도 전에 티에라의 당황한 목소리가 울려 퍼졌다.

지금 신이 사용한 것은 게임 시절의 시스템, 소위 구세대 능력인 채팅 기능이므로 신세대로 분류되는 티에라에게는 연결될 리가 없었다.

그러나 파티 전체를 향한 채팅은 티에라에게도 분명히 연결되어 있었다.

혼란에 빠진 티에라의 목소리를 들으며, 신은 그녀가 마리노와 합쳐졌기 때문일지도 모른다고 생각했다.

애초에 티에라 개인에게 채팅을 연결할 일이 없었으므로, 언제부터 가능해졌는지는 알 수 없었다.

하지만 짚이는 이유가 있다면 역시 그것뿐이었다.

『으으, 부끄러워⋯⋯.』

파티 멤버에 한정되긴 하지만, 채팅 기능에 익숙해질 때까지는 마음의 소리가 전부 까발려질 것이다.

슈바이드에 의하면 티에라의 얼굴이 뜨겁게 달아오른 것처럼 새빨개졌다고 한다. 바옴루탄도 걱정스럽게 바라볼 정도로.

『아…… 미안.』

신도 연결될 줄은 전혀 몰랐지만 원인이 자신에게 있었기에 순순히 사과했다.

『됐으니까 다른 이야기로 넘어가 줘.』

『알았어. 저기, 그 뭐냐. 아까 데몬에 대해서 물었던 것 말인데, 다들 어떻게 생각해?』

티에라가 기어 들어가는 목소리로 애원하자 신은 나중에 사과해야겠다고 생각하며 화제를 바꾸었다.

이미 그라피올도 정신을 차리고 대책을 논의하기 시작했기에 잘못 대답하지 않도록 주의하며 대화를 이어나갔다.

『뭔가 다르긴 하오. 지금까지 봐온 데몬들은 기회다 싶을 땐 무조건 움직였소이다.』

신 일행이 오지 않았다면 성안에서 움직이는 사람은 아무도 없었으리라. 무언가를 위한 사전 작업이었다고 해도 움직임이 전혀 없다는 게 이상했다.

게다가 찾아낸 보석과 진열대에서는 마기가 전혀 느껴지지 않았다.

『보물고에 침입한 자는 데몬에게 조종당했던 건지도 모르겠네요. 그렇다면 마기가 느껴지지 않았던 것도 설명이 될 거예요. 다만 조종의 범위가 어디까지인지는 모르겠지만요.』

슈니는 예전에 베일리히트에서 신과 둘째 공주인 리온을 성지로 전송시켰던 그레릴 추기경을 떠올린 것 같았다.

그는 복수의 상태 이상에 걸린 상태에서 자신도 모르는 사이 데몬에게 협력하고 있었다.

『그때처럼 말이구나. 하지만 이번엔 그때보다 더욱 치밀한 걸 보면 더욱 똑똑한 녀석이 조종했다고 봐야겠지? 그렇다면 굳이 이런 꼼수를 쓸 필요는 없지 않을까?』

『오히려 지능이 높으니까 사람들을 괴롭히려는 게 아닐까?』

티에라의 말을 듣고, 세티가 자신의 생각을 이야기했다. 이것도 실제로 겪었던 일이었다.

교회의 성녀를 유괴했던 데몬은 일부러 사람들이 괴로워하도록 일을 꾸몄던 것이다.

마음만 먹으면 간단히 죽일 수 있었음에도 그러지 않았다. 그런 데몬도 존재한다는 걸 신 일행은 직접 겪어 알고 있었다.

『지금까지 싸워왔던 녀석들을 생각해보면 예전에 비해 수법이 조금 특이하기는 해. 분명 우리가 모르는 능력을 가진 녀석도 있겠지. 당장 할 수 있는 일은 많지 않겠지만, 뭔가 생각난 게 있으면 바로 정보를 공유하자.』

계속 심화로 대화하다 보면 그라피올과의 회의 내용을 따라갈 수 없었으므로 신은 일단 심화를 끊었다.

슈니는 별로 어렵지 않게 해내는 것 같았지만, 두 가지 대화를 동시에 진행하는 건 신에겐 어려운 일이었다. 특히 이번엔 여러모로 생각할 거리가 많아서 자신도 모르게 말할 상대를 착각하게 될지도 몰랐다.

회의가 슈니를 중심으로 진행되었기에 간신히 따라간 거나 마찬가지였다.

"해독은 아이템도 사용해서 대대적으로 진행하죠. 데몬이 뭔가 손을 쓸 수도 있겠지만 우리가 개별적으로 진행하면 성내의 기능이 마비될 테니까요. 게다가 독으로 인한 사망자가 나오지 말라는 법도 없겠죠."

"어쩔 수 없군요. 만약 적이 성 밖에서 뭔가를 꾸미고 있다면, 시간을 끌수록 우리가 불리해질 테지요. 참으로 어려운 문제군요. 그런데 데몬이라니……. 전 전승 속의 존재일 거라고만 생각해왔습니다."

신 일행은 자주 엮여왔기에 당연한 듯 말하고 있었지만, 이 세계에서 데몬의 활동에 대해 아는 인물은 많지 않았다.

그라피올처럼 국왕의 신분이라도 마찬가지였다.

이번 소동이 끝나면 데몬이 활동을 재개한 사실을 사람들에게 주지시킬 필요가 있다고 신은 생각했다.

회의가 끝나자 즉시 해독 작업이 시작되었다. 범위는 넓지만 독 자체는 그리 강력하지 않았다.

신은 대량의 해독용 아이템을 단숨에 제작하고 그것을 회복한 병사들에게 나눠주었다. 세티와 필마도 해독 작업을 계속하게 했다.

치료된 병사들이 그대로 치료 역할을 수행하게 되므로 성안 병사들이 전부 회복되기까지는 오랜 시간이 걸리지 않았다.

메뉴 화면에 표시된 시간으로는 아직 밤 10시쯤이었다.

파츠나에 도착한 것이 7시를 넘어서였으므로 왕성으로 출발한 지 약 3시간이 지나 있었다. 실제로 해독 작업에 소요된 건 2시간 정도였다.

"두긴이 올 줄 알았는데 아직 습격은 없군."

"그러네. 결국 뭘 위해서 독을 퍼뜨린 걸까? 습격해오지도 않고, 훔쳐간 물건도 없고, 납치된 사람도 없어. 뭔가 질 나쁜 장난 같아."

신 일행은 지금 성안에 배정받은 방에서 쉬고 있었다. 창문을 통해 하늘을 올려다보던 신이 중얼거리자 의자에 앉은 필마가 고개를 갸웃거리며 맞장구를 쳤다.

각자 개인실을 배정받았지만 대화도 할 겸 다들 신의 방에 모여 있었다.

"어느 정도 지성을 갖췄다면 우리가 오는 걸 감지하고 모습을 감춘 게 아닐까?"

"하지만 독은 우리가 오기 전부터 퍼졌으니까 그렇게 생각하긴 힘들지 않아?"

레벨이 별로 높지 않은 데몬이라면 신 일행의 전력을 파악하자마자 도망칠 수도 있을 거라고 필마가 진지한 얼굴로 말했다.

하지만 세티가 지적한 대로 앞뒤가 안 맞는다는 걸 스스로도 깨달은 듯했다.

"하지만 무차별적인 테러 행위라고 하기에는 내용이 너무 밋밋해요. 혹시 데몬이 꾸민 일은 아니지 않을까요?"

"그럴 수도 있겠군. 나쁜 일은 전부 데몬의 짓이라 생각하는 것도 문제가 있잖아."

슈니의 말에 신도 동의했다.

이 세계에서는 몬스터의 위협이 늘 도사리고 있지만, 그렇다고 국가 간의 분쟁이 없는 것은 아니었다.

지금은 각국의 역학 관계나 지역적인 문제로 대규모 전쟁이 일어나지 않을 뿐이다.

『영광의 낙일』 직후에는 일부 지역에 소국들이 난립한 경우도 있었다는 것을 신은 자료를 통해 알고 있었다.

따라서 타국의 공작원에 의한 범행일 가능성도 전혀 부정할 수 없었다. 물론 공작원의 짓이라 해도 여러모로 의문이 남지만 말이다.

"하지만 마기는 안 느껴져도 이상한 느낌은 들어. 뭔가가 섞여 있나?"

신 일행 외에는 다른 사람이 없었기에 유즈하도 인간의 모습으로 이야기하고 있었다. 소파에 앉은 신의 옆자리에서 고개를 갸웃거리고 있었다.

유즈하도 마기의 기척을 감지할 수 있지만 단언할 만큼은 느껴지지 않는 것 같았다. 다만 아무런 기척도 없는 것은 아니었다.

"섞여 있다는 건 어떤 느낌을 말하는 거야?"

감각적인 문제였기에 설명하기 쉽진 않을 테지만, 신은 일단 유즈하에게 부탁해보기로 했다.

"마기에 가까운 부정적인 감정…… 같은?"

강렬한 응어리는 아니고 희미한 잔해에 가까운 느낌이라고 한다.

신과 슈니가 느끼지 못했던 것은 마기가 아닌 데다가 매우 희박한 기척이어서라고 유즈하는 말했다.

"시간이 많이 흘러서 옅어졌는지, 아니면 원래부터 그랬던 건지도 알 수 없는 건가. 하지만 적어도 우리에게 호의적이지 않다는 것만은 분명하고, 두긴이 아무 이유도 없이 파츠나에 왔을 리도 없어."

원인까지는 알 수 없지만 누군가가 암약하고 있다는 것만은 분명했다.

두긴 역시 바옴루탄과 마찬가지로 세계에 꼭 필요한 존재였다. 가능하면 원만히 해결하고 싶다고 신은 생각했다.

"어쨌든 오늘은 이대로 경계를 풀지 말자. 교대로 자는 게 좋을 것 같은데, 어때?"

신의 질문에 모두가 괜찮다며 고개를 끄덕였다. 로메눈에서 충분한 수면을 취했기에 몸 상태도 완벽했다.

졸음을 느끼지 않는 아이템도 있긴 했다.

그러나 슈바이드의 말에 따르면 그 아이템이 편리하긴 해도 오히려 더 피곤해지기 쉽고 집중력을 유지하기도 어렵기 때문에 쉴 수 있을 때는 푹 쉬어두는 편이 좋다.

신은 이쪽 세계에서 그것을 사용해본 적이 없었기 때문에 슈바이드의 의견에 순순히 따르기로 했다.

몬스터가 접근하면 알려주는 스킬도 있었다.

모두가 억지로 깨어 있을 필요 없이 적은 인원이 돌아가면서 불침번을 서면 될 것이다.

"일단은 나하고—."

"제가……."

신이 말하기 전에 슈니가 자원했다. 필마와 세티는 흐뭇한 눈빛으로 고개를 끄덕거렸다.

"유즈하도 깨어 있을래."

유즈하가 신에게 찰싹 달라붙으며 말했다. 힘도 거의 되찾아서 겉모습은 성체와 거의 다를 게 없었지만 행동에서는 아직도 어린 티가 묻어났다.

새끼 때에 비해 키도 제법 커졌기에 뾰족하게 뻗은 여우 귀가 신의 귀에 닿았다. 이따금씩 그것이 움직이며 신을 간지럽히곤 했다.

"어머, 이거 슈니도 방심해선 안 되겠는걸."

"괜찮아요. 신은 지조 없는 사람이 아니니까요."

놀리듯 말하는 필마에게 슈니가 미소를 지으며 차갑게 대답했다. 신뢰라는 단어를 온몸으로 표현하는 듯한 태도와 분위기였다.

"예전의 슈니였으면 조금은 당황했을 텐데, 이 미소와 여유……. 역시 거사를 치르면 사람이 달라지는구나."

"이쪽이 오히려 슈 언니답긴 해. 한번 잡으면 안 놔주는 게 아니라 아예 도망칠 생각도 못 하게 하는 성격이잖아. 아마 신은 이미 꽉 잡혀 있을걸."

"거기 두 사람, 계속 멋대로 이야기하면 저에게도 생각이 있어요."

슈니가 풍기는 분위기가 바뀌었다.

필마와 세티도 더 이상은 위험하다고 판단했는지 먼저 쉬겠다고 말하며 재빨리 방에서 나가버렸다.

"정말이지, 틈만 나면 저를 놀리려고 한다니까요."

"슈니의 분위기가 많이 부드러워져서 말을 붙이기 쉬운 거겠지."

예전 같았으면 저렇게까지 놀리진 않았을 거라고 신은 생각했다.

"놀려먹기 좋아졌다고 여겨지면 곤란한데요."

"저 녀석들도 재미로만 그러는 건 아닐 테니까 조금 정도는 괜찮잖아."

"신은 놀림을 받지 않으니까 그런 말을 할 수 있는 거예요. 게다가 신이 없는 곳에서 입에 담기도 민망한 소리를 들었다고요."

슈니는 정말로 민망했는지 뺨을 살짝 붉혔다. 같은 여자들끼리다 보니 정말 별의별 이야기를 다 한 모양이었다.

슈바이드도 신과 슈니의 연애사가 궁금했을 테지만 워낙 성실한 성격이라 필마처럼 캐묻지는 못했을 것이다.

"쟤네 마음도 이해가 가긴 하거든. 그런데 슈바이드는 그런 걸 별로 물어보질 않네."

신과 슈니가 단둘이 지낼 때 무슨 일이 있었는지 궁금하지 않은 걸까. 필마와 세티가 그런 것처럼, 슈바이드도 같은 남자인 신에게 물어보기 쉬웠을 것이다.

하지만 신은 슈바이드가 그런 이야기를 꺼내는 것을 본 적이 없었다.

"혹시 배려해주는 걸까?"

슈바이드와 재회했을 때 편하게 대해달라고 이야기했지만 아직도 주종 관계를 강하게 의식하는 것이 틀림없었다.

같은 파티에 속한 동료이자 서로 믿고 등을 맡기는 사이였다. 그럼에도 아직 보이지 않는 선 같은 것이 남아 있는 것 같은 느낌이 들었다.

"슈바이드는 배려라기보다 성격 때문이겠죠. 여기에 지라트가 있었다면 배려는커녕 필마처럼 떠들어댔을 거라고 생각해요."

지라트는 분명 그랬을 거라고 신도 동의했다. 같은 무인이면서도 지라트와 슈바이드의 성격은 정반대였다.

"저래 보여도 예전보다는 생각이 많이 유연해진 거예요. 국왕으로 일해본 경험이 좋은 영향을 끼친 거겠죠."

"그런 거야? 난 별로 바뀌었다는 인상은……. 아니, 확실히 변한 건가."

신은 슈바이드와 재회한 직후에 그가 마치 주인을 섬기는 장수처럼 꺼냈던 말을 떠올리며 생각을 고쳤다.

게임 시절의 슈바이드 그대로였다면 신이 명령이라도 하지 않는 이상 편하게 이야기하진 못했을 것이다.

"……다들 바뀌었구나. 살아가다 보면 당연히 바뀌는 건가."

"신?"

분위기가 평소와 다르다고 느꼈는지 슈니가 말을 건넸다.

"아니. 내가 없는 동안 다들 어떻게 살았는지 제대로 들어본 적이 없는 것 같아서 말이야."

슈니의 이야기는 단둘이 있을 때 들은 적이 있었다. 그다음으로 많이 들었던 건 지라트의 이야기일 것이다.

물론 500년의 긴 인생 속에서는 짧은 순간에 지나지 않았을 테지만 신으로서는 잊을 수 없는 이야기였다.

필마, 슈바이드, 세티에 관해서는 대략적인 내용밖에 듣지 못했다.

슈니, 유즈하와 대화하던 중에 다른 세 사람과도 더 많은 이야기를 해야겠다고 신은 생각했던 것이다.

"그러면 일단 제 입장에서 본 세 사람에 대해 이야기할게요. 시간 가기만 기다리는 것보단 의미가 있을 테니까요."

"그래, 부탁해."

신은 슈니의 제안을 받아들이며 꾸벅꾸벅 졸던 유즈하를 아기 여우로 변신시켜 품에 안았다.

신의 품속에서 몸을 둥글게 만 유즈하는 이미 반쯤 꿈속이었다.

아까는 자기도 깨어 있겠다고 했지만 졸음을 이기진 못했던 모양이다.

"유즈하는 벌써 잘 시간인가 보네요."

"이렇게 보면 유즈하가 전설의 몬스터라는 게 실감이 안 난다니까."

유즈하는 기본적으로 밤에 깨어 있지 않고 잠들었다.

적이 가까이 접근해왔을 때나 긴급한 상황을 제외하면 항상 잠꾸러기였다. 그렇다면 오늘은 적이 습격해오지 않는 건 지도 몰랐다.

아니면 언젠가 이야기했던 대로, 자는 동안 몸에 새로운 힘을 적응시키는 것일 수도 있었다.

"신은 잠들면 안 돼요."

"그래, 알아."

신은 유즈하가 깨지 않도록 무릎 위에 슬며시 내려놓고 천천히 쓰다듬으면서 슈니의 이야기에 귀를 기울였다.

✝

다음날이었다.

중간에 교대한 필마 일행이 깨우기도 전에 신과 슈니, 유즈하는 평온한 아침을 맞이했다.

"결국 습격은 없었군."

신은 맑게 갠 하늘 아래서 열심히 일하는 장사꾼들을 바라보며 중얼거렸다.

두긴이 습격해온다는 소문이 돌아도 집에만 틀어박혀 생활할 수는 없었다. 사람들마다 각자의 사연이 있을 테지만, 비탄에 잠기는 대신 평소의 일상을 보내고 있는 것 같았다.

다만 신 일행을 돌봐주는 메이드에게 이야기를 들어보면 역시 사람이 많이 줄었다.

"설치해둔 아이템의 반응이 사라져서 조심하는 걸까?"

"가능성이 전혀 없진 않겠군."

세티의 질문에 대답하면서도 신의 표정은 밝아지지 않았다.

왕성 가득 퍼졌던 독은 두긴의 것이 아니었다.

두긴의 습격과 이번 독 소동은 완전히 별개의 것일 가능성도 있는 것이다. 이런 식으로 계속 가능성을 생각하다 보면 끝이 없었다.

"그보다 오늘은 어떻게 할 거야? 계속 성안에서 경계하는 것도 하나의 방법이긴 한데……."

왕성은 도시의 중심에 위치했다. 두긴이 어느 방향에서 날아오든 현장까지 최단 거리로 달려갈 수 있다는 점에선 필마의 의견도 타당했다.

"할 수 있다면 도시 상공에 오기 전에 처리하고 싶은데 말이지."

날개에 무기나 마법으로 대미지를 가하면 격추할 수도 있을 것이다. 그러나 그럴 경우 도시 안에 피해가 발생하게 된다.

하늘을 날아다니므로 어디가 전장이 될지는 누구도 예측할 수 없었다. 따라서 주민들을 빠르게 대피시키기는 어려웠다. 건물 위로 두긴이 떨어지기라도 한다면 안에 있는 사람들이 무사하지 못할 테고, 그 뒤의 생활도 곤란해질 것이다. 독이 퍼지기라도 하면 내성이 없는 일반인들은 거의 즉사였다. 그러니 가능하면 도시 밖에서 요격하는 것이 최선이었다.

"날아오는 방향이 일정하다고 했던가?"

"그런 이야기는 듣지 못했어요. 일단 확인해보는 게 좋겠네요."

필마가 중얼거리자 슈니가 기억을 되짚으며 대답했다. 새로운 정보를 얻을 수도 있었기에, 신 일행은 왕성에서 함께 묵고 있던 가론 일행을 찾아갔다.

"두긴이 날아오는 방향이라. 북쪽이지 않았던가?"

"그래, 맞다. 다만 어디까지나 날아오는 방향일 뿐이고, 그쪽에 뭐가 있는지는 확인되지 않았지. 어쩌면 다른 나라나 도시를 습격한 뒤에 오는 건지도 모른다."

습격하는 시간대도 불규칙해서 예측이 힘들다고 한다.

"지금까지는 무조건 북쪽에서 왔던 거로군. 그쪽 어딘가에 둥지를 만들었을 가능성은 역시 낮으려나…….."

"둥지가 없어도 두긴 한 마리가 쉴 만한 장소는 얼마든지 있을 테지. 뭐, 녀석의 위치를 알아내도 우리로서는 어찌할 방법도 없지만 말일세."

가론은 곤란하다는 듯이 고개를 가로저었다.

파츠나 북쪽에는 나라로 부를 정도는 아니어도 어느 정도 규모를 갖춘 도시들이 있다고 한다. 작은 마을도 몇 군데 위치했기에 가론 일행은 그쪽에 피해가 없을지 걱정하고 있었다.

신도 두건에 관한 지식을 떠올려보았지만, 애초에 세계를 방랑하다가 무작위로 출현하는 몬스터였기에 서식지를 알아내는 건 지극히 어려웠다. 게임 시절에는 저주받은 땅이나 오염된 땅 같은 곳을 감시하며 나타날 때까지 기다리는 게 정석이었다.

"게임 시절에는 요격을 아이템에 맡겨두는 방법도 있었는데."

당시엔 몬스터가 도시를 정기적으로 습격하는 이벤트가 있었다.

도시 대부분은 아이템 제작에 집념을 불태우는 플레이어들에 의해 마개조되었기에, 서비스 초기를 제외하면 어지간한 거물 몬스터가 아닌 이상 도시 위를 활개칠 수는 없었다.

심지어 플레이어가 마법을 사용하지도 않고 비행 몬스터를 토벌한 적도 있었다.

운영진조차 아연실색하게 만들 정도로 플레이어들의 변태성을 잘 드러낸 사건이었다.

물론 지금 그것을 재현할 수는 없었기에 고민만 깊어갈 뿐이었다.

"뭔가 생각난 거라도 있는가?"

"아니, 생각하던 게 저도 모르게 입 밖으로 나왔을 뿐이에요."

작은 소리로 중얼거린 말이 들렸던 모양이다. 신은 가론에게 별것 아니라고 말하며 생각에 몰두했다.

그리고 논의 끝에 신이 도시 중심에 위치한 성에서 대기하고 슈니는 북쪽, 필마는 서쪽, 세티는 동쪽, 유즈하는 남쪽 성벽 위에서 대기하기로 했다.

가론 일행은 신이 빌려준 장비를 착용한 채 국왕의 경호를 맡았다. 가론 일행이었기에 근위병들도 불만 없이 받아들였다고 한다. 신화급 장비를 습득할 정도의 모험가이며 파츠나를 위해 목숨을 걸고 위험 지대로 떠났다는 것을 잘 알고 있었기 때문이다.

『심심해, 쿠우.』

경비를 선 지 불과 반나절이 지났을 때 유즈하에게서 그런 메시지가 날아들었다.

신도 그런 마음이 없는 건 아니었다.

언제 나타날지도 모르는 존재를 마냥 기다린다는 건 생각보다 훨씬 고통스러웠다. 오지 않길 바라는 상대라면 더욱 그랬다.

다른 동료들이 성벽 위에서 대기한다는 사실도 경비병들에게 이미 전달을 마친 상태였다.

왕이 직접 협력자라고 소개했지만, 자기들의 담당 지역에 낯선 모험가가 와 있으면 신용할 수 없는 게 당연했다. 어디서 굴러먹던 녀석이냐며 다소의 불만도 나오기 마련이었다.

하지만 그들은 두긴의 무서움을 실제로 체험한 병사들이었다. 고집 따윌 부릴 때가 아니라는 듯이 오히려 환영해주었다.

소녀로만 보이는 유즈하에게도 병사들은 정중히 대해주었다고 한다.

심화를 연결한 상태였기에 유즈하의 말을 다른 일행들도 들었을 테지만, 신에게 하는 이야기라는 것을 알았는지 아무도 대답하지 않았다.

『나중에 정성껏 털을 손질해줄 테니까 조금만 참아줘.』

『쿠우! 열심히 할게.』

심화로 나누는 내용은 아직 이런 것들뿐이었다. 유즈하도 장난으로 한 말이었는지 실제로는 열심히 경계를 서고 있었다.

변화가 일어난 건 신 일행이 경비에 임한 지 꼬박 하루가 지난 뒤였다. 아침의 소란스러움이 잦아드는 시간대였다.

예속의 목걸이 | Chapter 4

THE NEW GATE

『북쪽에서 다수의 반응 감지. 하늘의 상태도 심상치 않아요. 검은 구름이 하늘을 뒤덮었습니다. 다들 확인 가능하신가요?』

슈니가 보낸 심화였다.

신이 하늘을 올려다보자 그녀의 말대로 시커먼 구름이 하늘을 뒤덮어 오고 있었다.

흐린 날에 하늘이 어두운 정도가 아니었다. 먹물이라도 풀어놓은 것 같은 기묘한 검은색이었다.

구름이 퍼지는 속도도 심상치 않았다. 그렇다, 퍼지고 있었던 것이다.

하늘 위로 구름이 흘러가는 광경을 본 사람은 많을 테지만, 그것과는 전혀 다른 양상이었다.

바닥에 양탄자를 까는 것처럼, 구름이 일정한 폭을 유지한 채 계속해서 발생했고, 한번 발생한 구름은 흩어지지 않았다.

누가 봐도 자연 현상과는 거리가 먼 광경이었다.

높이도 신이 있는 성보다 약간 높은 정도로, 구름이 생기기엔 상당히 낮은 위치였다.

대지와 하늘의 흰 구름 사이를 이등분하듯 발생하는 검은 구름이 신의 눈에 선명히 보였다.

필마에게서도 같은 것을 확인했다는 연락이 들어왔다.

『이쪽을 향해 몰려오는 반응 다수. 저건…….』

감지 범위를 넓히자 신도 파츠나로 향하는 반응을 확인할수 있었다. 신은 천리안으로 시력을 강화한 뒤 반응의 정체를확인했다.

먼저 눈에 띈 것은 선두에 위치한 거대한 용이었다.

바옴루탄의 영역에서 봤던 것보다는 다소 작았지만 신이알던 두긴에 비해서는 컸다. 외형적으로는 신이 알던 것과 큰차이는 없어 보였다.

─【두긴 레벨 703】

─【세뇌 · Ⅷ】

【애널라이즈】에 표시된 것은 틀림없는 부룡(腐龍) 두긴의이름이었다.

다만 그 이름과 레벨 뒤에 보고 싶지 않은 글자가 표시되어있었다.

【세뇌】.

그것은 정신 계열 스킬 중에서도 최상급 상태 이상이었다.

효과로는 일정 시간 동안 대상에게 『공격』, 『방어』, 『이동』중 한 가지를 명령할 수 있었다.

『공격』할 경우 타깃도 지정할 수 있다.

『방어』는 이름 그대로 그 자리에서 방어 태세를 취한다.

『이동』은 현재 위치를 지정하면 무방비한 상태로 가만히 있는다.

타깃과 공격 수단이 무작위인【콘퓨(혼란)】나 이성의 행동을 봉인하는【참(매료)】등의 상위 스킬이어서 플레이어들은 특히나 조심해야만 했다.

【세뇌】를 사용하는 것이 주로 PK이기 때문이다.

물론 세뇌라는 건 어디까지나 게임상에서의 설정일 뿐이었다. 몸이 멋대로 움직일 뿐이며, 플레이어의 정신에는 아무 영향도 없었다.

팔다리를 붙잡힌 채 멋대로 조종당하는 듯한 불쾌감은 있지만, 그 점은 정신 계열 스킬이라면 전부 비슷했다.

다른 상태 이상 스킬보다 강력한 만큼 실패율도 높고, 레벨이 올라도 효과 시간은 그리 길어지지 않기 때문에 게임에서는 단순히 성가신 스킬로 여겨지는 정도였다.

그렇다, {게임에서라면} 말이다.

"신수와 그에 준하는 몬스터들에겐 정신 계열 스킬이 안 통할 텐데 말이지."

유즈하와 카구츠치 같은 신수, 바옴루탄과 두긴은 그에 준하는 몬스터로 분류된다.

실제로 게임 시절에 한 플레이어가 실험을 통해 해당 계통의 몬스터들에게는 통하지 않는다는 데이터를 수집한 적이 있었다.

그때 두긴에게도 【세뇌】를 포함한 정신 계열 스킬이 통하지 않는다는 사실이 분명히 증명되었다.

"그래. 하지만 【애널라이즈】가 이상해진 게 아니라면 두긴은 틀림없이 스킬에 당했어. 어떻게 된 걸까?"

"게임 시절과는 달라진 거겠지. 지금까지도 그런 경우가 있었지만, 역시 현실에서 조종 계열 스킬을 당하면 최악이군."

효과 시간도 달라진 것 같았다. 일반적인 스킬이라면 최대 레벨이더라도 이미 효과가 끝날 시간이었다.

그러나 신 일행이 두긴의 상태를 살피는 동안에도 스킬은 풀리지 않았다.

"저쪽은 스킬에 걸리진 않은 것 같지만 파츠나에 위협적인 건 마찬가지겠군."

신은 두긴에게서 눈을 떼고 검은 구름 아래로 전진하는 그림자를 바라보았다.

두긴의 후방에서 검은 구름을 따라가듯 대지를 달려가는 것은, 악어와 닮은 긴 입을 가진 사족보행형 몬스터 가르마지였다.

그리고 네 장의 얇은 날개와 빨대처럼 가느다란 입을 가진 곤충형 몬스터 키큐즈도 있었다.

양쪽 모두 바옴루탄과 두긴이 출현하는 오염 구역에 출몰하는 몬스터였다.

죽은 생물의 살과 뼈 같은 고형물은 가르마지가, 피를 비롯한 체액은 키큐즈가 처리한다는 설정이었다. 게임 내에서는 '청소부'로 불렸다.

『구름 아래가 오염 구역으로 바뀌었다고?』

신은 북문 쪽으로 이동하면서 들어오는 정보를 정리했다.

가르마지와 키큐즈는 오염 구역이 아니어도 살아갈 수 있기에 이곳에 나타난 것 자체는 특별할 것이 없었다.

그러나 몬스터 무리가 나아가는 삼림과 초원이 검게 물들어가는 건 이상했다.

그 두 몬스터가 오염 구역에서 서식하는 건 사실이지만 몸에서 오염 물질을 배출하는 건 아니기 때문이다.

오염 구역이 넓어지는 건 검은 구름에 뒤덮인 땅뿐이었다.

구름이 하늘을 뒤덮고 나서 몇 초 뒤에는 땅이 오염 구역으로 바뀌는 것이다.

두긴이 날아온 뒤에 구름이 퍼져나간 것을 보면 두긴과 관련이 있을 거라 판단하고, 신은 이동하면서 북문에서 대기 중인 슈니에게 지시를 내렸다.

『이대로 파츠나 상공을 날게 할 수는 없어. 공격 목표는 두긴. 가능하면 뒤쪽의 구름도 날려버려.』

예전에 바르멜에 몰려드는 몬스터의 대군을 괴멸했던 마법 스킬【블루 저지】를 슈니가 발동하는 것을 확인하고, 신도 마법 스킬을 준비했다.

하얀 구름이 떠 있던 하늘이 회색 구름으로 뒤덮이며 푸른 번개가 내리꽂혔다.

두긴을 집중 공격하긴 힘들었지만 검은 구름과 그 아래의 몬스터들도 공격할 수 있기에 결코 잘못된 선택은 아니었다.

"번개가 빗나갔어. 뭔가 있군."

하늘에서 내리친 번개는 스쳐 지나간 부분과 그 주위의 구름을 어느 정도 흩날리며 땅에 내리꽂혔다.

가르마지와 키큐즈는 번개 속성에 특별히 약하진 않지만 강하지도 않았다.

개체 차이가 있긴 해도 레벨이 400~500 정도였기에, 운 좋게 다른 개체가 막아주지 않는 이상 즉사였다.

설령 옆의 개체가 대신 맞더라도 관통 공격이기 때문에 대미지를 입는다.

그런 가운데 두긴만이 【블루 저지】의 맹공 속에서도 거의 멀쩡했다.

번개를 피한 것이 아니었다. 신이 중얼거린 것처럼 번개가 두긴을 피해서 떨어지고 있었다.

강력한 마법을 정면으로 받아내는 대신 빗겨가게 하는 방법은 꼭 플레이어가 아니라도 사용할 수 있었기에 신과 슈니도 크게 놀란 것은 아니었다.

"그렇다면 내가 직접 공격할게."

북문으로 이동해온 세티가 전용 마법 지팡이 『소월(宵月)』을 치켜들었다.

스킬 준비는 이미 끝나 있었는지, 지팡이 끝에서 2메르 크기의 이중 마법진이 나타났다.

마법진이 천천히 회전하기 시작하더니 몇 초 뒤에 마법진보다 굵은 광선이 발사되었다.

빛 마법 스킬 【발터 렘】이었다.

똑바로 직진한 광선은 목표의 전방 100메르 지점에서 실 뭉치가 풀리듯 얇은 광선으로 나뉘더니 전 방향에서 두긴을 향해 날아들었다.

빛의 잔상이 실로 짠 공처럼 두긴을 둘러쌌다.

【발터 렘】은 【블루 저지】와 마찬가지로 광역 섬멸용 마법 스킬이었다.

원래는 빛의 화살을 적에게 쏟아붓는 스킬이었다. 모든 광선이 두긴을 향한 것은 세티가 변형한 것 같았다.

"저걸 견디다니. 처음 보는 능력이군."

"하지만 이제 날진 못하는 것 같아. 어쨌든 도시로 진입하는 건 막은 셈이지."

세티의 능력치와 스킬의 위력을 고려하면 두긴 한 마리 정도는 벌집은커녕 다진 고기보다도 심한 상태가 되어야 했다.

그러나 공격을 받은 두긴은 【발터 렘】이 날아오는 것을 예측했다는 듯이 방어 행동을 취했다.

두긴의 뒤를 따르듯 발생하던 검은 구름을 몸에 덮어 빛의 화살을 막아낸 것이다.

그러나 완전히 방어하진 못한 듯했다. 두긴을 감쌌던 구름은 거의 사라져 있었다.

두긴 자신도 대미지를 입었는지 고도가 급격히 떨어지고 있었다. 얼마 남지 않은 구름이 꼬리처럼 이어지는 모습은 비행기의 추락 장면 같았다.

"구름은 두긴이 지나간 뒤가 아니면 발생하지 않는 건가?"

두긴이 땅에 떨어진 것을 확인한 신은 지금까지 엄청난 기세로 퍼지던 구름이 두긴의 머리 위에서 정지한 것을 보며 중얼거렸다.

"평범한 몬스터라면 이대로 접근하지 않고 쓰러뜨리는 게 정석이지만 말이지."

굳이 가까이 다가갈 필요는 없을 테지만 이번엔 달랐다.

두긴의 의지로 파츠나를 습격한 것이 아니라 조종당했을 가능성이 있는 것이다.

『예속의 목걸이』라는 이름의, 사람을 조종하는 아이템이 이미 존재했다. 몬스터를 조종하는 아이템이 있어도 이상할 것은 없었다.

또한 데몬과 악마처럼 상대를 꼭두각시로 만드는 능력을 가진 존재들도 있었다. 원거리 공격으로 마무리한다면 단서까지 함께 파괴될 것이다.

무엇보다도 두긴은 이 세계에 꼭 필요한 존재이기에, 가능하면 쓰러뜨리고 싶지 않았다.

"능력을 알고는 있었지만 이렇게 보니 무시무시하구먼."

"아군이라 다행이라니까, 정말로."

우연히 근처까지 왔다는 가론과 리샤가 슈니와 세티의 마법을 보며 놀라움과 당혹, 공포 등이 복잡하게 뒤섞인 표정을 지으며 말했다.

신은 마침 좋은 기회였기에 파츠나 기사단이 몬스터를 얼마나 막을 수 있는지 물어보기로 했다.

"저것들한테 덤벼드는 건 먹이가 되러 가는 거나 다름없어."

"한두 마리면 몰라도 수가 너무 많네. 우리도 오래는 못 버틸 게야. 도시를 둘러싼 성벽이 금방 뚫리진 않을 테지만 하늘을 날아다니는 녀석들에겐 효과가 없네. 성문도 저 가르마지라는 녀석들이 어마어마한 덩치로 돌진해오면 타격이 클 게야. 한두 번의 공격으로 뚫리진 않을 테지만 여러 마리가 들이닥치면 어찌될지는……."

성문은 오리할콘과 마철 등 마력을 띤 금속을 혼합한 합금으로 만들어졌다고 한다.

이야기를 들어보니 완전히 걸어 잠그면 가르마지의 공격에도 쉽게 뚫리지는 않을 것 같았다. 다만 가론이 말한 것처럼 적의 숫자가 너무 많았다.

도움닫기로 가속을 붙인 몸통 박치기. 그런 공격을 연속으로 받아낸다면 그리 오래 버티진 못하리라.

키큐즈는 말할 것도 없었다. 조류와 달리 급격한 방향 전환도 가능하기 때문에, 접근해오기 전에 화살로 격추하기는 매우 어려웠다. 게다가 일반인이 쏘는 화살로는 갑각을 뚫어낼 수도 없었다. 몸통은 모기처럼 가늘지만 튼튼함은 비교도 되지 않았다.

"슈니, 세티, 유즈하는 성벽 위에서 마법으로 탄막을 펼쳐서 몬스터가 접근하지 못하게 해줘. 일반인 상대라면 키큐즈가 한 마리만 들어와도 대참사가 벌어질 거야."

"알겠습니다."

"맡겨둬!"

『쿠우!』

슈니는 차분히, 세티는 가슴을 펴며 고개를 끄덕였다. 아직 도착하지 못한 유즈하는 심화로 대답했다.

"나하고 필마는 돌격이야. 두긴의 상태를 가까이 가서 확인할 거야."

"이제야 차례가 왔네."

필마는 『홍월』의 손잡이를 쥐며 진하게 미소를 지었다. 필마는 서포트 캐릭터 중에서도 일대일 대결에 특히 강했다.

슈바이드가 붙잡아 두고 지라트가 교란하면 필마가 마무리하는 것이 전방 담당 3인조의 기본 전술이었다.

물론 필마는 집단을 상대로도 문제없이 싸울 수 있었다. 상황에 따라서는 필마에게 두긴을 맡겨둔 채 신은 엄호에 나서는 것도 한 가지 방법이었다.

"너무 힘이 들어가서 두긴까지 두 동강 내지 말라고."

"나도 그 정도는 안다고."

둘이서 몬스터 무리로 뛰어들면서도 전혀 주눅 듦이 없었다. 게임 시절에도 아군보다 월등히 많은 적을 상대할 때가 많았던 것이다.

"일단 두긴의 상태부터 확인해야 해. 사람을 조종하는 아이템이 있다는 건 전에 이야기했지? 그건 일반인뿐만 아니라 선정자도 조종할 수 있었어. 직접 본 적은 없지만 그걸 몬스터용으로 바꾼 아이템을 사용한 건지도 몰라. 아니면 마수사(魔獸使)의 【강제 복종】 같은 정신 계열 스킬이나 상대를 조종, 유도하는 도구가 쓰이지 않았는지 잘 살펴봐 줘. 뭐든 좋으니까 두긴이 이렇게 바뀐 단서를 찾는 거야."

조종당하고 있다면 그것만 해제하면 쓰러뜨릴 이유가 사라진다.

간단한 일이 아니라는 건 충분히 알고 있었지만 신은 약간의 가능성을 포기하고 싶지 않았다.

죽이는 것 이외의 선택지가 아직 남아 있다고 믿고 싶었던 것이다.

"가론 씨는 동료분들과 함께 만약을 위해 성문 쪽에서 대기해주세요. 유사시라는 게 오지 않았으면 하지만, 왕성에 독을 퍼뜨렸던 녀석이 또 뭔가 해올지도 모르니까요."

성문 안쪽에서 소동을 일으키거나 몬스터의 도착에 맞춰 성문을 여는 식으로 성안을 혼란에 빠뜨릴 방법은 얼마든지 있었다.

신 일행의 몇 안 되는 약점인 인원이 적다는 점을 공략할지도 몰랐기에, 현재 신 일행 외에 가장 전투력이 높은 가론 일행에게 부탁하기로 했다.

"마흐로프와 다른 녀석들도 이제 곧 올 테니까 우리가 맡겠네. 함께 가봐야 걸리적거리기만 할 테지."

미안해하는 가론 일행에게 뒷일을 맡기고 신과 필마는 성벽 위에서 뛰어내렸다.

완만한 호를 그리며 공중을 날아가다가 이윽고 중력에 끌어당겨지며 떨어지기 시작했다. 스킬로 가볍게 착지한 뒤에는 땅을 박차며 두긴을 향해 달렸다.

성벽 위에서 도약할 때 거리를 최대한 좁혀두었기에 두 사람의 능력치로는 두긴이 있는 곳에 금방 도착할 수 있었다.

신과 필마를 발견한 두긴은 날개를 펼치며 포효했다.

크게 펼친 날개에는 이렇다 할 상처가 보이지 않았다. 한 번 추락하긴 했지만 그사이 체력을 회복한 듯했다.

다만 바로 날아오르려 하지는 않았다. 자신을 격추했던 공격을 경계하는 건지도 몰랐다.

그리고 가까이 접근하자 날아다닐 때는 볼 수 없었던 것이 보였다.

"목걸이인가……. 예속의 표시는 없지만 두긴이 차고 있다는 게 부자연스럽군."

몸 색깔과 비슷해서 잘 보이지 않았지만 신은 틀림없다고 확신했다.

예전에 미리와 예언의 성녀를 조종하는 데 쓰였던 아이템 『예속의 목걸이』. 그것과 매우 비슷한 물건이 두긴의 목에 채워져 있었다.

진품이라면 예속이라는 상태 이상이 표시되므로 겉모양만 비슷한 것일 수도 있었다. 그러나 분석을 위해 진품을 자세히 관찰했던 신의 눈에 완전히 상관없는 아이템으로 보이지는 않았다.

게다가 두긴이 장식품을 차고 있다는 것 자체가 이상하다고 할 수 있었다. 조종당하고 있는 것 같다는 의혹이 더욱 깊어졌다.

"주변 녀석들을 부탁해."

"오케이!"

신 일행을 공격하기 시작한 가르마지와 키큐즈 무리를 필마에게 맡겨두고 신은 두긴을 향해 달렸다.

단순히 상태 이상이나 목걸이의 효과로 조종당하는 거라면 신의 능력으로 그것을 없애버리면 그만이었다.

진품 『예속의 목걸이』조차 해제할 정도였으니 비슷한 능력을 가진 아이템도 충분히 가능할 거라고 신은 생각했다.

신이 가까워지자 뒷발로 일어서서 위협하던 두긴이 앞발을 땅에 내디뎠다. 상당히 경계하는 몸짓이었다.

"……사람인가?"

신이 그렇게 중얼거린 것은 지금까지 전혀 발견하지 못했던 것이 보였기 때문이다.

두긴의 몸은 거대했으므로, 뒷발로 일어선 상태에서는 등 뒤에 뭐가 있는지 보이지 않았다.

그래도 목 뒤에 사람이 올라타 있다면 다리 정도는 보였을 테고, 애초에 두긴에게 분석 스킬을 사용할 때 동시에 대상이 되었을 것이다.

그러나 아무것도 표시되지 않았다.

미니맵이라면 두긴의 반응에 겹쳐진 탓에 보지 못할 수도 있었다.

그러나 신의 탐색 능력은 미니맵에만 의존한 것이 아니었다. 적어도 방금 전까지 두긴의 등 뒤에서 누군가의 기척은 전혀 느껴지지 않았다.

『갑자기 나타난 것처럼 느껴졌어.』

『필마도 그랬군. 그러면 내가 실수로 발견 못 한 건 아니었나 본데.』

신은 심화로 의사소통을 하며 두긴의 목 뒤에 올라탄 남자를 주시했다.

─【미스터 XXX(트리플 엑스) 레벨 233 조련사】

―【빙의 · #$%$#】

【애널라이즈】가 제대로 작동하며 표시된 것은 이 세계의 주민답지 않은 이름과 특수한 상태 이상이었다.

【빙의】는 일부 직업에 의한 특수한 부여 상태이거나 고스트, 레이스처럼 실체가 없는 몬스터에게 몸을 조종당하는 상태 중 하나였다.

특수한 부여 상태는 소환사와 사령술사 등 한정된 직업에서 습득 가능한 스킬에 의한 것으로, 이쪽은 신체 강화의 의미가 강했다.

그에 반해 몬스터에 의한 【빙의】는 【세뇌】의 상위 효과로 불릴 만큼 성가셨다.

빙의된 플레이어는 스킬까지 사용하며 아군을 공격하기 시작한다.

스킬 혹은 아이템으로 【빙의】를 강제로 해제하거나 플레이어를 쓰러뜨려야만 치료되며, 플레이어를 쓰러뜨린 다음 몬스터를 또 상대해야 했다.

어떤 의미에서는 정신 계열 스킬보다 악질적이라고 인식될 정도였다.

"이 녀석, 플레이어인가?!"

인터넷 게임에서 흔히 볼 수 있는 장난스러운 닉네임. 그것을 본 순간, 신의 경계심은 더욱 강해졌다.

플레이어 중에는 일부러 악의 길로 나아가는 자도 있었다.

갑자기 출현했다는 점, 부모가 자식에겐 붙이지 않을 이름만 봐도 틀림없었다. 이쪽에서 오래 살았다면 게임 시절에 존재하지 않던 스킬이나 기술을 갖고 있어도 이상할 게 없었다.

경계심을 품기에 충분한 상대였다.

『우리가 모르는 스킬을 사용한 걸까?』

『글쎄. 하지만 적어도 난 처음 봐.』

필마가 신의 옆으로 이동해왔다.

가르마지 무리를 방치해둔 셈이 되었지만 가르마지들은 신과 필마의 기척을 두려워하는지, 아니면 방금 전 필마가 보여준 힘에 겁을 먹었는지 앞으로 나아가지 못했다.

눈앞에서 당당하게 이야기를 나누기엔 꺼림칙했기에, 신과 필마는 상대를 경계하면서 앞으로의 방침을 심화로 논의했다.

미스터 XXX는 두긴의 목 뒤에 올라탄 채 움직이지 않았다. 로브에 달린 후드를 깊이 눌러쓴 탓에 분석 스킬로 읽어낸 것 외에는 알 수 있는 게 거의 없었다.

『안 움직이는데.』

『날 보고 있군.』

신은 후드에 가려진 어둠 너머의 시선이 자신을 향하는 것을 알 수 있었다. 후드에는 얼굴을 감추는 효과가 있는 것 같았지만 신에게는 통하지 않았다.

플레이어이기 때문인지 미스터 XXX라는 남자의 얼굴 조형은 상당히 준수했다.

곱상한 얼굴로 설정하는 플레이어도 있었지만, 이번엔 남자임을 분명히 알 수 있는 외모였다.

크게 뜬 푸른 눈동자가 신을 똑바로 주시하고 있었다. 피부가 병적일 만큼 새하얀 탓에 눈동자만 형형하게 빛나는 듯했다.

그는 마치 믿을 수 없는 존재를 목격한 듯한 표정으로 놀라고 있었다.

"당신, 이름, 은⋯⋯?"

살짝 쉰 저음의 목소리였다. 평범한 청력으로는 제대로 들을 수 없을 만큼 작았지만 신의 귀에는 정확히 들렸다.

그 목소리는 상대가 자신이 생각한 인물이기를 간절히 기도하는 듯했다.

게임 시절에는 빙의 상태에서도 말을 할 수 있었다. 즉시 공격하지 않는 이유는 알 수 없었지만, 신은 뭔가 정보를 얻어낼 수 있을까 싶어서 대화에 응했다.

"【애널라이즈】로 알 수 있잖아."

"내, 그걸로는⋯⋯ 보이지, 않아. 부탁한다. 가르, 쳐줘."

남자의 얼굴이 점점 일그러졌다. 마지막으로 나온 말은 애원에 가까웠다.

괴로워하는 것은 【빙의】에 저항하고 있어서일 거라고 신은 추측했다.

빙의된 몬스터와 플레이어의 능력치 차이에 따라서는 멋대로 움직이려는 몸을 약간 억제할 수도 있었다.

몬스터를 이끌고 파츠나를 습격하려던 두긴의 등에서 나타난 인물이었다.

타이밍만 보면 두긴을 조종하는 흑막 같은 등장이었지만, 남자의 얼굴은 그런 엄청난 일을 꾸미고 있는 것처럼 보이지 않았다.

괴롭게 일그러진 얼굴은 자신의 의지로 파츠나를 습격하려는 사람의 것이 아니었다. 십중팔구 【빙의】에 의해 강제당한 것이리라.

"내 이름은 신. 영웅이라느니, 사신이라느니, 플레이어 사이에선 제법 유명하다고 자부하고 있어."

그의 뒤에는 동료들이 있었다. 파츠나까지의 거리도 몇 시간씩 걸릴 만큼 멀진 않았다.

만약 이 남자가 미끼거나 괴로워하는 연기를 하는 것이라도 대처는 가능했다. 신은 그렇게 생각하며 자신의 이름을 밝힌 것이다.

반응은 극적이었다.

"아아, 으으, 역시! 제대로, 봤군. 카학, 드디어, 드디어다!"

환희.

이따금씩 괴로워하는 가운데서도 남자의 얼굴엔 절망 속에서 한 줄기 희망을 찾아낸 듯한 기쁨의 표정이 떠올랐다.

두 눈에서는 눈물이 흘러넘치고 좌우로 펼친 양팔을 하늘 높이 치켜들었다.

그런 모습은 과장된 연기 같기도 하고 억제할 수 없는 감정을 분출하는 것 같기도 했다.

"난 질문에 대답했어. 이번엔 내 질문에 대답해줘."

신은 무기를 겨눈 채 남자에게 말했다.

신은 대화가 통할지 확신이 없었지만, 남자는 잠시 후 진지한 표정을 지었다.

"미안하다. 나도, 모르게……. 그랬, 지. 전해야, 만, 하는 일, 이, 있다."

눈물이 남자의 뺨을 타고 흘러내렸다. 괴로운 표정을 유지한 채로 쥐어 짜내는 듯한 말이 이어졌다.

"몬, 스터를, 조종해, 서, 도시를 습, 격하려, 하고 있다. 프, 플레이, 어, 도 조, 조종……!!"

남자는 무언가를 필사적으로 전하려 했지만 입만 뻐끔거릴 뿐, 정작 말은 나오지 않았다.

말로 전하는 게 무리라는 걸 깨달은 남자는 로브에 손을 걸치고 억지로 찢어내려 했다.

남자의 손이 로브를 10세메르가량 찢다가 멈추었다. 제한 같은 것에 걸린 것 같았다.

로브가 찢어지면서 남자의 목덜미가 드러났다. 신은 그곳에 보이는 물체를 똑똑히 인식했다.

"그 목걸이는……!"

"이것뿐, 만이, 아니다. 하지만, 이, 것이, 가장, 위험하, 다."

신이 목걸이를 알아보았다는 걸 이해한 것이리라.

남자는 보이는 범위를 조금이라도 넓히기 위해 로브가 찢어진 부분에 손을 댔다.

이 모습을 똑똑히 보고 절대 잊지 말라는 듯이 강한 눈빛으로 호소하고 있었다.

"괜찮아. 【빙의】도『예속의 목걸이』도 내가 해제할 수 있어."

단순히 조종당할 뿐이라면 구할 수 있었다. 신이 그렇게 생각하며 말했지만 남자는 고개를 가로저으며 대답했다.

"이것, 만이, 아냐."

남자는 가슴을 움켜쥐며 말했다. 두긴의 등에 올라타 있을 여유도 사라졌는지 그대로 땅에 떨어지고 말았다.

낙법조차 없이 머리부터 떨어지더니 움직이지 않았다. HP가 줄어들지 않은 걸로 보아 대미지는 없는 것 같지만 누가 봐도 상태가 이상했다.

"이봐!"

신은 소리치며 상태 이상에서 회복시키는 스킬을 사용했다.『예속의 목걸이』는 시전자가 직접 손을 대어야 했지만 상태 이상뿐이라면 다소 떨어져 있어도 효과가 있었다.

그러나 표시되는 정보 중에서 【세뇌】라는 글자는 사라지지 않았다.

남자가 괴로워하기 때문인지 두긴은 움직이지 않았다. 신은 경계하면서도 남자에게 다가갔다.

"필마는 가르마지 쪽을 견제해줘."

"무모한 짓은 하면 안 돼!"

신은 필마에게 고개를 끄덕여 보이며 남자에게 더욱 가까이 다가갔다. 둘의 거리가 10메르 안으로 좁혀졌을 때 남자가 움직였다.

"크아, 아, 아아……아아아아아아아AAAAAAAAAAAAAAAA AAAAAAAAAAA!!"

절규.

남자는 땅에 쓰러진 채로 단말마 같은 비명을 질렀다.

"어떻게 된 거야?"

이상한 분위기를 감지한 신은 걸음을 멈췄다.

남자는 발버둥치듯 허우적대다가 비명을 멈췄다.

그리고 잠시 뒤에 몸을 일으켰다.

단, 보통의 경우처럼 땅에 손을 짚고 일어선 것이 아니었다.

팔도 다리도 움직이지 않았다. 그럼에도 불구하고 소리도 없이 몸이 슬쩍 위로 들렸다.

보이지 않는 손이 직립 자세의 인형을 일으켜 세우는 것처럼 부자연스러웠다.

"부탁, 한다."

남자의 얼굴은 새파랗게 질리는 것을 넘어 흙빛이 되어 있었다. 시선은 똑바로 신을 향한 채 입을 움직였다. 입을 제외하면 꿈쩍도 하지 않았다.

"죽여, 줘."

쥐어 짜내는 듯한 목소리였다.

그리고 그것이 신호가 된 것처럼 남자의 몸에 변화가 일어났다.

하늘을 뒤덮던 검은 구름의 일부가 남자의 몸에 모여들었다.

남자를 휘감으며 2메르 정도의 구체를 이룬 검은 구름은 몇 초 뒤에 걷혔다.

남자는 여전히 그곳에 서 있었다.

마치 구름이 몸에 스며든 것처럼, 몸과 옷이 온통 검은색으로 물들어 있었다. 눈동자도, 입안도 전부 검게 변한 남자가 움직였다.

잔뜩 삐걱거리는 소리를 내며 몸이 팽창했다.

팔도, 다리도, 몸통도―그리고 머리도.

팔과 다리가 길게 늘어나며 두 개로 분열되었다. 몸통도 그에 맞춰 비대하게 변했다.

옷도 변화하면서 남자가 입던 바지와 셔츠는 로브와 동화되었다.

얼굴도 몸과 마찬가지로 비대해졌다.

다만 그것은 머리가 그대로 커지는 것과는 조금 달랐다. 커진 건 마찬가지지만 안쪽에서부터 부풀어 올랐던 것이다.

남자의 얼굴을 본뜬 풍선을 부풀렸다는 표현이 가장 적당할 듯한 모습이었다.

그리고 비대화가 끝나자 얼굴의 구성 요소가 떨어져 내렸다.

처음부터 접착제로 붙여놓았던 것처럼, 눈과 코, 입, 귀, 머리카락까지 전부 떨어져나가고 까만 타원형 구체가 목 위에 얹힌 듯한 모습이 되었다.

―【헬스크림 레벨 804】

표정이 굳어지는 신의 시야에 【애널라이즈】의 정보가 표시되었다.

그와 동시에 아무것도 없던 얼굴 위로 초승달 형태의 선이 나타났다. 입이었다.

'히죽'이라는 말로나 표현될 만한 불쾌한 미소. 머리에 다른 부분이 없다 보니 유독 그 미소만이 눈에 띄었다.

흉소(凶笑)의 마물. 플레이어들 사이에서는 전투력과 별개로 섬뜩한 외형 때문에 그렇게 불리곤 했다.

헬스크림은 실체를 가진 고스트형 몬스터 중에서도 전투력이 상위에 속하고 플레이어들이 상당히 혐오하는 몬스터였다.

육체를 가졌음에도 실체가 없는 고스트처럼 허공을 떠다니며 마법으로 공격해온다.

여기까지는 그나마 괜찮았다. 비실체형 몬스터라면 그게 당연하다고 할 수 있었고, 비행 계열 몬스터의 전법도 그와 비슷했다.

문제는 헬스크림의 특수 공격이었다. 그 커다란 입에서 터져 나오는 절규에는 장비의 내성을 무시하는 【스턴】 효과가 있었던 것이다.

절규 중에는 공격하지 않으므로, 적이 헬스크림 하나라면 절규가 끝날 때까지 기다렸다가 공격하면 그만이었다.

그러나 여러 마리가 교대로 절규하면 상태 이상에 강한 종족 외에는 행동 불능이 되어 일방적으로 공격당하게 된다.

흔히 말하는 무방비 상태가 되어버리는 것이다.

【스턴】에 무조건 걸리진 않는다는 점이 그나마 다행이지만 절규에 연속으로 당하다 보면 대부분 빠져나갈 수 없게 되므로, 올바르게 대처하지 않으면 도망치는 것도 쉽지 않았다.

다만 그것뿐이라면 신의 상대는 되지 못한다.

하이 휴먼은 상태 이상에 대한 저항력이 타 종족에 비해 압도적으로 높았기 때문에 스턴에 거의 걸리지 않았고, 헬스크림에 대처하는 방법도 숙지하고 있었다.

게다가 한 마리였기에 성가시긴 해도 위기감을 느낄 만큼 강한 상대는 아니었다.

그러나 이번엔 양상이 조금 달랐다. 출현한 헬스크림이 자신이 올라탄 두긴을 향해 손을 뻗었던 것이다.

그와 동시에 비명이 울려 퍼졌다. 비명의 발생원은 두긴이었다.

두긴의 온몸에서 미세한 빛의 입자 같은 것이 솟아나더니 헬스크림이 뻗은 손으로 빨려 들어갔다.

불과 몇 초 만에 두긴은 더 이상 버티지 못하고 쓰러졌고, 온몸에 시커먼 아우라를 두른 헬스크림의 몸이 그 위로 떠올랐다.

"이건 나도 예상 못 했는데."

위압감이 확 달라진 헬스크림을 보며 신의 표정이 굳어버렸다.

플레이어가 몬스터로 바뀌는 건 게임 시절엔 불가능한 현상이었다.

게다가 원래의 헬스크림은 드레인 공격을 사용하지 못한다.

헬스크림은 두긴을 일방적으로 흡수할 만큼 강하지 않았다. 원인은 틀림없이 그 플레이어였으리라.

육체가 변이된 것을 보면 조종당했다기보다 잠식당한 것에 가까워 보였다. 단순한 【빙의】가 아니라는 것만은 확실했다.

"이번 일의 흑막인 걸까?"

"글쎄. 저 정도면 어설픈 뒤 공작은 필요 없을 것 같은데."

헬스크림이 직접 나서지 않아도 가르마지, 키큐즈 무리만으로 파츠나를 충분히 함락할 수 있었다. 따라서 굳이 왕성에 독을 퍼뜨릴 이유는 없다고 봐야 했다.

"목적이 뭐든 간에 저 녀석을 여기서 쓰러뜨려야 해."

신이 무기를 고쳐 잡으며 헬스크림을 향해 겨누었다.

자신이 아는 헬스크림과는 다른 존재라 생각하며 일단 접근하지 않고 공격해보기로 했다.

신이 발동한 것은 화염 마법 스킬【스피어 메이서】였다.

굵기 10세메르 정도의 열선이 여섯 개, 헬스크림을 향해 일직선으로 뻗어나갔다.

빛 마법만큼은 아니어도 열선은 상당히 빨랐다.

신이 아는 헬스크림이라면 정통으로 맞진 않아도 완전히 피할 순 없는 속도였다. 그것을 눈앞의 헬스크림은 완벽히 회피했다.

"【미라지 스텝】……?"

헬스크림은 공중에 떠 있으면서도 땅을 박차듯 움직였다.

【축지】처럼 순식간에 이동하는 것이 아니라 잔상을 남기며 이동하는 모습은 근접 계열 플레이어가 많이 사용하는 이동 계열 스킬과 유사했다.

잔상은 몇 초 동안 그곳에 남기 때문에 옆으로 이동하다 후퇴할 경우 잔상이 본체를 가려준다는 점까지 일치했다.

여기서 이상한 점은 단 한 가지였다. 【미라지 스텝】은 플레이어 전용 스킬이다.

비슷한 효과의 스킬과 공격 수단을 가진 몬스터가 없는 것은 아니지만, 동작과 부가적인 효과까지 너무나 비슷했다.

상대가 사용한 스킬명이 표시되는 것은 아니므로 헬스크림이 【미라지 스텝】을 사용했다고 단언할 수는 없었다.

그러나 【미라지 스텝】의 효과를 잘 아는 플레이어가 보면 신이 아니더라도 십중팔구 그렇게 생각할 것이다.

"흡수한 플레이어의 스킬을 사용할 수 있게 되는 건가?"

"그렇게 생각하는 게 타당하겠지."

몬스터의 스킬과 플레이어의 스킬은 동일한 것도 많지만 명확히 다른 것도 있었다. 【미라지 스텝】의 경우는 비슷한 스킬이 존재하는 것뿐이었다.

다만 게임에서는 헬스크림처럼 공중에 뜬 몬스터가 다리를 움직여 이동하는 스킬은 없었다.

공중에 떠 있으므로 굳이 스텝을 밟지 않아도 전후좌우, 그리고 위아래로 자유롭게 움직일 수 있지 않은가.

"그렇군. 방금 그건 조련사의 【명맥봉납(命脈奉納)】……!"

신은 조련사의 스킬에 대해 자세히 알진 못했지만 캐시미어에게서 들은 것 중에 특히 인상에 남았던 것을 떠올렸다.

플레이어가 사용하면 사역마의 HP를 주인에게 흡수시킬 수 있는 스킬이었다.

플레이어가 사용할 경우, 실질적인 강제 HP 드레인이 되어 사역마의 호감도가 급격히 떨어진다.

따라서 사역마를 소중히 여기는 플레이어라면 절대 사용하지 않는 스킬로 여겨졌다.

참고로 사역마의 호감도가 높으면 위기에 빠진 플레이어를 위해 사역마가 자진해서 사용해줄 때도 있었다.

"역시 조종당하는 건가. 하지만 일개 몬스터가 플레이어를 상대로 이 정도까지 할 수 있는 거야?"

신은 데몬과 악마라면 충분히 가능할 거라 자답했다.

고스트와 레이스 같은 사령 계열 몬스터는 강한 원념이 마소(魔素)에 의해 변모한 것이라 여겨진다.

그런 식으로 생각해보면 헬스크림이 파츠나를 습격하는 것도, 플레이어를 괴롭히는 것도 충분히 설명이 가능했다.

두긴을 조종해 독을 퍼뜨린 것도 그렇고 가르마지가 서식하기 쉬운 영역을 넓히는 것도 살아 있는 자에 대한 공격으로 볼 수 있었다.

왕성에서 벌어진 사건도 단순히 괴롭히려는 이유였다는 식으로 이해할 수 있었다.

그런 상태로 만드는 것 자체가 목적이었다면 가만히 방치해두었던 것도 납득이 가지 않는가.

다만 누군가가 몬스터와 플레이어를 조종하려 한다는 남자의 말을 떠올려보면 그렇게 간단한 이야기는 아닐 것이다.

"게임 시절에는 불가능했던 일, 상상조차 못 했던 일이 가능해졌다는 건 알았지만……."

　신은 지금까지 경험한 사건들과 눈앞에서 벌어지고 있는 현상을 생각하며 문득 그렇게 중얼거렸다.

　지금의 세계에서는 일반인의 성장이 금방 정체된다. 선정자조차 능력치의 상한선이 있었다.

　그에 반해 몬스터는 상한선이 없거나 성장의 폭이 넓었다. 게다가 생겨난 순간부터 고레벨인 경우도 많았다.

　신은 플레이어였기에 몬스터의 레벨이 어느 정도 정해져 있다는 게 오히려 자연스럽게 느껴졌다.

　날마다 성장하는 플레이어가 질리지 않도록 다양한 레벨, 특성을 가진 몬스터를 만들어내는 건 게임에서는 당연한 일이었다.

　몬스터가 사람들―NPC를 습격하는 건 흔한 이벤트 개시 신호였다.

　가공의 비극을 목격한 플레이어들은 의기양양하게 싸움에 나선다.

　희귀 아이템을 위해 몬스터의 출몰을 일부러 기다리는 사람이 있는가 하면, 이벤트 때 추가되는 랜덤 박스만 구매하고 정작 이벤트는 방치하는 사람도 있었다.

　그것이 게임에서의 플레이어라는 존재였다.

　물론 이쪽 세계는 다르다는 걸 신도 알고 있었다.

　상태 이상은 매우 유효하며 교회에서 성녀를 유괴했던 밀트처럼 조종당할 수도 있었다. 부활은 불가능해서 살해당하면 죽는다.

플레이어가 상태 이상이 되거나 사망하는 것도 게임에서는 일상다반사였고 지극히 자연스러운 일이었다. 그러니 이쪽에서도 똑같은 일이 발생할 수 있다는 걸 신도 납득하고 있었다.

그러나 이번엔 조금 달랐다.

몬스터가 변질된 게 아니었다.

이쪽 세계의 사람들이 변화한 게 아니었다.

플레이어가 몬스터로 변모한 것이다.

신은 그 사실에 큰 충격을 받았다.

어쩌면 그것은 동요하거나 혼란스러워하지 않아도 될 만큼 사소한 일이었다.

다만 '너희는 그 정도로 특별한 존재가 아니다'라는 말을 듣게 된 것만 같았다.

'나도 마음속 한편에서 플레이어는 다르다는 생각이 남아 있었는지도 모르겠군.'

언젠가 교회의 성녀인 해미가 데몬에게 납치당했을 때, 사자로 온 여성이 몬스터로 변한 적이 있었다. 사람이 몬스터로 바뀔 수 있다는 것은 이미 주지의 사실이었다.

그러나 그 여성은 전(前) 플레이어가 아니었다. 지금 생각해보면 신은 아직 이 세계에서 전 플레이어가 죽는 것을 보지 못했다.

"빨리 처리하고 싶은데, 할 수 있겠어?"

"……괜찮아. 기다리는 손님이 많으니까 말이지. 빨리 끝내자고."

신은 필마의 말에 고개를 끄덕이며 일단 생각을 멈추었다.

생각은 현재의 국면을 뛰어넘은 뒤에 해도 늦지 않았다.

가르마지와 키큐즈는 아직 신과 필마의 힘에 겁을 먹고 움찔거리고 있었다.

신 일행에겐 그렇게 버거운 상대가 아니지만, 만약 전투에 난입하기라도 하면 복잡해질 수 있었다. 숫자가 많은 데다가 헬스크림과 동시에 상대해야 하기 때문이다.

헬스크림이 신이 알던 일반 개체라면 괜찮을 테지만 이번엔 명백히 다르다는 게 문제였다.

아직은 스킬을 사용하는 모습밖에 보지 못했지만, 다른 능력이 없으리란 보장이 없었다.

플레이어가 사용하는 스킬 중에는 마법 스킬을 반사하는 것도 있었다.

가르마지 무리를 괴멸하기 위해 신이 사용한 마법을 되받아치기라도 한다면 타격을 피할 수 없을 것이다.

스킬은 직업에 따라 습득할 수 있는 것이 달랐다. 그러나 직업은 전환이 가능했고 전직 전에 배운 스킬도 아무렇지 않게 사용할 수 있었다.

물론 직업만 바꾼다고 스킬을 익힐 수 있는 건 아니며 나름의 수고를 들여야 한다. 그러나 이것도 능력치와 마찬가지로, 수고만 들이면 모든 스킬을 배울 수 있었던 것이다.

따라서 남자의 스킬을 그대로 사용하는 헬스크림이 마법 반사 계열의 스킬을 사용하지 않으리라고 확신할 수는 없었다.

『신의 마법이라면 뚫어낼 수 있는 거 아냐?』

『저 녀석이 플레이어라면 그렇겠지. 하지만 저건 출현 방식부터 정상이 아냐. 일격에 쓰러뜨리려면 나름의 위력이 필요할 텐데, 만약 그걸 반사당한다면 우리도 낭패를 볼 거라고.』

필마도 마법으로 괴멸하는 방법을 생각한 것 같았다.

평범한 헬스크림이었다면 아무 걱정 없이 쓱싹 해치웠을 테지만, 이번엔 상황이 상황인 만큼 신은 신중을 기하기 위해 접근전을 펼치기로 했다.

가르마지 무리가 움직이지 못하는 지금이 기회였다.

『일단 원래대로 되돌릴 수 있나 시험해볼게.』

『되돌릴 수 있어? 저걸?』

『그래서 일단 해본다는 거야.』

신은 접근전을 벌이며 【빙의】 상태를 해제할 생각이었다. 게임 시절에는 충분히 가능한 일이었다.

다만 지금의 미스터 XXX는 단순한 【빙의】 상태와는 거리가 멀었다.

신도 사실 되돌릴 수 있을 거란 생각은 거의 하지 않았다. 게임 시절의 법칙에서 벗어난 존재에게 게임 시절의 법칙이 그대로 적용될 리가 없기 때문이다.

하지만 시도해볼 가치는 있었다. 성공한다면 많은 것을 얻을 수 있을 테고, 실패하더라도 손해 볼 것은 없었다.

같은 플레이어지만 신은 미스터 XXX라는 닉네임을 몰랐고 얼굴도 기억나지 않았다. 어쩌면 그가 아는 누군가의 가족이나 친구일 수도 있겠지만, 지금은 알 수 없는 일이었다.

그래서 최대한 시도해본 다음 안 되면 쓰러뜨리기로 했다. 생각은 복잡했지만 할 일은 단순했다.

"간다."

신은 조용히 중얼거리며 두 걸음 만에 헬스크림과의 거리를 좁혔다.

이동 무예 스킬 【축지】에 의한 고속 이동이었다.

신의 능력치가 반영된 【축지】는 화면을 빠르게 돌린 것처럼 헬스크림 눈앞에 그의 모습을 출현시켰다.

무기는 이미 뽑아 든 상태였다. 고대급 일본도 『무월(無月)』이 하늘을 가르며 헬스크림을 덮쳤다.

그때, 헬스크림의 모습이 흔들렸다.

결국 『무월』이 베어낸 것은 헬스크림의 잔상뿐이었다. 【스피어 메이서】를 피할 때와 마찬가지로 【미라지 스텝】을 사용한 것이다.

미스터 XXX는 신을 알고 있었다.

아마 그의 전투력과 전투 방식까지 알고 있는 것이리라. 헬스크림이 그 지식까지 흡수했는지는 알 수 없었다. 다만 알고 있다는 것을 전제로 공격을 가했다.

일격에 끝내는 대신 대미지만 주려는 공격이었다. 피했어도 예정대로 스킬을 사용할 뿐이었다.

"【큐어ㆍ올】."

신은 특수한 상태 이상도 회복시키는 최강의 스킬을 헬스크림에게 사용했다.

【미라지 스텝】은 다리를 움직여야 했기에 자세히 보면 이동할 곳을 예상할 수 있었다. 일부러 피하게 한 후 피하는 위치에 공격을 {깔아두는} 전법도 존재했다. 이번엔 그게 정확히 적중한 것이다.

금색 빛이 헬스크림을 휘감았다.

단순한 【빙의】라면 몇 초 만에 빙의한 존재와 빙의당한 존재가 분리된다.

그러나 헬스크림은 빛에 휩싸이면서도 동요하지 않고 신을 공격해왔다.

로브 안에서 뻗은 네 개의 팔이 검은색과 보라색이 뒤섞인 빛을 냈다. 그것은 금색 빛을 집어삼키더니 거대한 갈고리가 되어 신을 향해 뻗어왔다.

신은 섬뜩한 색의 갈고리 발톱을 『무월』로 막아냈다. 차갑

게 빛나는 검신이 빛을 반사하며 허공에 두 번 호를 그렸다.

헬스크림의 입에 떠오른 흉한 미소가 괴로워하는 표정으로 바뀌었다.

특기인 마법 대신 접근전을 선택한 건 신에 대한 정보를 숙지했기 때문이리라. 그러나 결과적으로 좋은 선택이라고는 할 수 없었다.

신은 검을 휘두르면서 오른쪽 갈고리를 전부 베어버리고, 검의 방향을 돌려서 왼쪽 갈고리를 손목째로 베어냈다.

고스트와 레이스 같은 사령 계열 몬스터는 능력치가 공격에 편중되어 방어력은 약한 편이었다.

게다가 비현실체 몬스터에게도 공격이 통하는 『무월』과 신의 능력치가 합쳐진 이상 이런 결과는 당연하다 할 수 있었다.

설령 플레이어를 흡수했다 해도 근본적인 능력 차를 뒤집을 정도는 아니었던 것이다.

"이걸로도 안 되면 더 이상 방법이 없어."

비명을 지르며 거리를 벌린 헬스크림을 향해 신은 최후의 수단인【정화】를 발동했다.

원래는 저주의 칭호를 해제하는 것 정도로만 쓰이던 스킬이었지만, 티에라의 고향에서 보여주었듯이 지금은 게임에 없던 효과를 갖고 있었다.

【큐어】로는 이미 실패한 적이 있었기에 큰 기대를 갖지 않

앗지만【정화】라면. 신은 그렇게 생각했지만—.

"……안 되는 건가."

헬스크림은 그대로였다. 오히려 신이【정화】를 사용한 짧은 시간 동안 양팔을 재생시키고 있었다.

"쓰러뜨려도 되지?"

"그래, 끝내자."

신에겐 더 이상 쓸 수 있는 방법이 없었다. 필마의 질문에 고개를 끄덕이며 『무월』을 고쳐 쥐었다. 스킬을 발동하자 은색 칼날 위로 하얀빛이 솟구쳤다.

검술/빛 마법 복합 스킬【파사(破邪)의 태도(太刀)】였다.

특정 종족에게 추가 대미지를 주는 특수 스킬 중에서도 사령 계열을 대상으로 한 스킬이었다.

헬스크림은 위험을 감지했는지 갈고리에 담긴 힘을 강화하며 방어 자세를 취했다.

신이 한 걸음 내디뎠다.

방금 전과 마찬가지로【축지】에 의한 이동이었다.

다만 속도가 달랐다.

순간 이동으로밖에 보이지 않는 압도적인 속도 앞에서 헬스크림은 갈고리를 내민 채 움직이지도 못했다.

신이 『무월』을 휘둘렀다.

무방비한 몸통을 베어내면 헬스크림은 끝이었다.

칼날이 닿기까지의 짧은 순간—.

『죽고 싶지 않아.』

그런 목소리가 들려왔다.

"……?!"

말을 꺼낼 만한 틈은 없었다. 공기를 흔드는 발성도 없었다. 하지만 그것은 분명 변모하기 전의 남자의 목소리였다.

그곳에 있는 걸까?

의식이 살아 있는 걸까?

신의 몸이 빠르게 가속하고 있었기에 짧은 시간에도 생각을 할 수 있었다. 생각이 떠오르고 말았다.

마음의 흔들림은 즉시 칼끝으로 전해졌다.

헬스크림을 양단하려던 칼이 멈춰버렸다.

헬스크림의 입이 벌어지며 절규가 터져 나왔다. 수많은 플레이어를 살해한 헬스크림의 대명사였다.

"하아, 뭐, 그렇겠지."

신은 절규를 들으며 중얼거렸다.

헬스크림이 플레이어의 목소리를 이용해서 공격을 주저하게 한 것이리라. 어쩌면 못 이기는 상대에 대한 비장의 수인지도 몰랐다.

그러나 공교롭게도 절규는 단지 시끄러웠을 뿐, 신은 언제든지 헬스크림을 벨 수 있었다. 다만 걸려들었다는 듯이 우쭐대는 모습에 조금 열을 받았다.

그래서 가르쳐주기로 했다.

"이봐, 등 뒤는 늘 조심하라고."

스턴 따위에 걸리지 않았다는 것을 알려주기 위해 일부러 손가락으로 가리켜 보였다.

신의 존재와 스킬의 위협은 헬스크림의 주의를 완벽히 묶어두고 있었다. 그러나 이곳에는 처음부터 한 명이 더 있었다.

"편히 잠들어."

그 말에 헬스크림이 뒤를 돌아보자, 이미 피할 수 없는 거리와 속도로 휘둘러진 『홍월』의 칼날이 날아들고 있었다.

필마는 정면에서 상대를 베어 넘기는 것이 특기였다.

그러나 기척을 죽였다가 기습을 가하는 전법도 문제없이 수행할 수 있었다.

본인의 기량과 스피드, 방어구에 부여된 마력 방출에 의한 급가속이 합쳐지면 신에게 주의가 쏠린 헬스크림의 허를 찌르는 건 쉬웠다.

두 동강이 난 헬스크림은 단말마의 비명을 지를 틈도 없이 허공에 녹아버리듯 소멸했다.

"시체는 남지 않는 건가."

신은 헬스크림이 있던 곳을 바라보며 중얼거렸다.

비실체 몬스터에게는 당연한 최후였지만, 플레이어를 흡수한 만큼 뭔가가 남을지도 모른다고 생각했던 것이다.

"신, 감상에 젖어 있을 틈이 없어."

정말 아무것도 없는지 주의 깊게 관찰하던 신에게 필마가 말을 건넸다.

그녀의 눈빛이 가리키는 곳을 보면, 가르마지와 키큐즈 무리가 두 사람을 멀찍이서 포위하고 있었다. 그리고 두긴은 아직도 쓰러진 채였다.

"그래. 세티를 불러서 몬스터를 처리해달라고 하자. 두긴은 『예속의 목걸이』와 비슷한 걸 차고 있으니까 해제할 수 있는지 시도해볼게."

가르마지 무리는 일단 수가 많았다. 따라서 광역 마법이 특기인 세티가 나설 차례였다.

신은 도시에 남은 동료들과 심화로 연락을 취했다. 만약을 위해 슈니는 파츠나에 남기로 하고 세티와 유즈하를 보내달라고 했다.

"후후후, 드디어 내가 활약할 차례구나!"

거대화한 유즈하를 타고 달려온 세티는 상당히 들떠 있었다. 가르마지 무리는 두긴이 발생시킨 오염 영역을 벗어나지 않았기에, 한쪽 끝부터 쭉 섬멸해나가기 위해 돌격했다. 제법 넓은 곳에 걸쳐 있었기에, 놓친 적을 처리하기 위해 필마도 따라나섰다.

"흠, 이제 남은 건 너뿐이군."

세티와 필마를 보낸 신은 두긴을 돌아보았다.

신 일행이 싸우는 동안에도, 그 뒤로도 두긴은 땅에 쓰러진 채 미동조차 하지 않았다. 【애널라이즈】로 보면 여전히 【세뇌】 상태로 표시되었다.

『예속의 목걸이』를 착용했을 때와는 조금 다른 상태였다.

목걸이도 신이 알던 것과는 디자인이 달랐다. 회수해두었던 목걸이보다도 더욱 불길한 모양새였다.

그러나 분위기 내지 풍기는 사악함은 똑같았다. 신이 손을 갖다 대자 작은 금속음과 함께 산산조각이 났다.

【힐】을 시전하자 줄어들었던 HP 게이지가 회복됨과 동시에 두긴의 몸 상태도 원래대로 돌아왔다. 쓰러져 있을 때의 병약한 인상은 더 이상 남아 있지 않았다.

"응?"

몸을 일으킨 두긴은 잠시 동안 신을 바라보더니 갑자기 몸에서 빛을 내기 시작했다. 그리고 그 빛은 점차 두긴의 눈앞으로 모여들었다.

"이 광경은 전에도 봤던 것 같은데……."

신이 예상한 대로 빛은 보옥으로 바뀌어 신의 손 안으로 떨어졌다.

"너희들은 나한테 뭘 시키려는 거야?"

손 안에 들어온 보옥을 바라보며, 신은 대답을 듣지 못할 것을 알면서도 그렇게 물을 수밖에 없었다.

바옴루탄의 보옥을 두긴에게 사용해야 하는 것으로 추측했는데, 정작 두긴에게서도 보옥을 건네받은 것이다.

쌍을 이루는 두 존재의 보옥을 전부 얻은 셈이지만 사용법은 전혀 알 수 없었다.

일단 장비의 재료로 사용할 수도 있지만, 훨씬 강력한 장비를 착용한 상황에서 굳이 그럴 필요는 없을 것이다.

두긴은 이제 볼일이 끝났다는 듯이 한 번 울더니 하늘로 날아가 버렸다. 날아간 뒤로 그 시커먼 구름은 발생하지 않았기에 그냥 보내줘도 괜찮을 것 같았다.

"세티하고 필마는 잘하고 있는 것 같으니까 남은 문제는 이거로군."

세티가 퍼붓는 대규모 마법을 확인한 뒤, 신은 산산조각 난 목걸이로 눈을 돌렸다.

두긴이 【세뇌】 상태에 빠졌던 건 목걸이 때문일 거라 예상하고 있었다.

파편 중에서도 커다란 부분을 손에 들고 뭔가 알아낼 수 있는지 분석해보았다.

"……제작자의 이름이 있잖아."

생산직 플레이어는 다른 플레이어가 제작한 아이템이나 장비의 제작자명을 볼 수 있었다. 신의 무기에 새겨지는 매의 문장은 직접 넣어야 하지만, 제작자명은 자동으로 입력되었다.

그런 것이 목걸이에도 있었던 것이다.

목걸이 자체가 부서진 탓인지 정작 플레이어 이름은 제대로 표시되지 않았다.

그러나 플레이어의 이름이 기록된 흔적 자체가 이것이 사람의 손에 의해 만들어졌다는 것을 증명하는 셈이었다.

누군가에게 조종당해서 만든 것일까?

아니면 자기 의지로 제작한 것일까?

어느 쪽이든 간에 일이 복잡해질 거라는 건 변함없었다.

"이건 이제 우리들만으로는 감당하기 힘들겠군."

이런 물건이 양산된다면 대륙 전체가 혼란에 빠질 것이다.

남자가 전해준 말들과 위험한 목걸이. 신 일행 같은 소규모 파티가 아니라 국가 규모의 큰 조직이 맡아야 할 사안이었다.

"일단은 슈니에게 돌아가서 다 함께 이야기해봐야겠군."

다행히 지금까지의 모험을 거치면서 왕족과 대상인처럼 일반적으로 접하기 힘든 인물들과의 연줄이 생겨났다. 그것을 활용하면 어느 정도는 도움이 될지도 모른다.

신은 그렇게 생각하며 슈니에게 심화를 연결했다.

두 사람의 연금술사 | S i d e   S t o r y

『영광의 낙일』.

그렇게 불린 날은 『THE NEW GATE』라는 세계의 주민들에겐 청천벽력이나 다름없었다.

대규모 지각 변동이라는 유례없는 재해. 그것은 『육천』이라 불리던 길드의 NPC들에게도 예외 없이 들이닥쳤다.

『붉은 연금술사』 헤카테의 부하인 옥시젠과 하이드로도 『5식 혼란 정원 로메눈』 안에서 진동을 견디고 있었다.

"아~! 귀중한 시약이~!!"

"여기는 어지간한 지진으로는 진동도 못 느낄 텐데 말이지!"

위아래로 크게 흔들리나 싶더니 다음엔 좌우로 흔들리는 식의 불규칙한 진동이 몇 번이고 이어졌다.

실험대 위에 놓인 시약뿐만 아니라 약접시와 시험관, 저울 등이 함께 바닥에 쏟아져 있었다. 선반 안에 보관된 물건은 보호 효과 덕분에 무사한 것이 불행 중 다행이었다.

제대로 서 있기도 힘들 정도의 진동은 하루가 넘게 계속되었다.

"장난 아니었어."

옥시젠이 어이쿠 하는 소리를 내며 몸을 일으켰다. 너무 오래 흔들렸던 탓에 머리칼은 푸석푸석하고 몸도 비틀거렸다.

"동감이군. 로메눈은 내진성뿐만 아니라 흔들림 자체를 억제하는 효과도 완벽할 텐데. 이 안에서 이 정도의 진동을 느끼게 될 줄이야. 작은 도시들은 괴멸 상태에 빠졌겠는데?"

하이드로는 자신이 느꼈던 진동을 떠올리며 바깥 상황을 보러 나갔다. 로메눈이 위치한 곳에서는 근처 도시가 간신히 보였다.

시력 강화 스킬이나 아이템을 사용하면 외벽과 그 주위의 상황도 살필 수 있었다. 그 외에도 로메눈 주위가 어떻게 되었는지를 확인해야 했다.

"……이런, 이런. 심상치 않은 상황인 줄은 알았지만, 이게 대체 어떻게 된 거지?"

창밖을 내다보던 하이드로가 쓴웃음을 지으며 중얼거렸다. 그리고 어깨를 으쓱거리며 한숨을 쉬었다.

"아하하, 이건 웃음밖에 안 나오네."

옥시젠은 흩어진 시약과 실험 도구를 피하면서 하이드로 옆으로 다가왔다.

흰 가운의 옷자락이 바닥에 끌려 피한다는 의미가 거의 없었지만, 지금 그런 것은 아무래도 좋았다. 옥시젠은 어처구니가 없다는 듯 웃다가 하이드로가 그랬듯 한숨을 쉬었다.

창밖의 광경은 완전히 바뀌어 있었다.

길드하우스 자체는 무사하지만 주변에 피어 있던 다양한 종류의 식물들은 온데간데없었다. 존재하는 거라곤 깨지고 부서진 대지와 바람에 흩날리는 모래 먼지 정도였다.

"넓게 펼쳐져 있던 숲은 흔적도 안 남았고, 저쪽엔 커다란 호수가 생겨났어. 하지만…… 설마 산이 사라질 줄이야. 자연의 힘은 그만큼 위대하다는 건가?"

옥시젠은 다른 곳으로 시선을 돌리며 "우와" 하고 감탄했다.

로메눈은 가장 가까운 도시에서 30케메르 정도 떨어진 산맥 내에 위치했다.

그러나 이제 어디를 찾아봐도 도시는 보이지 않았다. 지면이 가라앉으면서 로메눈의 위치도 크게 낮아진 것 같았다.

"이 정도의 현상이 자연스럽게 발생한다고? 이봐, 이봐, 옥시젠. 아까 흔들릴 때 시약이라도 잘못 마신 거야? 산이 사라진 건 환각이 아니라고."

"가능성이 전혀 없는 건 아니잖아. 뭐, 아까 그건 농담이었지만 말야. 우리 주인님도 이 정도의 대규모 현상은 일으키지 못하잖아. 당장 생각나는 건 주인님이 전에 이야기했던 『운영진』이라는 존재 정도겠지. 하지만 그것과도 규모가 너무 달라. 이건 새로운 던전이 하나 생겨나는 수준이 아니잖아."

"네가 제정신이라 다행이군. 그래서……."

하이드로는 앞으로의 방침에 관해 이야기하려다 무언가를

깨달은 것처럼 말을 도로 삼켰다.

이야기를 듣고 있던 옥시젠도 그것을 지적하지 않았다. 아무 말 없이, 서로를 마주 보는 모습으로 움직임을 멈추었다.

그렇게 5분 정도가 지났을 때, 두 사람은 동시에 입을 열었다.

"이상하군. 이건 아무리 생각해도 불가사의해."

"이상하네. 창밖의 광경 따윈 생각도 안 날 만큼 이상해."

그건 주변이 아니라 자신들에게 일어난 변화였다.

두 사람에게는 방금 전까지 계속되던 지진을 잊어버리게 할 정도의 대사건이었다.

"어째서 우리는—."

"왜 우리는—."

"이렇게 자연스럽게 대화할 수 있는 거지?"

너무나 당연한 듯 행동하다 보니 깨닫기까지 시간이 걸린 것이다.

지금까지 절대 어길 수 없었던 행동 제한. 그것이 소멸해 있었다.

✝

"내 생각에 이번 실험을 시작했을 때는 이미 이런 상태였던 것 같아."

자신들에게 벌어진 일을 파악한 옥시젠과 하이드로. 옥시젠은 요 며칠 동안의 행동을 되짚은 끝에 그런 결론을 내렸다.

"동감이야. 실험 중에 지금과 똑같은 상태로 토론했던 기억이 있어."

하이드로는 지진과 관계가 있을지도 모른다고 덧붙이며 고개를 끄덕였다. 그들은 연금술사였다. 아무리 미심쩍어도 정확한 근거 없이 결론을 내리진 않는다. 그저 하나의 가능성으로만 기록해둘 뿐이다.

"우리들의 변화는 과거에 한 번, 그리고 이번이 두 번째라는 건가."

"그래. 그때 벌어졌던 일들과 유사한 부분을 찾아보자."

첫 번째 변화 역시 갑작스러웠다. 자신이라는 존재를 자각하고, 머릿속에 밀려드는 정보를 처리한 것이 생각으로 이어졌다. 그것을 가능케 한 것은…….

"주인님의 친구 신 님이 말한 『데스 게임』이었지. 우리에겐 주인님이 없어서 정보를 얻는 게 상당히 느렸지만 틀림없을 거야. 그것 말고는 이렇다 할 이유가 없어서 가장 유력해 보인다는 게 문제긴 하지만 말이지."

생각을 할 수 있게 됨으로써 당시 전 세계에서 벌어지는 사건도 알 수 있었다.

불사신이던 플레이어들은 사망하고, 세계가 『데스 게임』에

장악당할 때 강림하지 않았던 플레이어는 이 세계로 다시 올 수 없게 되었다.

"그때는 우리도 어쩔 줄 몰랐잖아. 『육천』 중에선 신 님만 여기에 와 있었고."

"한 명이라도 있었던 게 어디야. 아무도 없어서 뭘 어떻게 해야 하는지 몰라 한탄하던 녀석이 잔뜩 있었다던데."

세계가 격변한 뒤에도 자기 의지로는 거의 움직일 수 없었던 그들이지만, 외부의 정보와 완전히 분리되어 있었던 건 아니었다.

플레이어가 없는 동안에도 NPC가 가게의 종업원으로 일하거나 퀘스트를 수행해 자동으로 아이템을 습득하고 돈을 벌어주는 오토 모드가 존재했다.

하이드로와 옥시젠에게도 그것이 설정되어 있었고, 그때 같은 NPC들끼리 정보 교환이 이루어졌던 것이다.

"하지만 그때는 지형이 바뀌진 않았었지. 신규 던전이 출현하는 건 드문 일이 아니고, 일부 지역이 해방되는 것도 예전부터 자주 있었어."

신이 도전했던 『이계의 문』도 그중 하나였다. 플레이어들이 말하는 『이벤트』가 개최될 때마다 한정적으로 열리는 던전 외에 자동으로 생성되는 던전도 있었다.

새로운 변화라기엔 미미하다는 의견이 두 사람 간에 일치했다.

"우리의 경우는 사고 능력과 약간의 신체 제한이 풀렸다는 정도인가. 이건 지난번과 마찬가지군. 다만 그때와는 비교도 되지 않을 만큼 자유로워졌지만."

생각을 할 수 있게 되긴 했지만, 반쯤 꿈을 꾸는 것처럼 현실감이 없었다. 움직임도 정해진 동작을 반복하는 게 대부분이었기에 NPC들의 변화를 눈치챈 플레이어가 거의 없었을 정도였다.

그에 비해 이번 변화는 너무나도 극적이었다. 마치 규칙적으로만 움직이던 인형이 돌연 인간이 된 정도의 기적이라 할 수 있었다.

"이번에도 『데스 게임』이라는 것 때문일까?"

"이미 『로그아웃』도 『로그인』도 불가능한데 그걸 한 번 더 반복할 이유가 있겠어? 플레이어에게 가장 중요한, 이쪽에서 죽으면 본체도 죽는다는 점도 마찬가지잖아."

플레이어에게 일어난 변화를 떠올리며 옥시젠이 지적했다.

정지 버튼을 눌러 움직이지 않게 된 마도구의 정지 버튼을 다시 한번 누르는 거나 마찬가지였다. 아무 의미도 없었다.

"잠깐 기다려. 그것의 목적이 우리들에게 변화를 일으키기 위한 것이었고 플레이어에게 끼친 영향이 그 부작용 같은 거라면, 그게 거듭됨으로써 우리가 보다 자유로워졌다고 할 수 있지 않겠어?"

하이드로는 턱을 매만지며 플레이어에 대한 영향은 어디까지나 덤이 아니겠느냐고 말했다.

"그 가설을 부정하긴 어렵겠네. 확실히 일리가 있어. 하지만 우리가 목적인 것치고는 영향을 받은 양쪽의 변화가 너무 다르지 않아? 우리가 스스로 사고할 수 있게 되었다지만, 첫 번째 변화 때는 영향을 받기 전과 크게 다르지 않았어. 내내 반쯤 졸고 있는 것 같던 그때의 느낌을 지금 떠올리면 상당히 불쾌해. 하지만 플레이어들의 혼란은 그런 수준이 아니었다고. 만약 그 가설이 맞다면 지나치게 비효율적인 방법이야."

"흐음~ 역시 비약이 너무 심했던 건가."

자신의 논리가 반박당했음에도 하이드로는 특별히 신경 쓰지 않았다. 엉뚱한 발상이라는 건 처음부터 알고 있었기 때문이다.

"뭔가를 고찰해보고 싶어도 지금 우리와 대지가 변화했다는 것 말고는 아무것도 몰라. 토론 전에 조사가 필요하겠군."

"그 말도 맞아. 나도 모르게 이야기에 열중해서……. 이것도 우리 몸에 일어난 변화의 영향일까?"

과거에 있었던 일을 되짚으며 유사한 점을 찾으려 했던 것이지만, 어느새 원래 목적에서 벗어나 있었다.

애초에 이것이 인위적인 것인지 자연 현상인지 확실히 알 수 없었는데 말이다.

"일단은 커피라도 마시자고. 지금 우리에게 필요한 건 침착함인 것 같아."

옥시젠의 중얼거림을 들은 하이드로가 제안했다.

서로 마음이 급하다는 결론을 내리고, 물을 끓인 뒤에 커피를 마셨다.

†

"그럼 주변을 조사해보자. 식물이 사라져서 독이 없는 게 이번에는 다행이군."

장비를 갖춘 하이드로가 로메눈 출입구 주변을 둘러보며 말했다.

하이드로가 말한 대로, 원래는 이곳에 독을 흩뿌리는 식물들이 잔뜩 자라고 있었기에 내독 장비 없이는 조사가 난항을 겪었으리라.

만약을 위해 두 사람의 아이템 박스 안에는 해독용 아이템이 갖춰져 있었다.

"일단은 어디로 갈 거야? 로메눈의 방어 기능은 문제없이 작동하고 있으니까 주변 수백 메르는 이상이 없을 텐데."

"식물이 전부 사라졌는데 이상이 없다고?"

"곳곳에 파묻힌 게 보이니까 말이지. 그 식물들은 이 정도로 말라 죽지 않아. 너도 알잖아."

옥시젠이 흰 가운 소매로 가리킨 곳에는 지면의 균열 틈새로 식물의 덩굴 같은 것이 드러나 있었다.

【감정】으로 그것이 로메눈 주변 식물의 일부라는 것을 확인한 옥시젠은 하이드로에게 고개를 끄덕여 보였다.

식물의 본체는 땅속에 묻혀 있지만 말라 죽을 걱정은 없다는 것을 금세 알았기 때문이다.

"이것도 참 부자연스럽군."

로메눈에서 벗어난 두 사람은 창문을 통해 보였던 호수에 와 있었다. 주변이 대부분 황야였기에 조사할 만한 곳도 거의 없었던 것이다.

하이드로가 부자연스럽다고 말한 것은 호수가 생각했던 것보다 훨씬 깊고 넓었기 때문이다. 지면이 조금 내려앉은 수준이 아니었다. 대규모 토목 공사라도 벌였나 싶을 정도의 깊이였다.

두 사람의 능력으로는 로메눈에서 시력 강화 스킬을 사용해도 표면밖에 보이지 않았다. 가까이 이동해서 【투시】로 확인한 호수 밑 상황에 두 사람은 놀라움을 감추지 못했다.

"자연 현상이라고 생각해?"

"무리가 있겠지이."

이만큼 지반 침강이 일어났다는 말로는 납득하기 힘든 규모였다. 게다가 어디서 흘러들었는지 물까지 가득 고여 있었다.

"바닥에 뭔가가 있는 것도 아니군. 몬스터라도 있었으면 이 상황에 설득력이 생겼을 텐데 말이야."

"아니, 네 말이 맞을지도 몰라."

호수 바닥에 뭔가가 없는지 찾던 하이드로는 옥시젠의 대답에 그게 무슨 뜻이냐고 물었다. 그런 하이드로에게, 옥시젠은 보면 안다는 듯 팔을 들어 하늘의 한 곳을 가리켰다. 하이드로가 의아하게 생각하면서 올려다보자 검은 점 같은 것이 눈에 들어왔다.

"미니맵을 봐봐."

"미니맵? 아아, 그러고 보니 있었지."

미니맵은 기본적으로 플레이어가 보는 것이었기에, 하이드로는 옥시젠이 알려주고 나서야 사용할 수 있다는 사실을 떠올렸다. 그리고 거기 나타난 커다란 반응에 놀라고 말았다.

"이건 너무 크지 않나?"

"도망칠 준비는 완벽해."

옥시젠과 하이드로도 전투는 할 수 있었지만 어디까지나 덤이었다.

신의 서포트 캐릭터인 슈니처럼 높은 전투력은 갖추지 못한 것이다.

상대의 전의를 꺾기 위해 시야뿐 아니라 냄새와 소리, 마력까지 교란하는 연막 구슬부터 비장의 무기인 전송 결정석까지 준비해놓고 두 사람은 몸을 숨겼다.

커다란 바위 구석에 숨어 보호색 기능을 가진 망토까지 뒤집어쓸 만큼 완벽한 위장이었다.

잠시 뒤에 점으로만 보이던 물체의 윤곽이 드러나기 시작했다.

"두긴……이 틀림없는 것 같군."

"크기는 훨씬 크지만 말이지."

두 사람은 떨어지는 몬스터를 본 기억이 있었다. 환경 보전 몬스터로 불릴 만큼 인지도도 높았다. 외형이 크게 다르진 않았기에 틀림없었다.

특정한 부분이 비대해진 건 아니고 몸의 비율은 그대로 유지한 채 수십 배로 거대해진 것이 지금 낙하하고 있는 두긴이었다.

"까만 안개 같은 게 꼬리를 물고 있지 않아?"

"안개도 그렇지만 몸도 시커머네. 오염 물질을 흡수한 뒤라 그런가?"

옥시젠은 두긴의 몸 색깔이 바뀌는 이유를 알고 있었다. 주인인 헤카테가 이야기하던 것을 기억했던 것이다.

두긴은 두 사람의 눈앞에서 호수로 낙하했다. 정확히 노린 것처럼 호수의 정중앙이었다.

두긴이라는 거대한 물질이 낙하한 충격으로 대량의 물이 솟구쳤다. 작은 쓰나미라고 해도 될 파도가 일어나며 대지를 적셨다.

바위 뒤에 숨어 있던 옥시젠과 하이드로도 그 여파로 흠뻑 젖고 말았다.

하지만 지금 떠들어대면 두긴에게 들킬지도 몰랐기에 두 사람은 말없이 상황을 지켜보았다. 【투시】를 사용한 상태였기에 바위 뒤에서도 두긴의 모습을 관찰할 수 있었다.

"……가라앉은…… 건가?"

"그런가…… 보네."

두긴이 헤엄을 못 치는 건 아니었다. 오염 물질이 있는 곳이라면 어디든 나타나고 육해공 어디서나 활동이 가능했다. 관찰된 모습만 보면 두긴이 헤엄을 치려는 것 같진 않았다.

두 사람은 동시에 자신의 생각을 털어놓았다.

"안 움직였어."

몸을 둥글게 만 채로 떨어져서 그대로 가라앉았다. 두긴의 모습을 지켜보던 두 사람의 의견은 완전히 일치했다.

"레벨은 안 보이던데, 죽은 건가?"

"부상을 입은 것 같진 않았어. 몸이 변색된 정도를 보면 오염 물질을 지나치게 흡수한 것일 수도 있지만."

두 사람은 오염 물질을 한계까지 흡수한 상태를 본 적이 없었기에 호수 밑으로 가라앉은 두긴이 최종적으로 어떻게 될지 알지 못했다.

HP도 보이지 않아서 그것을 기준으로 생사를 판단할 수도 없었다.

"가까이 접근해볼까?"

"【애널라이즈】로 레벨이 안 보였으니까 말이지이. 저거, 틀림없이 우리보다 세겠지?"

이름도 레벨도 보이지 않는다는 건 기술로는 메울 수 없을 만큼 능력치가 차이 난다는 의미였다.

고성능 장비와 아이템이 있으니까 괜찮다고 안심할 만한 상대가 아니었다.

두긴이 살아 있기라도 한다면 전투에 능숙하지 못한 두 사람은 위기에 빠질 수도 있었다.

"하지만 영혼에 새겨진 호기심이 보러 가라고 말하고 있어."

"그게 문제겠지. 흐음, 이게 창조주에게서 부여받은 『설정』이란 건가. 자각하게 되니까 조금 이상한 느낌이군."

혼자 끙끙거리는 하이드로를 보고 옥시젠은 신선하다며 웃었다. 누군가에게 들은 것도, 책에서 읽은 것도 아니지만 분명히 알 수 있었다. 그것이 자신들의 최우선 항목으로 정해져 있다는 것을.

"호기심은 고양이를 죽인다고 하지."

"하지만 바보는 죽지 않으면 안 낫는다고 하잖아."

궁금하다고 가보는 것은 너무 위험했다. 그러나 이대로 돌아가는 것이 과연 정답일까?

두긴의 상태를 분명히 확인해두는 편이 좋지 않을까?

그런 구실 정도는 얼마든지 떠올릴 수 있었다. 그러나 두 사람 모두 굳이 입 밖에 내진 않았다.

"우리는 고양이일까, 아니면 바보일까?"

"그야 당연히 둘 다지."

『설정』을 핑계 삼는 건 쉬웠다. 그러나 지금의 자신들은『설정』에 행동을 강요받진 않는다는 것을 두 사람은 이미 알고 있었다.

따라서 이건『설정』의 강제력과 자신들의 생각이 일치한 결과였다. 어쩌다 보니 양쪽 모두 같은 방향을 향했을 뿐이다.

"철수해야 할 변명 찾는 거, 이제 그만할까?"

"동감이야. 이렇게 {재밌어 보이는 일}이 연속으로 일어나고 있는데 아무것도 알아보지 않고 로메눈으로 돌아가는 건 우리답지 않아!"

그들은 바보라는 병에 걸린 고양이였다. 목숨을 거는 위험보다 호기심을 충족시키는 것을 우선시하는 비상식적인 생물이라고 하이드로는 단언했다.

웃으며 고개를 끄덕이는 옥시젠 역시 같은 부류다.

더 좋은 장비를 갖추고 올까? 더 좋은 아이템을 가져올까? 돌아갈 이유 따윈 얼마든지 만들어낼 수 있다.

그렇지만 앞으로 나아간다.

『나중』이 아니라『지금』보고 싶다.『지금』알고 싶다. 만약 죽으면 죽는 거였다.

헤카테가 이 자리에 있었다면 화를 내기는커녕 적극적으로 보내주었을 거라고 두 사람은 확신하고 있었다.

"간다."

"좋아."

망토의 보호색 기능은 아직 살아 있었다. 두 사람은 거기에 소리와 냄새를 없애는 스킬도 사용하며 바위 뒤에서 나왔다.

호기심을 우선시했다지만 죽으러 가는 것은 아니었다. 위험을 피하기 위해 노력하는 건 당연했다.

대량으로 넘쳐흐른 물이 지면에 흡수된 탓에 호수에 가까워질수록 땅이 축축했다.

지진에 의해 변화한 땅은 대부분 흙을 헤집은 뒤 꾹꾹 눌러놓은 듯한 질감이었다. 거기에 수분이 흡수되자 두 사람은 한 걸음 내디딜 때마다 발이 미끄러지려고 했다.

"마법으로 굳혀버리고 싶군."

"두긴은 마법에 민감하니까 그만둬."

걷기 힘들어 짜증내는 하이드로를 옥시젠이 타일렀다.

지금 상태에서도 반응할지는 모르겠지만, 모처럼 모습을 은폐해놓고 자기 존재를 드러낼 필요는 없지 않은가.

물론 옥시젠도 내심 그러고 싶었다.

두 사람이 입은 흰 가운은 『검은 대장장이』 신이 제작한 것이었다. 동급의 장비 중에서도 성능이 한 단계 위였기에 지금도 착용 중이다.

다만 옥시젠의 흰 가운은 옷자락이 길게 남다 보니 땅에 끌린 부분이 요란하게 더럽혀져 있었다. 옷이 완전히 흰색이다 보니 특별히 깔끔한 사람이 아니라도 눈을 돌릴 만큼 지저분해 보였다. 게다가 물까지 조금 빨아들인 탓에 무거워진 상태였다.

옥시젠은 흰 가운을 질질 끌면서, 하이드로는 소리도 없이 호수를 향해 다가갔다.

몸을 숙이면 물에 닿을 거리까지 왔지만 두긴은 움직일 기미가 보이지 않았다.

"몸을 둥글게 만 상태에서 움직이지 않네. 죽은 건지, 아니면 휴면 상태일 뿐인지는 아직 모르는 건가."

"공격해오기라도 하면 어쩔 뻔했어. 우리로서야 다행이지."

호수 밑바닥을 들여다보며 옥시젠이 중얼거리자 하이드로는 어깨를 으쓱거리며 대답했다. 만약 움직인다면 도망치는 수밖에 없었다.

"어라, 변화가 있는데."

"물이 탁해지기 시작했구나. 혹시 모르니까 거리를 벌리자."

두긴 주변의 물이 변색되기 시작한 것을 보고 두 사람은 호수에서 떨어졌다.

물의 변화는 두긴을 중심으로 바큇살 모양으로 서서히 퍼지고 있었다.

변화가 물만으로 그칠 것인가, 아니면 지면에도 미칠 것인가. 두 사람은 【투시】와 【원시】 스킬이 끊기지 않도록 주의하면서 관찰을 지속했다.

애초부터 맑다고는 하기 힘든 물이었지만, 두긴의 영향으로 걸쭉한 폐수처럼 바뀌고 있었다.

변화는 호수 전체에 이르렀고 증기 같은 것도 피어올랐다. 땅도 색이 짙어지고 있었다.

두 사람은 서로에게 확인조차 하지 않고 아이템 박스에서 가스마스크처럼 생긴 장비를 꺼내어 장착했다.

가루와 증기 형태로 코와 입을 통해 흡입되는 독을 막아주는 장비였다.

오염된 호수에서 바람을 통해 전파되는 하얀 증기가 안전할 리는 없었기 때문이다.

피부를 통해 침투할 가능성도 있었기에 다른 방어용 아이템도 병용했다.

하얀 증기가 바람을 타고 흘러들었다.

그것을 두 사람이 함께 쐬는 것은 좋은 방법이 아니었으므로 옥시젠은 그곳에 남고, 하이드로는 옥시젠의 몸에 감은 로프를 쥐고 거리를 벌렸다.

만약 아이템으로 완전히 막아지지 않으면 하이드로가 옥시젠을 잡아끌고 철수할 예정이었다. 참고로 누가 남을지는 가위바위보로 정했다.

"아이템은 효과가 있어. 하지만 시간이 문제네."

잠시 뒤 흰 증기에 휩싸인 옥시젠은 자신의 상태를 관찰하고 있었다.

아이템 덕분에 독에 침식되진 않았지만 대신 아이템의 내구도가 엄청난 속도로 떨어지고 있었다.

【맹독】에도 3시간은 견디는 마스크의 내구도는 이대로라면 10분 만에 끝날 것이다.

두 사람은 조금이라도 많은 정보를 얻어가기 위해 시약 보존용 아이템으로 증기 샘플을 확보했다. 그리고 호수 물과 변색하기 시작한 토양도 채취했다.

아이템 박스에 모든 샘플을 집어넣은 뒤, 아이템의 잔여 시간을 주시하며 증기 속을 달렸다.

✝

"역시 독인가. 퍼지는 범위도 너무 넓고, 단순히 물이 기화된 것은 아닌 모양이군."

로메눈으로 돌아온 두 사람은 즉시 샘플을 분석하기 시작했다.

증기가 퍼지는 범위는 호수를 중심으로 매우 광범위했다. 그러나 로메눈의 영역 안으로는 들어오지 못하는지, 증기는 영역 끝을 스치듯 피해 가고 있었다.

"독은 체력 저하와 마비, 혼란이 섞인 복합 타입이야. 게다가 효과는 비슷한 타입의 3배 이상. 아이템으로 방어하지 못했다면 우리도 10분 넘게 활동하기 어려웠겠지. 『신화의 귀걸이』를 사용하면 더 오래 조사할 수 있었을 테지만 말이야."

"그건 주인님 외에 신 님의 서포트 캐릭터에게만 주어진 장비잖아. 우리는 만들어낼 수도 없고."

현재 두 사람이 사용할 수 있는 건 헤카테의 연구를 통해 나온 부산물과 다른 플레이어와의 공동 연구 샘플 정도였다. 완성품도 있지만 역시 최상급의 상태 이상 무효화 장비는 없었다.

"그렇다면— 아니, 저건!"

뭔가 말하려던 옥시젠이 창문에 찰싹 달라붙었다.

하이드로도 따라서 밖을 내다보자 그곳에는 호수 쪽으로 날아가는 몬스터가 있었다.

"드래곤 타입. 그것도 은색. 혹시 그건가……?"

"두긴이 있다면 찾아와도 이상할 건 없겠지. 쌍을 이루는 몬스터니까 말이야. 하지만 두긴이 떨어진 지 아직 1시간도 지나지 않았는데 이렇게 빠를 수 있는 거야?"

몬스터의 정체는 금세 짐작할 수 있었다. 너무나도 유명하기 때문이다.

다만 두 사람의 지식으로는 좀 더 시간이 지난 뒤에 오는 것으로 알고 있었다. 두 사람은 나란히 고개를 갸웃거리며 다음 행동을 고민했다.

헤카테의 조수로서 활동해온 덕분에 『연금술』과 『약제술』처럼 아이템을 생산하는 스킬은 상당히 육성되어 있었다.

갖고 있는 아이템을 강화하면 독의 증기 속에서도 좀 더 오래 활동할 수 있을 것이다.

"변화 전의 바옴루탄은 좀처럼 보기 힘들어."

"이건 갈 수밖에 없겠군."

두 사람은 호기심이야말로 삶의 목적이라는 듯이 황급히 샘플을 보관하고 장비를 갖추었다.

두긴과 쌍을 이루는 몬스터, 바옴루탄.

두긴이 모아온 오염 물질을 정화하고 대지를 풍족하게 만드는 몬스터였다.

기본적으로는 언데드 드래곤처럼 무시무시한 외형이지만, 오염 물질을 흡수하기 전에는 아름다운 은색 드래곤이다.

그 모습을 담은 영상은 거의 존재하지 않았고, 실제로 목격한 사람도 마찬가지였다.

지금이라면 어떤 식으로 오염 물질을 흡수하고 정화해나가는지를 직접 볼 수 있을 것 같았기에 두 사람은 즉시 달려나갔다. 『신화의 귀걸이』에 대한 건 머릿속에서 사라진 지 오래였다.

내성 장비를 최대한 장착하고 증기 속을 돌진했다.

『신화의 귀걸이』는 잊었어도 모습을 감추는 망토는 잊지 않았다. 거의 습관이나 마찬가지였다.

서두른 보람이 있어서, 두 사람이 호숫가에 도착했을 때 바옴루탄은 아직 원래의 모습을 유지하고 있었다.

온몸이 은색 비늘로 뒤덮여 몸을 움직일 때마다 찰랑찰랑하는 경쾌한 소리가 들렸다.

한 쌍의 날개와 팔다리. 긴 목과 꼬리. 드래곤이라면 대부분의 사람들이 떠올릴 만한 외형이었다.

"엄청 크군. 두긴도 컸는데, 뭔가 관계가 있는 걸까?"

호숫가에 가만히 서 있는 바옴루탄의 덩치는 하이드로와 옥시젠이 알고 있는 것의 세 배는 되었다.

"뭘 하는 거지?"

바옴루탄은 날개를 펼친 채 호수를 향해 서 있을 뿐이었다. 두 사람의 눈에는 특별히 무언가를 하는 것처럼 보이지 않았다.

대체 어떤 과정을 거쳐서 흔히 알려진 모습으로 변하는 건지 추측하던 두 사람은 일단 관찰하기로 하고 바옴루탄과 그 주변의 변화를 주시했다.

그런 가운데 잔뜩 집중한 두 사람의 눈앞에서 바옴루탄의 모습이 변화하기 시작했다.

아름답던 비늘은 점점 색을 잃고 금이 갔다. 금속에 녹이 슬어 망가지는 장면을 빨리 감기로 보는 것 같았다.

바옴루탄이 몸을 움직이자 금속이 삐걱거리는 듯한 소리가 났다. 불과 수십 초 전에 악기처럼 경쾌하던 소리는 온데간데 없었다.

변화는 온몸으로 퍼져나갔고 5분도 안 되는 사이에 바옴루탄은 비참한 모습으로 바뀌어 있었다. 드래곤의 형상을 한 녹덩어리. 그렇게 설명해도 납득할 만한 외형이었다.

너무나 급격한 변화였기에 옥시젠과 하이드로는 숨을 멈추었다.

"이거라면 목격한 사람이 없는 것도 납득이 가는군. 너무 빨라."

"오염 물질의 흡수는 떨어져 있어도 가능한 건가."

옥시젠은 변화 속도에, 하이드로는 오염 물질의 흡수 능력에 주목하고 있었다.

바옴루탄을 걱정하지 않는 건 모습이 바뀌어도 죽지는 않는다고 들었기 때문이었다.

"응?【애널라이즈】가 발동된 건가?"

지금까지는 아무것도 보이지 않았지만, 바옴루탄이 지금의 모습으로 변하자 갑자기 HP가 보였다. 이름과 레벨은 아직 보이지 않지만 생각지도 못한 변화였기에 두 사람은 크게 놀랐다.

"저 상태가 되면 약체화되는 건가 봐. HP도 절반으로 줄었잖아."

"저 두건을 보면 납득이 가는군. 양도 그렇지만 질도 다른 건지 몰라."

바옴루탄 주위로는 변색되었던 땅이 원래대로 돌아와 있었다. 그러나 호수 쪽은 증기가 다소 줄어든 것처럼 보이는 정도였다.

"회복 아이템이 통할까?"

"모르겠지만 시도해볼 가치는 있겠지. 저런 상태가 되면 성격도 온화해지는 것 같으니까 말이야."

옥시젠은 만약을 위해 가져온 『엘릭서(만능 회복약)』를 꺼내며 바옴루탄에게 다가갔다. 하이드로는 그 자리에 남아 있기로 했다.

사전 정보가 있어도 위험하다는 건 변함없었다. 하지만 만약 공격을 받더라도 방어구의 효과로 즉사하진 않았다.

그게 아니었다면 아무리 얌전하다는 걸 알았다 해도 접근할 생각은 하지 못했으리라.

옥시젠의 기척을 느낀 바옴루탄이 그를 돌아보았다. 옥시젠의 몸집이 작다 보니 바옴루탄과의 덩치 차이가 유난히 커 보였다.

"회복시켜줄 테니까 공격하진 말아줘……."

괜찮다는 걸 알면서도 그 모습과 능력치에서 오는 위압감은 여전했다. 옥시젠도 잔뜩 긴장하고 있었다.

옥시젠이 천천히 접근하자 바옴루탄이 머리를 내리며 그에게 다가왔다. 서로 닿을락 말락 한 거리였다.

탁해진 눈동자에서는 감정을 읽어낼 수 없었다. 옥시젠이 천천히 엘릭서 용기를 기울이자 바옴루탄은 얼굴 끝으로 금색 액체를 얌전히 받아냈다.

바옴루탄의 HP가 회복되어갔다. 그러나 몸에는 변화가 없었다.

바옴루탄은 옥시젠에게서 떨어지더니 다시 호숫가에서 날개를 펼쳤다. 크게 펼친 날개는 엉망진창이라 더 이상 날 수 있을 것 같지 않았다.

"HP가 줄어들고 있어."

회복된 HP 게이지가 금세 회복 전과 비슷한 정도까지 감소했다.

땅의 변색이 줄어들고 수면도 일부가 원래 색으로 돌아왔다. 바옴루탄의 HP 감소가 멈추자 수면은 원래대로 돌아왔지만 지면은 그대로였다.

다시 날개를 접은 바옴루탄은 쓰러지듯 땅에 누웠다.

HP 게이지만 보면 엘릭서를 사용하기 전과 거의 다를 게 없었다. 그러나 바옴루탄은 괴롭게 신음하고 있었다.

"회복시키는 건 좋은 방법이 아닐지도 모르겠군."

어느새 옥시젠 뒤에는 하이드로가 서 있었다.

"목숨을 깎아 먹으면서 정화한다는 게 정말이었나 봐."

"이 모습을 보면 틀림없을 테지."

HP 게이지의 양은 거의 바뀌지 않았음에도 몸 상태는 틀림없이 악화되었다. HP와는 별개로 무언가를 소모한 게 틀림없었다.

"……하이드로. 이왕 이렇게 된 거, 이 독을 처리하는 아이템을 연구해보지 않을래?"

"우연이군. 마침 나도 똑같은 생각을 하던 참인데."

두 사람은 괴로워하는 바옴루탄 앞에서 결의했다.

유례없는 연구 재료를 놓칠 수는 없다. 두 사람은 그런 변명을 내세우며 샘플을 연구하기 시작했다.

그 자리에서 전부 지켜보았다면 거짓임이 뻔히 보이는 변명이었다.

『육천』의 서포트 캐릭터는 기본적으로 착했던 것이다.

status | 스테이터스 소개

이름 : 하이드로
성별 : 여성
종족 : 하이 로드
메인 잡 : 연금술사
서브 잡 : 약술사
모험가 랭크 : 없음
소속 : 육천

●능력치

LV : 255
HP : 3876
MP : 6209
STR : 352
VIT : 344
DEX : 710
AGI : 426
INT : 629
LUC : 52

●전투용 장비

머리 없음
몸   상급 연구자의 흰 가운【DEX 보너스[특]】
팔   방역 장갑
      【VIT 보너스[강], DEX 보너스[강]】
다리 방역 부츠
      【DEX 보너스[강], INT 보너스[강]】
액세서리 샘플 채취 키트【재료 획득 보너스[강]】
무기 없음【아이템 사용】

●칭호

●연금술의 달인
●약술의 달인
●연구자
●관찰자
●길드하우스 관리자
etc

●스킬

●분석
●해석
●원시
●약 제조
●은폐
etc

기타

●헤카테의 서포트 캐릭터

※보너스 상승치 미〈약〈중〈강〈특

이름 : **옥시젠**
성별 : 남성
종족 : 하이 픽시
메인 잡 : 연금술사
서브 잡 : 약술사
모험가 랭크 : 없음
소속 : 육천

● **능력치**

LV : 255
HP : 4233
MP : 5820
STR : 311
VIT : 358
DEX : 728
AGI : 410
INT : 656
LUC : 56

● **전투용 장비**

머리　없음
몸　　상급 연구자의 흰 가운【DEX 보너스[특]】
팔　　방역 장갑
　　　【VIT 보너스[강], DEX 보너스[강]】
다리　방역 부츠
　　　【DEX 보너스[강], INT 보너스[강]】
액세서리　샘플 채취 키트【재료 획득 보너스[강]】
무기　없음【아이템 사용】

● **칭호**

● 연금술의 달인
● 약술의 달인
● 개발자
● 약제사
● 길드하우스 관리자
etc

● **스킬**

● 분석
● 해석
● 조합
● 내성 강화
● 스모크 봄
etc

기타

● 헤카테의 서포트 캐릭터

이름 : **바움루탄**
종족 : 에인션트 드래곤
등급 : 없음

●능력치

LV : 749
HP : 4900
MP : 5291
STR : 502
VIT : 639
DEX : 352
AGI : 388
INT : 461
LUC : 78

●전투용 장비

없음

●칭호

● 순환하는 생명
● 정화하는 자
● 맡기는 자
● 생명의 모판
● 영역의 지배자
etc

●스킬

● 환경 정화
● 오염 흡수
● 물질 전환
● 오스트 브레스
● 금강검미
　(金剛劍尾)
etc

기타

● 환경 보전 몬스터
● 약체화 상태

이름 : **두긴**
종족 : 에인션트 드래곤
등급 : 없음

●능력치

LV : 703
HP : ?????
MP : ?????
STR : 808
VIT : 472
DEX : 533
AGI : 671
INT : 349
LUC : 50

●전투용 장비

없음

●칭호

- ●순환하는 생명
- ●더러움을 품는 자
- ●더러움을 옮기는 자
- ●생명의 모판
- ●쌍을 이루는 존재

etc

●스킬

- ●금강조아
  (金剛爪牙)
- ●환경 변이
- ●컨태미네이션
  버스트
- ●머티리얼 서치
- ●머티리얼 앱소브

etc

기타

- ●환경 보전 몬스터
- ●세뇌 상태

이름 : **헬스크림**(미스터 XXX)
종족 : 레이스(휴먼)
등급 : 없음

●능력치

LV : 804(233)
HP : 8930(3861)
MP : 4920(2763)
STR : 827(298)
VIT : 305(302)
DEX : 868(428)
AGI : 421(263)
INT : 347(177)
LUC : 0(39)

●전투용 장비

없음

●칭호

●생명을 증오하는 자
●생명을 농락하는 자
●공허한 그림자

●스킬

●명맥봉납
●미라지 스텝
●마나 보디
●생명을 사냥하는
　죽음의 손톱
●신명(身命)을
　속박하는 마의 절규

etc

기타

●플레이어 변이체
●빙의 상태

◇ 당신은 언제나 옳습니다. 그대의 삶을 응원합니다. — 라의눈 출판그룹

더 뉴 게이트 16

초판 1쇄 2021년 4월 20일

지은이 카자나미 시노기 **일러스트** 반파이 아키라 **옮긴이** 김진환
펴낸이 설응도 **편집주간** 안은주
영업책임 민경업 **디자인책임** 조은교

출판등록 2014년 1월 13일(제2019-000228호)
주소 서울시 강남구 테헤란로78길 14-12(대치동) 동영빌딩 4층
전화 02-466-1283 **팩스** 02-466-1301

문의(e-mail)
편집 editor@eyeofra.co.kr **마케팅** marketing@eyeofra.co.kr
경영지원 management@eyeofra.co.kr

ISBN 979-11-89881-12-2 04830
       979-11-963499-0-5 04830(set)

THE NEW GATE volume16
ⓒ SHINOGI KAZANAMI 2020
Character Design: Banpai Akira
Original Design Work: ansyyqdesign
Originally published in Japan in 2020 AlphaPolis Co., LTD., Tokyo.
Korean translation rights arranged with AlphaPolis Co., LTD., Tokyo,
through Tuttle-Mori Agency, Inc, Tokyo and AMO Agency, Seoul.